Verônica
e os
pinguins

CB015844

Verônica
e os
pinguins

Hazel Prior

TRADUÇÃO
Elisa Nazarian

 GUTENBERG

EDITORA RESPONSÁVEL
Flavia Lago

EDITORAS ASSISTENTES
Natália Chagas Máximo
Samira Vilela

PREPARAÇÃO DE TEXTO
Bia Nunes de Sousa

REVISÃO
Claudia Vilas Gomes

PROJETO GRÁFICO E CAPA
Diogo Droschi

DIAGRAMAÇÃO
Guilherme Fagundes

Dados Internacionais de Catalogação na Publicação (CIP)
(Câmara Brasileira do Livro, SP, Brasil)

Prior, Hazel
    Verônica e os pinguins / Hazel Prior ; tradução Elisa Nazarian. -- São Paulo, SP : Gutenberg, 2022.

    Título original: *Away with the Penguins*.
    ISBN 978-85-8235-652-4

    1. Ficção inglesa I. Título.

22-107294   CDD-823

Índices para catálogo sistemático:
1. Ficção : Literatura inglesa 823

Eliete Marques da Silva - Bibliotecária - CRB-8/9380

A **GUTENBERG** É UMA EDITORA DO **GRUPO AUTÊNTICA**

São Paulo
Av. Paulista, 2.073, Conjunto Nacional
Horsa I . Sala 309 . Cerqueira César
01311-940 . São Paulo . SP
Tel.: (55 11) 3034 4468

www.editoragutenberg.com.br
SAC: atendimentoleitor@grupoautentica.com.br

Belo Horizonte
Rua Carlos Turner, 420
Silveira . 31140-520
Belo Horizonte . MG
Tel.: (55 31) 3465 4500

Para Jonathan.

*"Atualmente, acho que os pinguins
são o único conforto na vida...*

*Ninguém fica irritado quando
olha um pinguim."*

John Ruskin

VERÔNICA

◎ *Ballahays, Ayrshire, Escócia*
📅 *Maio de 2012*

Pedi a Eileen para se livrar de todos os espelhos. Costumava gostar deles, mas agora não mais. Os espelhos são muito honestos. Existe um limite para o que uma mulher pode suportar.

– Tem certeza, Sra. McCreedy? – O tom sugere que ela conhece a minha mente melhor do que eu. Ela sempre faz isso. É um dos seus inúmeros hábitos irritantes.

– Claro que tenho certeza!

Ela estala a língua e inclina a cabeça de lado, fazendo seus cachos roçarem no ombro. É um movimento admirável, considerando a largura extraordinária do seu pescoço.

– Até mesmo aquele lindo, com a moldura dourada, que está em cima da lareira?

– Sim, até aquele – respondo com paciência.

– Os do banheiro também?

– Principalmente aqueles! – O banheiro é o último lugar onde quero me ver.

– É a senhora quem manda. – O tom dela beirou a impertinência.

Eileen vem todos os dias. Sua função principal é a faxina, mas suas habilidades domésticas deixam muito a desejar. Ela parece trabalhar com a impressão de que não vejo a sujeira.

Seu rosto tem uma série limitada de expressões: alegre, curiosa, atarefada, perplexa e distraída. Agora ela está com a expressão atarefada. Agita-se pela casa fazendo um ruído quase musical, como uma abelha entediada, recolhendo um espelho de cada vez e empilhando-os no corredor. Não consegue fechar as portas quando passa, porque está com as mãos ocupadas, então vou atrás dela, fechando-as com cuidado. Se tem uma coisa que não suporto é quando deixam uma porta aberta.

Entro na maior das duas salas de visitas. Agora tem um retângulo escuro e feio no papel de parede acima da lareira. Vou ter que preencher o espaço com alguma outra coisa. Penso numa bela pintura a óleo cheia de vegetação; talvez uma gravura de John Constable. Isso realçaria o verde-musgo das cortinas de veludo. Talvez eu gostasse de uma cena pastoral relaxante, com colinas e um lago. Uma paisagem sem seres humanos seria melhor.

– Então, é isto, Sra. McCreedy. Acho que estão todos aqui.

Pelo menos, Eileen se abstém de me chamar pelo meu primeiro nome. Hoje em dia, a maioria dos jovens parece ter abandonado o uso de senhor, senhora, senhorita, o que, em minha opinião, é um triste reflexo da sociedade moderna. Nos primeiros seis meses em que Eileen trabalhou para mim, a chamei de Sra. Thompson. Só parei porque ela me pediu. ("Por favor, Sra. McCreedy, me chame de Eileen. Eu ficaria muito mais feliz se a senhora fizesse isso." "Bom, por favor, continue a me chamar Sra. McCreedy, Eileen", respondi. "Eu ficaria muito mais feliz assim.")

Gosto muito mais da casa agora que ela perdeu os apavorantes espectros de Verônica McCreedy me assombrando em todo canto.

Eileen coloca as mãos no quadril.

– Bom, então vou guardar isto. Vou levar para o quarto dos fundos, está bem? Lá ainda tem um pouco de espaço.

O quarto dos fundos é escuro demais e fica do lado frio da casa, realmente não dá para ser usado como área de convivência. As aranhas pensam que são donas do cômodo. Eileen, em sua grande sabedoria, usa-o como depósito para qualquer coisa de que queira me livrar. Acredita piamente em guardar tudo, "só por garantia".

Ela atravessa a cozinha carregando os espelhos. Resisto à vontade de fechar as portas, enquanto ela vai e vem, sabendo que isso só dificultaria a vida para ela. Consolo-me com a ideia de que todas logo voltarão a ficar fechadas.

Eileen volta cinco minutos depois.

– Espero que a senhora não se importe de eu perguntar, Sra. McCreedy, mas tive que tirar isto do caminho para que os espelhos coubessem. A senhora sabe o que é, o que tem dentro? A senhora quer isto? Posso pedir que Doug leve ao depósito de lixo na próxima vez que ele for.

Ela larga a velha caixa de madeira na mesa da cozinha e arregala os olhos para a fechadura enferrujada. Ignoro suas perguntas e indago:

– Quem é esse Doug?

– A senhora sabe. Doug. Meu marido.

Tinha me esquecido de que ela era casada. Nunca fui apresentada ao infeliz.

– Bom, não vou pedir a ele para levar nenhum dos meus pertences ao lixão nem no futuro próximo nem no futuro distante – respondo. – Pode deixar isso aqui na mesa, por enquanto.

Ela corre o dedo pelo alto da caixa, traçando uma trilha limpa na poeira. Agora, seu rosto assumiu a expressão número dois (curiosa). Ela se inclina para mim de um jeito conspiratório. Afasto-me um pouco para trás, sem nenhuma vontade de conspirar.

– Tentei a fechadura, para ver se tinha alguma coisa de valor dentro – ela confessa –, mas está emperrada. É preciso saber o código para abri-la.

– Sei muito bem disso, Eileen.

Ela claramente deduz que estou tão desinformada quanto ela em relação a seu conteúdo.

Fico arrepiada ao pensar em Eileen olhando lá dentro. Para começo de conversa, tranquei-a para evitar que outras pessoas se intrometessem. Só existe uma pessoa que pode ver o conteúdo daquela caixa, e essa pessoa sou eu.

Não sinto vergonha. Ah, não, jamais. Pelo menos... Mas me recuso terminantemente a ser levada por esse caminho. Aquela caixa contém coisas em que consegui passar décadas sem pensar. Agora, só de olhar para ela, meus joelhos fraquejam. Sento-me rapidamente.

– Eileen, você me faria o favor de pôr a chaleira para esquentar?

❄

O relógio bate sete da noite. Eileen foi embora, e estou sozinha em casa. Tem gente que acha que ficar só é um problema para pessoas como eu, mas devo confessar que acho extremamente agradável. Reconheço que, às vezes, uma companhia humana se faz necessária, mas quase sempre ela acaba sendo incômoda, sob um ou outro aspecto.

No momento, estou instalada na poltrona Queen Anne, junto ao fogo da saleta, que funciona como minha sala de visitas alternativa, e é mais íntima. Infelizmente, não é um fogo de verdade, com lenha e carvão, e sim uma engenhoca elétrica, com chamas falsas. Tive que me contentar com isso, assim como com várias coisas na vida. Pelo menos, preenche sua função primordial de produzir calor. Ayrshire é gelada até no verão.

Ligo a televisão. Uma garota magricela está na tela. Berra com os dedos espetados no ar e mia algum refrão que tem a ver com "ser titânio". Mudo de canal rapidamente. Passo por um programa de adivinhações, um filme policial e uma propaganda de comida para gatos. Quando volto ao primeiro canal, a garota continua gritando: "I'm titanium". Alguém deveria lhe dizer que ela não é titânio. É uma fedelha idiota, barulhenta e mimada. Que alívio quando ela enfim cala a boca.

Por fim, chega a hora do *A Terra importa*, o único programa que vale a pena ver na semana. Tudo mais é sexo, propaganda, celebridades em jogos de adivinhação, celebridades tentando cozinhar, celebridades em uma ilha deserta, celebridades em uma floresta tropical, celebridades entrevistando outras celebridades, e todo um bando de candidatos fazendo tudo o que podem para se tornar celebridades (com uma taxa espetacular de sucesso em se fazer de idiotas). *A Terra importa* é um respiro bem-vindo, ao demonstrar de variadas maneiras o quanto os animais são mais sensatos do que os humanos.

No entanto, desanimo ao ver que a série atual do programa parece ter acabado. Em seu lugar tem um programa chamado *O flagelo dos pinguins*. Com um fio de esperança, vejo que é apresentado por Robert Saddlebow. Esse homem mostra que, de vez em quando, é possível ser uma celebridade pelos motivos certos. Ao contrário da vasta maioria, ele realmente fez alguma coisa. Viajou pelo mundo por várias décadas, fazendo campanha e chamando a atenção para problemas de conservação ambiental. É uma das poucas pessoas por quem tenho alguma admiração.

Nesta noite, Robert Saddlebow está chegando ao meu canto junto à lareira todo encapotado e encapuzado, no meio de um descampado branco. Um torvelinho de flocos de neve rodopia ao redor do seu rosto. Atrás dele há um aglomerado de formas escuras. A câmera aproxima-se e revela que são pinguins, um grande grupo agitado de pinguins. Alguns estão amontoados, outros dormem de bruços, outros vagam em meio ao grupo, em missões particulares.

Sr. Saddlebow me informa que existem dezoito espécies de pinguim no mundo (dezenove, se você contar o pinguim-azul como uma espécie à parte), muitas delas em perigo de extinção. Explica que, durante a filmagem do programa, desenvolveu enorme respeito e admiração por essas aves, pelo gênero como um todo, e cada espécie de pinguim em particular. Eles vivem nas condições mais difíceis do planeta e, no entanto, todos os dias enfrentam desafios com um prazer e um ânimo que envergonhariam muitos de nós, humanos. "Que tragédia seria se qualquer uma dessas espécies se extinguisse no planeta!", declara Robert Saddlebow, me olhando fixo da tela, com seus claros olhos azuis.

– Seria mesmo uma tragédia! – concordo em voz alta. Se Robert Saddlebow preocupa-se tanto com pinguins, então também me preocupo.

Ele explica que a cada semana pegará um pinguim diferente e nos mostrará as características que tornam a espécie escolhida incomparável. Esta semana apresenta o pinguim-imperador.

Fico hipnotizada. Todo ano os pinguins-imperadores atravessam mais de cem quilômetros em um deserto de gelo para chegar a seu local de acasalamento. Essa é, sem dúvida, uma façanha incrível, ainda mais se você considerar que viajar a pé não é exatamente o forte deles. Eles caminham como Eileen, arrastando-se adiante com uma especial falta de graça. Parecem bem desconfortáveis em sua própria pele, mas sua persistência é inspiradora.

Quando o programa termina, levanto-me da cadeira. Tenho que admitir que, para mim, não é uma tarefa tão difícil quanto para várias pessoas que chegaram à minha idade madura. Até me classificaria como bastante ativa. Tenho consciência de que não dá para confiar plenamente neste corpo. No passado, era uma máquina impecável, mas hoje em dia sofreu perdas tanto em elasticidade quanto em eficiência. Tenho que me preparar para o fato de que, em algum ponto do futuro próximo, poderá me decepcionar. Mas, até agora, tem conseguido se manter funcionando às mil maravilhas. Eileen, com sua simpatia costumeira, frequentemente comenta que sou "tão resistente quanto botas velhas". Sempre que ela diz isso, fico tentada a responder: "Tanto melhor para chutar você, querida". Mas fico só na vontade. A gente sempre deve se esforçar para não ser rude.

São oito e quinze. Vou até a cozinha pegar minha xícara de chá preto de todas as noites e um biscoito holandês. Meus olhos dão com a caixa de madeira, ainda fechada sobre a mesa. Penso em girar o código do cadeado e dar uma olhada no que tem dentro. De uma maneira ilógica e sádica, gostaria de fazer isto. Mas não faço, seria um gesto idiota. Seria como a Pandora do mito, libertando milhares de demônios. Sem dúvida alguma, a caixa precisa voltar para as aranhas sem a minha interferência.

VERÔNICA

◎ *Ballahays*

A vida acabou de ficar um pouco mais difícil. Nesta manhã, tentei dar certa aparência de ordem ao pentear meu cabelo, mas o espelho do banheiro não estava lá. Fui correndo para o quarto e descobri que o de lá também tinha sumido. O mesmo aconteceu com o que ficava no vestíbulo e com o da sala de visitas.

Passei para o café da manhã, nem um pouco satisfeita com este novo e absurdo estado de coisas.

Às nove, Eileen chegou.

– Bom dia, Sra. McCreedy! Que lindo dia! – Ela insiste nessa alegria exasperante.

– O que você fez com todos os meus espelhos?

Ela pisca devagar, como um sapo.

– Coloquei eles no quarto dos fundos, como a senhora mandou!

– Isso é um absurdo! Como é que vou arrumar o meu cabelo e fazer a maquiagem sem um espelho? – Sem dúvida alguma ela é uma criatura irracional. – Você faria a gentileza de colocar todos de volta, antes de qualquer outra coisa?

– O quê, todos eles?

– É, todos eles.

Ela solta um leve bufo.

– A senhora é quem manda, Sra. McCreedy.

É o que também espero. Não pago a ela todo aquele dinheiro em troca de nada.

Lembro-me, tarde demais, que certa caixa de madeira continua na mesa da cozinha, e Eileen vai querer se intrometer.

– Então, a senhora ainda não conseguiu abrir isto? – pergunta ela no minuto em que põe os olhos na caixa, deduzindo que seja por incapacidade, e não por escolha. – Se a senhora não se lembrar do código, talvez eu possa pedir para o Doug tirar o cadeado fora com uma serra.

– Eu me lembro do código, Eileen. Minha memória é impecável. Consigo me lembrar de dezenas de falas de *Hamlet* desde o meu tempo de escola. – Neste ponto, ela dá uma rápida revirada de olhos. Acha que não noto, mas noto. – E não quero nenhum Doug seu mexendo na minha caixa. Agradeço se cuidar desses espelhos sem demora.

– Claro, Sra. McCreedy. A senhora é quem manda.

Olho enquanto ela arrasta os espelhos do quarto dos fundos e os pendura onde estavam antes, resmungando consigo mesma.

Com os espelhos de volta em seus lugares, ponho-me a enfrentar o problema do meu cabelo. Hoje em dia, não restou muita coisa, e ele está chocantemente branco, mas gosto de mantê-lo arrumado. Só não sinto prazer em me olhar. Meu reflexo não é uma visão agradável, comparado aos reflexos do passado. Anos atrás valia a pena olhar para mim. As pessoas diziam que eu era "um deslumbramento", "um espetáculo", "fantástica". Agora, não resta sinal disso, é o que observo enquanto passo o pente pelas mechas ralas. Minha pele ficou fina e flácida. Meu rosto está todo riscado com rugas. Minhas pálpebras caíram. Minhas maçãs do rosto, que costumavam ser tão lindas, sobressaem em ângulos esquisitos. A esta altura, deveria estar acostumada com essas repugnantes imperfeições físicas, mas ainda me exaspero ao me ver deste jeito. Faço o máximo para dar uma melhorada com batom, pó e ruge. Mas o fato permanece: não gosto de espelhos.

※

O vento me atravessa. É aquele tipo de vento úmido e feroz que só se encontra na Escócia. Aconchego-me no meu casaco e sigo em direção ao norte, ao longo da costa. Sempre acreditei na eficiência de uma caminhada diária e me recuso a ser demovida pelo tempo inclemente. À minha esquerda, o mar agita-se em padrões cinza-ardósia e lança para cima uma espuma branca furiosa.

Minha bengala me mantém firme no gramado e na areia irregulares. Trouxe minha bolsa fúcsia com arremates dourados, que se debate incansavelmente junto à minha coxa. Devia tê-la deixado no cabide da entrada, mas nunca se sabe quando será preciso um lenço ou um analgésico. Também trouxe minha pinça de catar lixo e um saquinho para detritos. Tenho o hábito antigo de catar lixo por causa de uma coisa que meu querido pai me disse. É um pequeno gesto de lembrança, bem como um ato simbólico para compensar o caos provocado pela raça humana. Até os caminhos acidentados da costa de Ayrshire foram conspurcados pelo descuido da humanidade.

Não é uma tarefa fácil empunhar bengala, pinça, saco e bolsa, principalmente com este vento. Meus ossos estão começando a reclamar do esforço. Calculo uma maneira de colocar meu peso em um ângulo de inclinação a cada rajada, de modo que o vento me apoie em vez de ir contra mim.

Uma gaivota grita e mergulha através das nuvens. Paro por um momento para admirar a beleza da tempestuosa paisagem marítima. Tenho uma predileção por rochas, ondas e vastidões. Mas alguma coisa vermelha está subindo e descendo nas ondas. Será uma embalagem de salgadinhos ou de biscoitos? Se eu fosse mais nova, teria corrido até a praia, entrado direto na água e pegado aquilo, mas agora, infelizmente, não consigo fazer uma coisa dessas. O borrifo atinge o meu rosto e escorre como lágrimas.

As pessoas que sujam a natureza deveriam ser fuziladas.

Enfrento o vento e batalho em direção à minha casa. Quando chego ao portão, estou um pouco cansada.

A Ballahays exibe uma respeitosa entrada de carro e é cercada por um agradável terreno de quatro mil metros quadrados. A maior parte do jardim é murada, um dos motivos de eu gostar tanto do lugar. Dentro desses muros encontram-se cedros, jardins ornamentais, uma fonte, várias estátuas e quatro jardins perenes, cuidados por Sr. Perkins, meu jardineiro.

Ao me aproximar, olho para a casa. Criada no estilo do final do século XVII, a Ballahays é coberta de hera e construída com tijolo aveludado e pedra. Com seus doze dormitórios e várias escadas rangentes de carvalho, não é, claro, a casa ideal para mim. Tentar suprir as suas necessidades é uma tarefa considerável. O gesso está esfarelando, tem correntes de ar terríveis, e há camundongos no forro. Comprei-a em 1956, simplesmente porque podia. Gosto da privacidade e da paisagem e por isso não me dei ao trabalho de me mudar.

Entro, coloco o saco de lixo e a pinça no vestíbulo e penduro o meu casaco.

Assim que chego à cozinha, meus olhos dão com a caixa. De novo aquela caixa miserável. Quase tinha me esquecido. Sento-me à mesa. Olho para a caixa, e ela olha de volta para mim. Sua presença impregna o cômodo. É impertinente, zombeteira, desafiando-me a abri-la.

Ninguém poderia alegar que Verônica McCreedy seja o tipo de pessoa que resiste a enfrentar um desafio.

Obrigo-me a agir. Giro os controles e alinho os números um a um. Repare que me lembro daqueles números perfeitamente. Um nove quatro dois. 1942. Ainda estão gravados na minha memória, mesmo depois de todo este tempo. A fechadura está emperrada, mas não é de se surpreender: passaram-se setenta anos.

A primeira coisa que chega aos meus olhos é o medalhão. Pequeno e oval, um "V" gravado na prata manchada, em meio a um desenho de gavinhas enrodilhadas. A corrente é fina e delicada. Corro-a por entre os dedos. Antes de conseguir me deter, solto o fecho e o medalhão abre-se. Minha garganta aperta-se e solta um arquejo involuntário. Todas as quatro amostras estão lá, exatamente como sabia que estariam. São minúsculas, como de fato teriam que ser para caber em tal estojo. Parecem muito cansadas e muito, muito frágeis.

Não vou chorar. Não. De jeito nenhum. Verônica McCreedy não chora.

Em vez disso, olho para elas: as mechas de cabelo de quatro cabeças. Duas estão entrelaçadas, castanha e ruiva. Depois tem a exuberante madeixa escura que uma versão muito antiga de mim mesma costumava pegar e beijar com muita frequência. Enfiado ao lado dela acha-se um tufo minúsculo, tão fino e claro que é quase transparente. Não suporto tocá-lo. Fecho o medalhão depressa. Cerro os olhos, me acalmo e respiro. Conto até dez. Forço meus olhos a reabrirem. Com cuidado, coloco o medalhão de volta no canto da caixa.

Os dois cadernos com capa de couro preto também estão lá. Tiro-os. Parecem terrivelmente familiares. Até o cheiro deles, o cheiro grosseiro de couro velho misturado com um resquício do perfume de lírio do vale que eu costumava usar.

Agora que comecei, não consigo parar. Abro o primeiro caderno. As páginas estão todas preenchidas com uma caligrafia impaciente e cheia de curvas, em tinta azul. Firmo a vista e consigo ler algumas linhas sem os óculos. Sorrio com tristeza. Quando adolescente, minha ortografia não era muito boa, mas minha escrita era consideravelmente mais caprichada do que hoje em dia. Fecho o caderno.

Preciso lê-lo e vou lê-lo, mas, se meu passado está prestes a me absorver, preciso me preparar.

Preparo um bom bule de Earl Grey e arrumo alguns biscoitos de gengibre em um prato, usando a porcelana Wedgwood com o desenho de hibiscos rosa. Levo tudo no carrinho de chá para a sala de visitas. Acomodo-me na poltrona perto da janela. Como dois biscoitos, engulo uma xícara de chá e me sirvo de mais uma, antes de pegar o primeiro caderno. Não o abro por mais uns cinco minutos. Então, ponho meus óculos de leitura.

E, como uma janela que se abre para a luz do sol e o ar fresco de verão, ali está: minha juventude suave, vívida, disposta à minha frente. E, mesmo sabendo que vai me machucar três vezes mais, não posso deixar de ler.

VERÔNICA

Se eu fosse mais jovem, sairia correndo. Correria e gritaria, berraria e quebraria coisas. Esse não é e não pode ser meu comportamento agora. Em vez disso, bebo chá e penso.

Li durante a noite e estou em estado de choque. Tendo estimulado intensamente minha própria voz de 15 anos de idade durante horas, é como se parte daquele eu mais livre e mais vulnerável tivesse penetrado em mim. A sensação é estranha e desconfortável, como um bisturi se enfiando sob a minha pele. Por muitos anos neguei-me o acesso a essas lembranças. Agora, como que para recuperar o tempo perdido, elas romperam as comportas da minha fortaleza mental e não vão me deixar em paz.

Com a perturbação, uma perguntinha furtiva entrou na minha cabeça. Reflito sobre ela no café da manhã. Ainda estou refletindo quando Eileen chega. A questão permanece comigo na minha caminhada no meio da manhã, enquanto tento ler Emily Brontë, no meu almoço de salmão *en croûte*, durante meu cochilo depois do almoço, enquanto completo as palavras cruzadas do *Telegraph* e quando colho rosas para a mesa da sala de jantar.

Ao lixar as unhas depois disso, começo a perceber que só sossegarei depois que a pergunta for respondida.

Volto para o meu quarto. Devolvi os diários à caixa e fechei o cadeado. Mas tirei o medalhão. Agora, ele está debaixo do meu travesseiro.

Tiro-o de lá e volto a deslizar a corrente pelos meus dedos. Desta vez não o abro, mas meus pensamentos pairam sobre aquela penugem de cabelo mais clara e mais fina. Com considerável esforço, consigo barrar mais uma vez a onda de emoção. Obrigo meu cérebro a agir.

Hoje, o tique-taque do relógio está especialmente alto. Não gosto de relógios, mas, assim como os políticos e o paracetamol, de certo modo eles se tornaram indispensáveis neste mundo. Arranco meu aparelho auditivo. O tique-taque se amortece. Finalmente, consigo ouvir meus pensamentos.

Quando Eileen termina suas funções, estou decidida.

Desço até a cozinha, escolho algumas peças do quarto melhor aparelho de chá e preparo um bule de um bom e forte English Breakfast. Insisto em fazê-lo. Ninguém faz chá tão bem quanto eu.

– Sente-se por um instante, Eileen. Gostaria que você fizesse uma coisa para mim.

Ela se joga em uma cadeira e murmura algo.

– Gostaria muito que você falasse em voz alta, Eileen.

– O que a senhora fez com seu aparelho auditivo, Sra. McCreedy? – ela pergunta, gesticulando como louca e apontando para os ouvidos.

– Acho que está no quarto. Você faria a gentileza de...

– Claro.

Ela se levanta e sai rapidinho da cozinha.

– A porta, Eileen!

– Mas vou voltar já... Ah, tudo bem – ela grita, batendo a porta com força. Volta um minuto depois com meu aparelho auditivo na mão, lembrando-se, desta vez, de fechar a porta depois de passar.

Coloco o aparelho e depois sirvo duas xícaras de chá.

Eileen volta a se sentar e sorve fazendo barulho. Dou um gole em minha xícara e organizo os pensamentos. Minha decisão afetará profundamente qualquer que seja a fração de futuro que me resta.

Não me consideraria uma pessoa supersticiosa. Sempre passarei debaixo de uma escada, se houver uma escada para se passar por debaixo, e tenho um fraco por gatos pretos, quer escolham atravessar o meu caminho quer não. Mas nunca na vida fiz um testamento. Sempre achei que isso seria atrair confusão. Ainda assim, tenho consciência de que, se deixar de tomar alguma providência, meu patrimônio poderá passar muito bem para o governo ou para algum beneficiário igualmente indesejável. Tendo chegado aos 80 e tantos anos, acredito ser meu dever refletir sobre o assunto com alguma profundidade. É bem possível que esta carcaça mortal aguente mais quinze anos. Pode ser que eu receba um cartão da rainha, cumprimentando-me pelo meu centésimo aniversário. Mas também pode ser que não.

Até onde sei, não tenho um único parente consanguíneo vivo no mundo. Mas, tendo revisitado o passado, dou-me conta de que as circunstâncias não me proporcionaram certeza quanto a isso. Afinal de contas, não é preciso muito para fabricar um novo ser humano. Nem todo nascimento é comemorado publicamente e deve haver milhares de pais que não fazem ideia de que são pais. Agora que essa pequena, mas inegável, dúvida manifestou-se, fiquei obcecada com ela e decidida a encontrar uma resposta. Devo ir atrás dela sem mais demora.

Eileen está sentada à minha frente, com as mãos ao redor da xícara. Está com aquela expressão vaga. Observo que seu cabelo está ainda mais revolto e encaracolado do que o normal. Gostaria muito que ela fizesse algo a respeito.

– Eileen, quero te pedir um favor. Você conseguiria usar a sua geringonça de internet para me achar uma agência confiável e conhecida?

– Claro, Sra. McCreedy, a senhora é quem manda. Que tipo de agência a senhora está pensando? – Ela sorri com malícia, olhando para o chá. – Uma agência de namoros?

Não estou no clima para condescender com a sua idiotice.

– Não seja ridícula! Não, preciso do tipo de agência que desencave documentação sobre parentes desaparecidos há muito tempo.

Suas mãos voam para seu rosto empoado de branco, o sorriso substituído por olhos arregalados de curiosidade.

– Ah, Sra. McCreedy! A senhora acha que pode ter algum parente perdido em algum lugar?

Ela espera, louca por mais informação. Não pretendo dizer mais nada. Na minha idade, deveria ser capaz de fazer as coisas exatamente do jeito que quero, sem precisar fazer alarde para o mundo.

– Então, a senhora gostaria que eu desse um Google procurando agências. Um tipo de coisa família reunida, é o que a senhora está dizendo? – ela pergunta.

– É, alguma coisa desse tipo. Use esse negócio de Google aí ou qualquer meio que esteja a seu alcance. Tem que ser uma agência muito discreta – aviso –, e uma que tenha boa reputação e um bom histórico. Ficaria agradecida se você prestasse atenção nisso, por favor.

– Claro, Sra. McCreedy. Que emocionante! – ela exclama.

– Bom, emocionante ou não, gostaria muito de investigar o assunto. Então, ficaria lhe devendo uma, se conseguisse me informar um endereço e número de telefone assim que possível.

– Sem problema, Sra. McCreedy. Vou pesquisar hoje à noite, assim que chegar em casa. Tenho certeza de que posso arrumar algumas indicações para a senhora. Trago amanhã, quando vier.

– Excelente. Obrigada, Eileen.

Giro o interruptor. As chamas falsas saltam instantaneamente em uma labareda laranja. Em seguida, ligo a televisão para assistir ao *A Terra importa*, meu programa preferido e descubro que foi substituído por um documentário sobre pinguins. Pensando bem, me lembro de ter visto algo parecido há pouco tempo. Será uma pausa bem-vinda para os pensamentos perniciosos que têm sido minha companhia o dia todo.

Nesta semana, estamos vendo os pinguins-reis. Confesso que estou bastante encantada com essas criaturas especialmente corajosas, embora um pouco bamboleantes. Quando a câmera mostra um deles perdendo seu ovo, que rola para dentro de uma ravina íngreme e inacessível, observo a pobre ave lamentar, com o bico apontando em desespero para o céu. É mesmo muito comovente.

Robert Saddlebow fala com paixão sobre o enorme declínio da população de pinguins nos últimos anos. Parece que isso se deve a fatores ambientais, mas é preciso ampliar a pesquisa.

Detesto pensar que essas aves nobres e atraentes possam sumir do planeta.

As palavras do meu pai voltam, palavras ditas a mim quando era criança e me sentava em seu joelho e depois em muitas outras ocasiões enquanto eu crescia. Quase posso ouvi-las agora, ditas em sua voz gentil e sincera. "Existem três tipos de pessoas no mundo, Very." (Ele me chamava de Very.) "Há aquelas que tornam o mundo pior, aquelas que não fazem diferença, e aquelas que tornam o mundo melhor. Se puder, seja uma daquelas que tornam o mundo melhor." Conheci poucas pessoas na minha vida que cabem nesta terceira categoria. Eu mesma fiz pouca coisa no sentido de melhorar. Escolhi interpretar as três categorias como *pessoas que jogam lixo na natureza, pessoas que ignoram o lixo, e pessoas que apanham o lixo dos outros*. Satisfiz minha consciência com o uso de pinças e sacos de lixo. Fora isso, não vejo no que a minha vida tenha sido minimamente útil.

Agora, uma ideia começa a criar corpo. Talvez seja viável minha morte ser útil de alguma maneira. A não ser que se prove o contrário, tenho que proceder com a suposição de que não tenho qualquer herdeiro de sangue. Seria agradável se pudesse fazer alguma pequena diferença ao planeta. Quanto mais penso nisso, mais me sinto atraída pela ideia.

Ao fazer minhas abluções da hora de dormir, estou beirando a obsessão. Na verdade, não posso esperar o momento em que caneta e papel estejam à mão. Pego a coisa mais próxima que sirva para escrever, a qual, como estou no banheiro, acaba sendo um lápis de sobrancelha. (É, até na minha idade avançada, não estou imune a um pouco de vaidade. Minhas sobrancelhas naturais reduziram-se a alguns patéticos fiapos cinzentos, então, na maioria das manhãs, me dou ao trabalho de engrossá-las um pouco.) Uso o lápis de sobrancelhas e escrevo a palavra "pinguins" no canto direito inferior do espelho.

Minha memória está completamente intacta. Recito passagens do *Hamlet* com frequência para me certificar disso, mas, se há algo que quero manter em primeiro plano no meu cérebro, não vejo mal algum em ter um lembrete escrito em um lugar onde possa vê-lo.

📅 *3 de maio de 2012*

Posso lhe contar uma coisa adorável sobre os pinguins-de-adélia? Eles têm um hábito muito romântico. Um pinguim macho cortejará sua fêmea com um presente: um seixo especial, escolhido com cuidado. Como é que ela não vai ficar impressionada? E mais: ele também fará uma bela exibição, jogando a cabeça para trás, estufando o peito e grasnando alto o que, se você for uma pinguim fêmea, é absolutamente irresistível.

Com alguma sorte, ele também terá um novo ninho reluzente, que já estará construído quando ela voltar do mar. O seixo presenteado, na verdade, representa mais do que lealdade e amor. Os seixos são a moeda corrente mais valiosa no momento, por ser o principal material na construção do ninho. Os pinguins também não estão isentos de roubo. Testemunhamos alguns exemplos cômicos de pinguins afanando seixos de ninhos alheios quando os donos não estão olhando.

Muitos dos casais do ano passado estão agora alegremente juntos. Em geral, os adélias são um grupo fiel. No entanto, de vez em quando surge um problema.

Por exemplo, eis um pinguim do nosso interesse. Os pinguins-de-adélia são, em geral, muito parecidos, mas você verá pela foto por que nós sempre reconhecemos este, mesmo a distância. Em vez de ter o peito e a barriga brancos, com o preto cobrindo todo o resto, ele é quase inteiramente preto, só com algumas penas mais claras em uma parte abaixo do queixo. Sua companheira, uma pinguim branca e preta comum, esteve com ele nas quatro últimas estações. Mas onde está ela? Será que não conseguiu atravessar o inverno antártico? Teria sido comida por uma foca-leopardo? Ou temos um raro caso de pinguim infiel? Nunca saberemos. Seja qual for o motivo, Fuligem (nós o chamamos assim), está ali sentado em seu ninho, muito, muito solitário. ∎

PATRICK

⊙ *Em seu apartamento em Bolton*
▦ *Maio de 2012*

Sem parar. Toda porcaria de música que já ouvi na vida sobre solidão fica tocando na minha cabeça. Está me deixando louco.

Faz duas semanas. Duas malditas semanas angustiantes, irritantes, e nem um pio dela. Cara, depois de quatro anos juntos, era de se pensar que ela fosse me dar algum tipo de explicação. Mas não, no caso de Lynette, não. Peguei todas as coisas dela e simplesmente atirei para fora da minha vida. Nenhum bilhete, nada de nada. Até onde sei, não fiz nada de errado, pelo menos não nos últimos tempos. Nenhuma das coisas que normalmente a deixam irritada. Esqueci de separar os recicláveis? Não. Deixei um lenço sujo na cama? Não. Lambi o prato depois do jantar? Não. Também não tivemos uma discussão ou coisa assim. Pelo menos, não naquele dia.

Não tinha a mais vaga ideia do envolvimento dela, do que se tratava. Foi só quando Gav me contou que tinha visto os dois de mãos dadas que a realidade se tornou clara como um soco na cara. Fiz algumas sondagens, perguntando na loja de bicicletas, no bar e em alguns outros antros de fofocas de Bolton de que consegui me lembrar. Descobri que o sujeito por quem ela me deixou é um pedreiro, aparentemente só músculos, visto com frequência no *fish and chips*, reclamando em voz alta que os poloneses e paquistaneses estão roubando o nosso emprego.

Lynette, Lynette, Lynette! Você me apunhalou. Que diabos você quer com um pedreiro racista? Você, com seu mestrado em antropologia, seus jeans de grife e seu corte de cabelo perfeito, *à la* Cleópatra. Você, com sua ética profissional, sua ética positiva, sua ética em relação a tudo mais. Você virou seu código moral de cabeça para baixo; trocou suas estantes de livros abarrotadas por bíceps salientes. Justo você!

O que me resta? Bom, vamos lá. Vacilei. Você tinha me transformado em um maníaco da saúde, Lynette, e me levado a preparar todas aquelas refeições saudáveis, cheias de frutas e vegetais. Bom, acho que você não dá a mínima, mas, caso queira saber, estou em uma dieta de bolos, salgadinhos e cerveja. Meus bíceps, dos quais confesso que tinha um pouquinho de orgulho, estão ganhando uma bela camada de gordura. O mesmo acontece com a região do abdômen. Mais tecido adiposo todos os dias. Logo, esta máquina sexual enxuta e habilidosa será um bocado de gelatina ambulante. Obrigado por tudo, Lynette. Mandou bem.

❊

Três semanas. Quando foi que tudo desandou? A culpa foi minha? Acho que sim. Sei que Lynette não gostava que eu assumisse a cozinha. Não se importava em ter um jantar refinado esperando por ela quando voltava do trabalho, mas, ao mesmo tempo, via a cozinha como seu domínio. Foi ela quem comprou a máquina de café, a frigideira e o espremedor de frutas; era quem ligava para o proprietário sempre que a lava-louças dava problema. Pensando bem, talvez ela fosse um pouquinho controladora. Ou foi tudo culpa minha?

Acho que houve brigas, mas eu pensava que isso não tinha importância. Continuava acreditando que ela era a garota para mim. Ainda sentia tesão por ela, ainda queria estar com ela.

Está difícil tirá-la da minha cabeça dura. É um fantasma vivo que assombra o apartamento. Em um minuto é seu rosto enfiado no livro de Margaret Atwood, o cabelo pendendo sobre as páginas; no minuto seguinte é sua risada estridente ecoando pela escada; depois, é sua imagem oscilando nos saltos altos, enquanto ela espalha comida no aquário para o nosso único animal de estimação, um peixinho dourado chamado Horácio que ela levou embora. Tornei-me um total lunático. Parece que não consigo sair disto. Mas não a aceitaria de volta. Nem que ela me implorasse. Nem que tirasse toda a roupa e se cobrisse toda de *homus*.

Na segunda-feira, cheguei muito atrasado ao trabalho, quase meia hora. Cheguei arrastando-me com bolsas debaixo dos olhos, unhas sujas, e fedendo a ressaca.

– Tudo na mesma, é? – perguntou Gav.

Isto é bem dele. Nada de censura, ainda que a loja de bicicletas seja dele, construída do zero, e ele se preocupe com ela como... bom, está pau a pau com a esposa e os filhos. E ele mal consegue me pagar um dia por semana em que trabalho para ele, e a culpa será minha se ele afundar por causa do meu comportamento relaxado.

– Me desculpe, cara – murmurei.

– Detesto te ver assim, Patrick – ele disse, pondo a mão no meu ombro.

– Algum conserto esta manhã?

– Tem, deixei duas para você lá no fundo.

Fui para o pátio, satisfeito por me distrair com óleo, pneus e câmaras de ar por um tempo.

Mas passei a manhã imaginando se Lynette faz o pedreiro fazer aquela coisa que ela costumava me mandar fazer, e se ele é melhor nisso do que eu. Ele acha divertido ou humilhante? Será que ela ainda joga para trás seu sedutor cabelo Cleópatra e ri daquela maneira sexy e picotada?

Minhas mãos tremiam bastante. Não conseguia encaixar a corrente, ficava escapando e escorregando. Cara, preciso de fumo...

Um pouco de erva... Assim que a ideia me veio, começou meio que a me azucrinar. Teria dado tudo, *qualquer coisa*, por um baseado. Meu estoque acabou alguns anos atrás, e já não frequento muito esses meios. Mas acho que a Judith tem...

Quatro semanas. O dono do apartamento, logicamente, me pôs para fora. Bom, não conseguia arcar com o aluguel, conseguia? Não sem o pacote de salário e benefícios da Lynette, vindos do escritório de advocacia Benningfield. Pensei que ficaria na rua, mas acho que tenho tido sorte. Consegui esta quitinete pertencente a um amigo de um amigo do Gav. Ele pesquisou aqui e ali para mim, é o tipo de coisa que ele faz. É um beato, mas é legal; sua bondade é autêntica. Ele não impõe sua religião para as outras pessoas. Se fizesse isso, eu sairia daquela loja com a mesma velocidade com que alguém diz "freio de bici".

Minha nova casa fica no andar de cima, dois lances em uma escada encardida, e o casal que mora no andar de baixo grita o dia todo um com o outro, mas, veja, tem um sofá e uma televisão. É quase uma espelunca, mas o aluguel é um quinto do que era no apartamento.

Continuo batendo a cabeça nas paredes, sentindo-me murcho por dentro. Imagino que seja aquela coisa insanamente confusa a que chamamos de amor. Devo ter amado Lynette mais ainda do que pensava.

Nossa, detesto pedreiros.

Encontrei-me com Judith (a ex que ainda fala comigo) na terça-feira. Ela relutou em se separar de qualquer um dos seus pés de maconha, mas a mistura do meu charme duvidoso e um bom maço de notas resolveu o problema. Ela estava com uma nova mecha azul no cabelo e parecia muito bem, em um contexto esquelético e ensebado. Compartilhamos um bagulho e batatas fritas, e achei que poderíamos dormir juntos em nome dos velhos tempos, mas não. Ela disse que não estava no clima. Seja como for, agora ela tendia mais para garotas.

Ah, bom, vim embora com um pouco de erva seca em um vidro e – sabendo que não posso me dar ao luxo de ficar comprando sempre – um kit cultive-você-mesmo na forma de dois belos vasos de plantas frondosas. Meus bebês. Dei a elas o nome de Zé da Erva e Tonho Bagulho. (Acho que estou sentindo mais falta daquele peixinho dourado do que quero admitir.) Arrastei a mesa para ficar em frente ao peitoril da janela e coloquei-as ali, onde pegam a luz do sol do começo da manhã. Também instalei uma lâmpada de alta potência, um alto custo de energia elétrica, mas necessário. Já acabei com algumas das ervas secas. Foi uma bênção. Você sabe como é. O estresse simplesmente desaparece. Mas não sinto orgulho de estar seguindo esse caminho de novo. E vou ter que me segurar até as plantas terem crescido um pouco.

Ainda estou um desastre. Meu apartamento está um desastre, minha vida está um desastre, tudo o que faço é um desastre. Perguntei a Gav na segunda-feira por que ele não me demitiu.

– Não faço ideia, cara – ele respondeu.

– Você pode me mandar dar o fora, se quiser, não vou te jogar na cara.

– Bom, até faria isso... só que você sabe tudo sobre bicicletas, consegue consertar coisas que ninguém mais consegue e... bom, se eu te der dois alfinetes de segurança, uma bateria e uma cenoura, você vai e constrói um maldito acelerador de partículas, como o Colisor de Hádrons, ou coisa que o valha. Além disso, você é honesto, é trabalhador e, pelo menos até agora, é totalmente confiável.

– Mas estou perdendo o jeito com os clientes – digo.

Não consigo mais aguentar a lenga-lenga. Sabe aquele papo: "Olá, madame, que bela bicicleta! Qual é o problema? Ah, sim, a gente conserta rapidinho. Claro que posso mostrar como encher seu pneu. Não, não se preocupe, não vai explodir". Parece que perdi a mão.

❋

Quarta-feira. Dia vazio. Um raio de sol estreito está se infiltrando ao redor da borda da cortina. Acho que vou dar uma saída agora de manhã para uma rápida olhada lá fora antes de me acomodar em frente à televisão pelo resto do dia.

Desço até o saguão da entrada. Tem uma carta na prateleira onde o sujeito do apartamento de baixo joga toda a correspondência. Sinto um frio na barriga ao ver meu nome no envelope. A carta deve ser de Lynette porque nunca recebo cartas. E-mails, sim, cartas, não. Quando me acalmo, olho direito e sei que não é dela. A letra de Lynette é como a de uma professora de escola primária: rígida, caprichada e totalmente na vertical, como se tentasse provar alguma coisa. Esta escrita é toda inclinada. Elegante. Feita a caneta-tinteiro, não com esferográfica. Linhas muito finas. Cuidadosas, mas também irregulares, como as marcas das garras de um gato. O carimbo do correio é... Nossa, não sei. Parece escocês ou coisa assim. A carta foi mandada para meu antigo endereço, mas acho que foi encaminhada pelo meu ex-senhorio. Estou surpreso por ele ter se dado ao trabalho.

Rasgo o envelope. Apenas alguns parágrafos, na mesma caligrafia antiquada.

Caro Patrick,

Espero que esteja bem. Escrevo com uma notícia que pode surpreendê-lo, assim como me surpreendeu. Depois de uma busca cuidadosa por meio de uma agência respeitável, descobri uma informação importante que diz respeito a meu filho apartado. Obviamente, questionei a veracidade da informação, mas parece que é corroborada por vários registros: certidões de nascimento, censos e outros documentos legais.

Meu filho foi dado em adoção quando era bebê. Infelizmente, ele já não vive, mas, sem o meu conhecimento e, ao que parece, tarde na vida, ele se envolveu com uma mulher e teve um filho. Esse filho, segundo soube por fonte segura, é você. Embora nós nunca tenhamos nos encontrado, temos um laço consanguíneo muito próximo: sou sua avó.

Sem dúvida você deduzirá que já não estou no resplendor da juventude, mas, mesmo assim, estou muito interessada em conhecê-lo. Sou saudável e bem apta a viajar até o lugar da sua morada, caso lhe seja conveniente.

Aguardo ansiosamente sua rápida resposta.

Saudações cordiais,
Verônica McCreedy

PATRICK

⊙ *Bolton*
🗓 *Junho de 2012*

Que diabos devo fazer com isto? Uma nova vó? Não é bem do que preciso neste momento. Dificilmente faz parte da minha lista de sonhos a se realizarem. Em especial, levando-se em conta que ela é a mãe do meu pai e, bom, vamos ser sinceros, ele nunca foi minha pessoa preferida. Não depois do que fez com mamãe.

Subo as escadas pisando duro, amasso a carta e atiro-a na lata de lixo. Erro o alvo, e ela quica para o chão, ao lado da pilha de roupas sujas. Aqui não tem máquina de lavar. Mais cedo ou mais tarde, vou ter que arregaçar as mangas e descobrir uma lavanderia.

Gravei alguns episódios antigos de *Top Gear*, então assisto a eles, e depois um ou dois episódios de *Quem quer ser um milionário?* Gosto de banalidades. Não faz sentido ficar de queixo caído diante de todos esses programas sobre morte, depressão e assassinato. Não tem serventia na vida ficar ali sentado e se deprimindo com esses assuntos, tem?

Fui bem-sucedido em passar um terço do dia sem pensar muito em Lynette, então deve ser bom. Levanto-me, estico as pernas e vou até a janela. A vista daqui é, em sua maior parte, alvenaria manchada e encanamentos. Tem uma árvore, mas ela está meio enlameada e indefinível. O céu está pairando trevoso sobre os telhados. Depois de uma breve aparição nesta manhã, o sol parece ter entrado em greve de novo.

Zé da Erva e Tonho Bagulho estão indo bem. Tem alguns belos brotinhos, doidos para serem colhidos, secados e fumados. Coisa linda. As plantas sorriem para mim tentadoramente.

– Não, não, parem com isto. Ainda não – digo para elas. Atravesso a sala e pego a carta amassada, do chão. Desamasso-a devagar e torno a lê-la.

A rispidez da mulher. Em que século ela pensa que está vivendo? *Questionei a veracidade da informação... Já não estou no resplendor da juventude.* Está tirando um sarro? Será que é mesmo minha verdadeira avó? Ela parece ter investigado bem.

Nunca fiz qualquer tentativa de encontrar o meu pai. Não vale o esforço. Não consigo me lembrar de nada a respeito dele, mas sei que não dava a mínima para mim e minha mãe. Pobre mamãe. Aquele pesadelo... O tempo todo me dá enjoo e me deprime.

Fico parado feito um fantoche, olhando para a carta de Verônica McCreedy. Quer dizer, família deveria ser uma coisa boa, não é? Mas é complicada. Eu já sou um caos. E, aos 27 anos, de repente ganhar uma avó incrivelmente formal e muito provavelmente perturbada vai ser de alguma ajuda? Acho que não.

Mesmo assim, estou um pouco curioso. E, sabe como é, essa coisa de curiosidade. É como um verme que fica mordiscando você. Mordisca, mordisca, até que a pessoa acaba cedendo.

O que de pior pode acontecer?

Verônica McCreedy não pensou em me mandar um endereço de e-mail ou número de telefone, então, se eu responder, terá que ser pelo correio normal. Não tenho papel de carta, mas acho que tem um bloquinho em algum lugar. É, está ao lado da pilha de livros e revistas, com uma chave de fenda em cima. Coloco a chave de fenda no bolso da minha jaqueta, depois pego uma esferográfica e escrevo um bilhete. Curto e direto ao assunto:

Tudo bem, quando a senhora quer me encontrar? Estou livre na semana que vem. Qualquer dia, menos segunda.

Coloco meu novo endereço e o número de telefone no alto. Se ela estiver em seu juízo perfeito, vai notar. Senão, dane-se.

Sei que é grosseiro escrever para ela desse jeito, mas estou de fato puto da vida com essa mulher. Teria sido bom se ela tivesse me procurado um pouco antes, quando eu tinha, digamos, 6 anos, quando precisava desesperadamente de um adulto para cuidar de mim. Teria poupado um monte de gente de um monte de confusão.

Vou sair, colocar essa resposta no correio, depois baixar no The Harp e me recompensar com uma cerveja. Talvez ligue para o Gav.

Ele poderia me encontrar lá. Acho que lhe devo uma. A mãe dele morreu alguns meses atrás, um dos seus filhos está doente, e ele me contratou para trabalhar. Sem dúvida, uma ou duas cervejas lhe cairiam bem.

A ideia de uma ou duas cervejas acelera o meu passo. Torno a despencar escada abaixo, com a carta no bolso de trás do jeans. Lá fora, o clima está úmido e cinzento. Corro pela rua. O barulho do trânsito me acompanha. Não estou pensando em muita coisa, além da cerveja, enquanto sigo, mas assim que meti o bilhete na caixa de correio, comecei a me sentir mal por ser tão seco com a vó Verônica. Afinal de contas, ela é uma velha, deve estar frágil. Não foi legal da minha parte ter sido assim tão conciso, ainda que a carta dela fosse bizarra.

Eu me pergunto se ela vai responder. Por um lado, acho que vai. Por outro, acho que não.

Começo a pensar (OK, talvez a esperar) que a vó Verônica possa ser uma velhota doce. Posso visualizá-la, toda rechonchuda, bochechas rosadas, cheirando a baunilha. Vai ter brilho nos olhos e uma risada de menina. Talvez ela fale com uma suave cadência escocesa. Ela me trará um bolo de maçã caseiro, embrulhado em um tecido xadrez.

Enquanto estou em pé no balcão do The Harp com a minha primeira cerveja (vou ligar para o Gav já, já), vou tendo a ideia. Estou até bolando um plano. Sei o que vou fazer. Vou fazer um bolo quando a vó Verônica vier. Um bolo é legal. Posso muito bem fazer um bolo. Pode ser que a feitura de um bolo seja o que a vovó e eu temos em comum. Podemos nos conectar através disso. Compararemos receitas. E ela vai me dizer que herdei seus olhos e seu nariz e o gosto por essência de amêndoas. E contarei a ela tudo sobre Lynette. Ela será muito meiga, compreensiva e avó. Decidido.

A vovó vai ficar louca por mim.

PATRICK

◎ *Bolton*

Não faço ideia do motivo, mas acordei me sentindo melhor. Estou determinado, vibrando com uma nova vida. Pulo da cama, apanho as roupas sujas do chão e enfio-as em uma sacola de plástico. Não sobrou nenhuma roupa limpa, mas visto minha velha camiseta do Gorillaz e o jeans com os joelhos rasgados – ele está ligeiramente menos fedido do que o resto. Nossa, perdi a mão. É de dar pena. Está na hora de me recompor. Abro a geladeira, mas não tem nada ali, a não ser meio litro de leite azedo. Vou ter que sair sem café da manhã.

Disparo pelo corredor, desço as escadas e saio.

Estou a toda. O trânsito ainda não está congestionado e não tem aquela buzinação mal-humorada que normalmente se ouve aqui. Hoje, o sol está deslumbrante, e as folhas de todas as árvores parecem iluminadas. Legal.

Este é o começo de uma nova vida, um novo eu, sozinho, mas muito mais equilibrado. Lynette tinha razão sobre uma coisa: se você não cuida da sua saúde, cara, tudo desmorona. Respiro fundo, corro pela rua, pelo parque, colina abaixo, até chegar ao supermercado. Vou acabar gostando disso.

O conteúdo do meu carrinho: abacates, tâmaras, shitake e cogumelos marrons, folhas para salada, um corte magro de cordeiro, hortelã fresca, batatas, maçãs, pão com semente de girassol, quinoa e (tudo bem, não sou santo) minha recompensa por tudo isso: duas embalagens com meia dúzia de cervejas cada. Uso meu cartão de crédito, tentando não me assustar com o valor. Se tiver sorte, meu próximo benefício entrará bem a tempo.

Paro na banca a caminho de casa e me distraio folheando revistas. Então percebo que fiquei tempo demais e a carne pode ter se estragado. Disparo para casa com as sacolas batendo nas pernas. Subo dois degraus de cada vez. Minha secretária eletrônica está apitando. Escuto as mensagens, enquanto meto a compra na geladeira.

– Bom dia, Patrick. Aqui é Verônica McCreedy. – A voz não tem uma cadência escocesa. É muito inglesa. Definida e austera. – Estou ligando para informar que estou agora em Edinburgh Waverley. Devo chegar em Bolton às 11h17 e, desde que consiga pegar um táxi sem demora, devo estar em sua casa por volta do meio-dia.

Nada mais. Só isso. Minha nossa!

Ela deveria ter me dado um pouco mais de tempo. Olho para o relógio. Agora são quase dez horas. E não comprei os ingredientes para o bolo de polenta com limão. Para começo de conversa, estou morrendo de fome e muito menos animado e ansioso do que estava. Mesmo assim, se estou prestes a conhecer meu único parente vivo, é melhor fazer o bolo. Tudo parece depender do bolo. O bolo pode ser a minha única chance de me dar bem com minha nova avó.

Saio às pressas de novo, batendo a porta ao sair. Refaço todo o percurso pela rua (agora o trânsito está um pesadelo, e os carros estão no modo buzinação enfurecida), atravesso novamente o parque, desço a ladeira até o supermercado. Encalorado e suando. Sem a menor dúvida, consigo sentir meu cheiro e não é bom.

Vou às pressas, agarrando o saco de polenta instantânea, açúcar demerara, limões e tudo mais. Pego a fila mais curta no caixa, mas, para minha sorte, acabo com a funcionária mais lenta do universo.

– Que manhã linda, não é, querido? – ela diz, segurando minha sacola de limões a meio caminho, em vez de escaneá-la. Ela é uma dessas pessoas que não consegue falar e agir ao mesmo tempo.

Solto um grunhido e olho incisivamente para os limões.

– Mas dizem que vai chover hoje à tarde. É melhor aproveitar ao máximo, enquanto dá.

– É.

– Polenta! Tenho a maior curiosidade com isto.

– Huuum!

Por fim, passamos meus seis itens. Estou pronto para enfiar meu cartão de crédito na máquina, quando ela me impede, acenando uma mão frenética no meu rosto.

– Você esqueceu seu Clubcard!

– Não, não esqueci! – respondo.

– Você quer dizer... Então você não tem de fato um Clubcard?

– Acertou!

– Ah! Posso lhe oferecer um cartão? Eles são muito bons, sabia? Você ganha pontos na sua compra toda vez, depois tem descontos em alguns produtos. Ele acumula rapidinho.

– Agora não, me desculpe. Tenho que voar.

Ela fecha a cara, como se fosse eu que estivesse sendo difícil, e depois (socorro!) vai ainda mais devagar.

– Aqui está a sua nota e aqui está a sua ficha – ela me diz, pressionando um disco redondo de plástico na minha mão. – Basta enfiar em uma das caixas assistenciais quando sair.

Coloco corretamente o disco de plástico dentro da primeira caixa assistencial, sem ler para que grupo local de Associação de Pais e Mestres, ou clube de jardinagem, ela vai. Enfim estou livre para voltar para casa e fazer o maldito bolo. Subo a ladeira ofegando, fazendo desvios entrecortados para ultrapassar as pessoas na calçada. Todas elas são umas malditas lesmas.

Mas, espere aí, o que é isto? Duas pessoas na calçada à minha frente, entrelaçadas. O homem tem uma cabeça grande e quadrada, ombros enormes, a parte de trás do pescoço muito bronzeada. A mulher é magra feito um galgo, veste jeans de grife e uma camiseta bem passada. Um corte de cabelo perfeito *à la* Cleópatra. É ela. É Lynette.

Na hora acontece um enorme terremoto dentro da minha barriga. É como se todos os meus órgãos e intestinos, de repente, tivessem decidido virar de cabeça para baixo e se amarrar em nós. Minha cabeça grita. Meus pés perdem a energia da caminhada. Estou ali parado, simplesmente parado na calçada, de boca aberta como um idiota.

Lynette! Lynette, Lynette, Lynette. Toda em cima dele. O cretino do pedreiro.

Fico encarando até eles desaparecerem na outra ponta da rua.

Cara, preciso de um tapa. Volto correndo para a quitinete, jogo as compras no chão e pego meus papéis de cigarro. Encho-os com fumo e acendo-os depressa. Dou grandes tragadas e solto a fumaça na sala. Minhas mãos continuam tremendo. A cinza cai da ponta do baseado no tapete.

A campainha toca. Dou um pulo. Lynette?

Não, claro que não. Vai ser a porra da Verônica McCreedy.

Ela está mais do que vinte minutos adiantada. Não sou a favor de antecipações. Lynette achava que a pessoa deveria chegar cedo em tudo, mas tenha dó... tudo bem chegar mais tarde. Dá às pessoas a chance de se preparar para você. Vinte minutos adiantado é totalmente inaceitável.

Ainda estou tremendo como gelatina e não estou no clima para conversa fiada. Que tipo de pessoa é essa McCreedy, afinal, para abrir mão do próprio filho? *Quero dizer...*

A campainha volta a tocar. Olho pela janela bem a tempo de ver um táxi indo embora. Uma mulher está parada na porta da frente, mas daqui não dá para ver muito dela, só a parte de cima da cabeça e um pouco de cabelo branco. Uma pasta roxa e uma grande bolsa escarlate.

Acho que não posso deixá-la ali parada, né? É uma velha.

Desço e abro a porta. Ela me olha de alto a baixo. Eu: baseado na mão, jeans rasgado, camiseta amassada, cabelo despenteado, rosto por barbear, todo o meu corpo fedendo a chiqueiro. Ela: vestida com elegância num blazer engomado e saia pregueada. Não chega a ser um conjuntinho e pérolas, mas quase. Seus lábios enrugados trazem um batom vermelho vivo.

– Patrick?

– É, sou eu.

Acho que não dá para culpá-la pela expressão de horror. Quase sinto pena dela. Devo estar vários degraus abaixo do abaixo das suas piores expectativas.

– Vamos subir. – Não consigo abrir um sorriso. Ela me segue lá para cima, seus olhos assimilando o corrimão malcuidado e o papel de parede manchado, da década de 1980. Abro a porta da quitinete e gesticulo para que entre.

– Então é aqui que você mora, é? – A voz dela goteja desaprovação. O saco de roupa suja tombou e tornou a se esvaziar por todo o chão. A cama está desarrumada. As plantas de maconha estão ali, perto da janela, para quem quiser ver. E eu me importo? Não.

Só consigo pensar na Lynette e no pedreiro. Fingir ser uma coisa que não sou, nem pensar. Nem fingir que estou feliz por Verônica McCreedy estar aqui.

Solto lentamente a fumaça dos pulmões.

– Por favor, sente-se.

Ela tira uma cueca da única poltrona e vai se sentando com cuidado. Está agarrada àquela bolsa cara, do tipo que a Rainha sempre tem, escarlate e brilhante. A não ser pelo batom rubi, ela se parece igualzinha às outras velhas. Sabe como é, cabelo branco, faces encovadas, olhos fundos. Semelhança familiar? Talvez algo na estrutura óssea, mas é difícil dizer. Acho que não.

Estou tão na pior que fico quase aliviado ao notar que, no fim das contas, ela não é uma velhinha meiga. É o oposto. O que a Lynette costumava chamar de "bacalhau". Rígida, conservadora, formal. E, não, ela não me trouxe um bolo. Não me trouxe nada, a não ser uma testa franzida.

TERRY E O BLOG DOS PINGUINS

📅 *10 de junho de 2012*

Asobrevivência é um negócio complicado. Todas as criaturas da Antártica têm maneiras evoluídas de lidar com as condições hostis daqui. Os petréis produzem um óleo estomacal especial, fonte de alimento de alto valor energético durante longos voos, e que também serve como um mecanismo de defesa que eles bafejam na cara dos predadores. Na maioria dos casos, também se faz necessária uma pele resistente. As focas-leopardo têm grossas camadas de tecido adiposo para protegê-las do frio extremo. Os pinguins prendem uma camada de ar debaixo das penas, para se manter quentes debaixo d'água.

Os pinguins também precisam lidar com vários períodos sem alimento. No inverno antártico, os imperadores machos sobrevivem por inacreditáveis quatro meses sem comer, mantendo seus ovos equilibrados e aquecidos em seus pés, enquanto as fêmeas estocam comida para os novos filhotes. Nossos próprios adélias, com muito mais sensatez, procriam em novembro (a primavera antártica), quando as condições são relativamente fáceis. Mas eles ainda têm vários problemas a enfrentar. Existem inúmeros predadores. O gelo e a neve podem ser perigosos. Precisam ser incrivelmente valentes para sobreviver. ▪

VERÔNICA

⊙ *Bolton*
▣ *Junho de 2012*

Fiz o que foi preciso para sobreviver. Se isso fez de mim uma pessoa dura ou cáustica, que seja. Sou o que sou.

Também preciso aceitar o fato de que Patrick é o que é. Mas é difícil esconder meu desapontamento. Não esperava perfeição. Também não esperava afeto. Não sou boba. Mas isto? Fico desanimada. É mais um tapa na cara daquele ditador cruel conhecido normalmente como Destino.

Como é possível que esta criatura lamentável, suja, transtornada pela droga, seja meu próprio neto? Ele não conhece a existência de água e sabão? E sua quitinete! Simplesmente não entendo como alguém pode viver nesta sordidez. Até um coelho ia achá-la minúscula. Até um rato ia achá-la imunda.

Não avisei ao rapaz com muita antecedência sobre a minha visita, porque queria saber como ele realmente vivia. Já estou me arrependendo da decisão. Ele teve algumas boas horas para dar uma arrumada, mas não fez o mínimo esforço por minha causa. Parece que não foi educado para respeitar outras pessoas. Não há dúvida de que a culpa é da mãe.

Ele se vira de costas para mim, vai até a extremidade da sala, e resmunga alguma coisa que não entendo, que soa como "chata de doer". Depois volta e fica parado na minha frente. Está fumando como uma chaminé. Não faço ideia de que substância ele esteja usando para poluir a atmosfera, que já é fétida, e destruir as células dos pulmões e do cérebro, mas com certeza não é tabaco. Analiso-o da melhor maneira que posso através das camadas de sujeira que escondem seus traços. O rosto tem uma estrutura semelhante à minha, com maçãs levemente salientes e um maxilar forte. É um rapaz grande, com pele azeitonada e cabelo castanho bagunçado (em excesso no alto e muito pouco dos lados). Seus olhos são escuros, mas, fora isso, não vejo nenhuma semelhança com o homem que em certa época adorei. Tenho um aperto na boca do estômago. Devia ter me preparado para isso.

Preparo-me agora.

– Então, você acha que é minha avó?

Não me oferece chá depois da minha longa viagem. Fico tentada a dizer que foi um engano administrativo dos mais inconvenientes e inexplicáveis e que de fato não, no fim das contas não sou sua avó; mas fui criada para ser honesta, e a sinceridade tornou-se um hábito.

– Pois é, de fato é o que parece. Tenho alguns documentos impressos. – Tiro-os da pasta para mostrar a ele. O cheiro de drogas intensifica-se quando ele chega perto e se inclina para ver. – Aqui está sua certidão de nascimento. Você vai reparar que o nome do seu pai aparece como Joe Fuller. Foi o nome dado ao meu filho pelos pais adotivos, quando o levaram para morar no Canadá. Várias outras referências também indicam que este é o mesmo Joe Fuller. Testes de DNA podem fornecer mais provas, caso necessário, mas peritos legais me garantiram que estas referências são cem por cento confiáveis.

Patrick mal se dá ao trabalho de olhar, como se sua família perdida havia tanto tempo não lhe interessasse.

– Recebi o sobrenome da minha mãe – ele observa. – Meu pai não ficou por muito tempo, depois que nasci. Na verdade, menos de uma semana.

Ele parece pensar que eu deveria pedir desculpas por isso. Não peço.

– Então, vai me contar o que aconteceu? – ele pergunta, de um jeito desagradável.

– Em relação ao seu pai?

– É, meu pai, o cara que abandonou a mim e a minha mãe. Seu filho. Você disse que foi "apartada" dele. Como assim?

Recuso-me a descer a esse nível de grosseria. Dou o mais breve esboço dos fatos.

– Separei-me do seu pai quando ele era apenas um bebê, tinha poucos meses. Infelizmente, nunca mais o vi. Foi impossível localizá-lo, até ser tarde demais.

Tentei inúmeras vezes ao longo dos anos. Foi apenas em 1993 que recebi uma informação, quando aquela carta terrível chegou à Ballahays.

Patrick solta um barulho, como se estivesse limpando a garganta.

– Quando foi que ele morreu?

– Meu filho morreu em 1987. – As palavras caem da minha boca como pedras.

– Certo. – Ele não se abala. Vai até a janela e volta, solta no ar uma longa sequência de fumaça com cheiro podre.

– Como ele morreu?

– Ele era um alpinista muito bom – respondo, tensa. – Foi escalar nas Rochosas e morreu de forma trágica, ao cair em um desfiladeiro.

– Esperto.

Encolho-me com sua insensibilidade. Estou começando a detestar esse Patrick. Mesmo assim, continuo.

– Nunca tive qualquer contato com o casal que o adotou. Parece que eles não podiam ter filhos. Na época do acidente, os dois tinham falecido. Alguns anos depois, alguns parentes deles – acho que eram primos – finalmente percorreram os arquivos da família e descobriram um velho documento declarando que eu era sua mãe biológica. Um deles, uma mulher que morava em Chicago, me contatou por carta para me contar o que tinha acontecido. Isso foi em 1993. – Naquela época, já tinha perdido toda esperança de um dia ver meu filho, mas a última coisa que esperava era a notícia da sua morte. A lembrança daquela carta continua viva. – Ela só o tinha visto um punhado de vezes, já que estavam geograficamente distantes. Não pôde me dar tanta informação quanto eu esperava. Ele morreu solteiro. Ela me escreveu, e não tive razão para duvidar, que ele não tinha filhos.

Patrick aspira e exala fumaça de novo. Sua expressão é inescrutável.

– Mas agora você diz que ele era meu pai.

– Sim. – Sei que o estou encarando com olhos gélidos. Raramente tenho uma decepção tão grande assim. – Há pouco tempo, ocorreu-me que essa prima poderia estar enganada em suas suposições. Decidi que valia a pena investigar um pouco mais, só para ficar cem por cento certa de que meu filho não deixou descendentes. E, para minha grande surpresa, a agência descobriu tudo isso.

– E ninguém lá sabia a meu respeito.

– Parece que não. Como você disse, ele deixou a Inglaterra logo depois do seu nascimento.

Meu filho, o bebezinho que costumava agitar no ar seus dedos em miniatura tentando agarrar os cachos soltos do meu cabelo, que se aninhava no meu colo e olhava para mim enquanto eu lia para ele... Ele se tornou um homem; produziu seu próprio filho. Será que me procurou quando esteve neste país tantos anos atrás? Ou talvez nem soubesse que eu existia? A prima não sabia que ele era adotado, então é possível que ele mesmo não soubesse. Quando nos separamos, ele era muito novo para se lembrar de mim, e seus pais canadenses poderiam nunca ter achado conveniente informá-lo. Não sei, e parece que o homem à minha frente, longe de ser meu agradável neto, também não sabe nada. Ou seja, muitas perguntas permanecem sem resposta.

– Parece que ele se esqueceu de tudo que dizia respeito à mamãe e a mim, muito conveniente – Patrick resmunga.

Quem poderá dizer que ele esqueceu? O que realmente parece é que ele cortou qualquer contato com sua companheira e seu filho. Não faço ideia de por que um homem faria isso. Deduzo que meu filho tivesse seus motivos. Ao longo da história, por vezes sem conta, os homens abandonaram as mulheres e seus bebês. Não há dúvida de que continuarão a fazer isso enquanto houver vida neste planeta.

Posso ver o cérebro de Patrick tentando compreender tudo isso. Gostaria que ele se sentasse. Ele parece tenso e hostil. Com uma mão, passa os dedos pelo cabelo, enquanto segura o cigarro com a outra.

– E você descobriu mais alguma coisa sobre a vida dele?

– Descobri, mas só um pouquinho, através da prima. – Destaco os pontos que estou preparada para contar a ele. – Ele passou a maior parte da vida no Canadá. Gostava de fazer coisas perigosas, como esquiar, saltar de paraquedas e escalar. Viajava muito. Veio para a Inglaterra por um breve período, quando tinha 40 e poucos anos. Durante esse tempo, conheceu sua mãe, e você nasceu logo depois.

– Meu pai audacioso. Meu pai pouco orgulhoso. Minha pobre mãe – Patrick murmura e acrescenta: – Minha pobre mãe. – Franze o rosto e depois volta a me confrontar. – O que te levou a se separar dele quando era só um bebê?

Patrick é muito direto em seu questionamento, muito acusador. Sinto-me enfurecer. Não gosto de ter que me justificar para uma pessoa dessas. Ainda assim, acho que ele tem o direito de saber.

– Eu era muito jovem.

– E?

– E solteira.

Patrick anda pela sala.

– Parece que abandonar os bebês é uma tradição da família.

Como ele ousa falar assim comigo? É sangue do meu sangue. Viajei até aqui para encontrá-lo. Agora vejo que foi um erro de proporções colossais. A história é por demais complexa, a distância muito vasta. Patrick é o que é. Eu sou o que sou. Somos animais muito diferentes.

Pergunto-me se quero que esta relação recém-descoberta siga adiante. A resposta vem afiada como uma navalha: não quero.

– Quantos anos você tinha quando deu à luz o meu pai? – Patrick pergunta.

Sou igualmente simples na minha resposta.

– Poucos.

Vejo algo reluzir em seu olhar. Poderia ser empatia, mas duvido.

– E quantos anos você tem agora?

– Muitos.

– Quanto é muitos?

Noto que ele não pergunta quanto eram os poucos. Suspiro.

– Farei 86 em 21 de junho, que é na próxima quinta-feira.

Ele franze o cenho.

– Sei. E você mora sozinha?

– Moro. Mas tem uma mulher que vem ajudar na faxina. Eileen. A casa é muito grande e decrépita para eu mesma mantê-la em ordem.

– Bom, vovó – ele diz. Encolho-me com o termo. – Então você se deu bem.

Abaixo a cabeça, confirmando.

– Depende muito da sua definição de "bem". Mas, sim, a casa vale alguns milhões.

Ele fica surpreso e uma chuva de cinzas espalha-se sobre o tapete. Na mesma hora, fico furiosa comigo mesma. Não deveria ter mencionado minha riqueza em hipótese alguma. Agora ele deduzirá que tem direito a ela. Pelo menos, não me referi aos outros milhões que estão depositados em várias contas bancárias, acumulando juros astronômicos.

Patrick não consegue falar por algum tempo e depois parece não querer olhar para mim, concentrando sua atenção para fora da janela.

– Como é que você ficou tão rica? – ele pergunta para as calhas.

– Eu me casei. Meu marido trabalhava no ramo imobiliário. Por um tempo, ajudei-o nisso, antes do divórcio. – É tudo que estou disposta a compartilhar sobre mim mesma.

É a minha vez de fazer perguntas, de esmiuçar Patrick assim como ele me esmiuçou. Sou muito mais civilizada em minha abordagem, ainda que não consiga reunir muito entusiasmo. Apuro que Patrick trabalha só uma vez por semana, em uma loja de bicicletas. Mesmo isso se deve apenas à caridade de um amigo, que é seu chefe ali. O restante da sua renda, ele mendiga do governo. Separou-se recentemente da namorada. Não posso dizer que isso me surpreenda. O que me surpreende, acima de tudo, é um homem desses conseguir arrumar uma namorada. Tenho medo de pensar que tipo de menina era ela. Evito perguntar a Patrick se ele algum dia toma banho. Eu mesma sinto vontade de me lavar depois de estar aqui, mas não tenho o menor desejo de conhecer seu banheiro.

Nossa conversa perde o fôlego na maior rapidez. Estou cada vez mais ansiosa por me livrar da companhia desse homem malcheiroso. Tenho certeza de não ter perdido nada por não o conhecer antes. Peço-lhe para me chamar um táxi, assim que é educado fazer isso.

Estou extremamente aliviada em ir embora.

VERÔNICA

⊙ *Ballahays*

– Espero que seu neto venha logo fazer uma visita – diz Eileen, animada, enquanto encaixa uma escova no aspirador de pó.

– Sinceramente, espero que não.

Não pude deixar de contar a ela sobre a minha visita para conhecer o jovem Patrick, mas foi um relato convenientemente resumido. Não tenho vontade de estimular uma conversa mais profunda sobre o assunto.

– É mesmo, Sra. McCreedy? – Ela faz uma pausa, louca para acreditar que meu neto e eu devemos nutrir sentimentos de afeto um pelo outro. – Mas, com certeza, a senhora o receberia bem se ele batesse à porta neste exato momento, não?

Não respondo. Ter um leve problema de audição pode ser uma vantagem; você pode se livrar de responder a perguntas estúpidas.

Eileen dá de ombros, alegre.

– Bom, imagino que o pó não vá ser aspirado sozinho!

Ela arrasta o aspirador pela cozinha, até o vestíbulo, deixando a porta aberta depois de passar.

– Eileen. A porta.

– Me desculpe, Sra. McCreedy – ela diz e fecha a porta.

Termino minha xícara de chá e folheio o catálogo de jardinagem. Cuido pouco do jardim hoje em dia, a não ser pela poda das rosas, mas de vez em quando encomendo uma série de plantas para canteiro, ou um arbusto. Há algumas variedades de azaleias em Ballahays, das quais tenho especial orgulho. Flores exuberantes ajudam a pessoa ao longo da vida, estou convencida disto. Além do mais, Sr. Perkins, o jardineiro que está comigo há vinte e seis anos e está começando a parecer um pouco embolorado, precisa de alguns projetos novos para manter-se interessado.

Visto o casaco e as luvas e saio. Aspiro o ar limpo e rarefeito da Escócia. Ainda me sinto suja depois da minha visita à morada repulsiva de Patrick.

O medalhão está agora sob o meu travesseiro. Na próxima vez em que subir, vou pegá-lo e guardá-lo na caixa. Ela precisa voltar para as profundezas impenetráveis do quarto dos fundos. Preciso me empenhar para tornar a esquecer o que foi tão doloroso lembrar. Para começo de conversa, essas coisas nunca deveriam ser desencavadas.

❋

Hoje à noite, Robert Saddlebow fala de uma colônia de pinguins, em uma ilha remota das Shetland do Sul, na Antártica. "A península Antártica é um dos lugares do nosso planeta com o aquecimento mais rápido", ele me informa de uma encosta salpicada de neve. "Nas últimas décadas, tem havido uma significativa redução no gelo marítimo."

– Ai, meu Deus! – exclamo.

Seu rosto severo fica maior até preencher a maior parte da tela (de maneira bem agradável).

"Os pinguins são usados pelos cientistas como indicadores de alterações no ecossistema", ele continua. "É provável que qualquer mudança no desempenho da procriação ou na população se reflita em mudanças na Antártica como um todo. Assim, monitorar espécies como os adélias nos dá indicadores valiosos das transformações em larga escala do meio ambiente."

– Ah, Robert, você é um *tour de force*! Nós, ignorantes, precisamos saber dessas coisas – murmuro.

Ele sorri. "Os pinguins-de-adélia também são particularmente encantadores", acrescenta, enquanto a câmera faz mais uma panorâmica.

Concordo do fundo do meu coração. As aves reunidas enchem a paisagem desértica de vida turbulenta. A espécie recebeu o nome por causa da esposa de um explorador francês do século XIX. Apesar do nome, eles não parecem muito femininos. Com sua elegante roupagem branca e preta, têm a aparência de homenzinhos atarracados usando *smokings*. Os adélias estão entre as menores espécies, medindo apenas setenta centímetros. Têm olhos brilhantes e inteligentes, com bordas brancas. Muito atraentes. Depois de curtir suas trapalhadas na terra, vejo uma filmagem soberba das aves nadando debaixo d'água, suas figuras rechonchudas transformadas em protótipos de graça com a precisão de um balé.

O programa também apresenta um grupo de cientistas que está morando lá, estudando os pinguins. Robert Saddlebow entrevista um deles, um alemão chamado Dietrich. Ele se denomina um *pinguinólogo*. Não gosto do seu sotaque, mas fico impressionada com a paixão com a qual ele fala. Ele afirma que, embora os adélias não sejam uma das espécies *mais* ameaçadas (não como os pinguins-de-penacho-amarelo do norte e os pinguins-de-testa-amarela), eles se encaixam na categoria "quase ameaçada". Além disso, o número de aves desta colônia específica vem se reduzindo de maneira alarmante nos últimos anos, sem que ninguém saiba o motivo. Sete anos atrás, foi construído um novo centro de pesquisas de campo na ilha, para tentar chegar ao cerne da questão, e cientistas andam estudando a fundo os pinguins a cada estação, mas os recursos financeiros estão quase esgotados. Quando o programa foi filmado, havia ali apenas quatro cientistas tentando fazer o trabalho de cinco. Neste ano, haverá três. É provável que, depois, o projeto terá que ser interrompido por completo, a não ser que consigam mais financiamento. As palavras dele pareceram cutucar alguma coisa no meu subconsciente.

Esse Dietrich traz a preocupação gravada em todo seu rosto barbudo. Gesticula feito louco. Em geral, passaria batido por tal espetáculo de perturbação, mas Robert Saddlebow (nutro um grau de admiração por ele) também parece bem emocionado. Ele afirma sua esperança de que os cientistas encontrem uma maneira de prosseguir com seu valioso trabalho, aperta a mão do homem e deseja-lhe toda sorte. A cena desliza para revelar um belo pinguim, embora bem corpulento, parado sobre uma rocha, secando suas nadadeiras estendidas em um ângulo reto com o seu corpo. Seus olhos fixam-se nos meus, criando uma conexão estranha entre ele, em sua rocha da Antártica, e mim, na minha poltrona no aconchego de Ballahays.

"Se você quiser saber mais sobre a comunidade de adélias", diz Robert Saddlebow, "por favor, consulte o Blog dos Pinguins. Terry manterá vocês a par, regularmente, do progresso dos cientistas e dos pinguins da ilha Locket".

Ilha Locket? "Locket" significa *medalhão*! A palavra parece disparar uma série de correntes elétricas nas minhas vias neurais. Uma coincidência estranha? Ou um presságio?

Desligo a televisão quando os créditos sobem. Para evitar adormecer na poltrona (o que é um agravante para os músculos do pescoço), subo imediatamente. Ao entrar no banheiro, dou uma arfada de surpresa. Ali, na frente dos meus olhos está escrita a palavra pinguins com lápis de sobrancelha marrom, na parte inferior do espelho. O lembrete deve ter sido muito importante para que eu tenha recorrido a um grafite. Interessante.

Pego novamente o lápis e acrescento as palavras Adélia e Antártica. E, como um último lembrete, ilha Locket.

Há um pinguim gingando em minha direção, usando um medalhão no pescoço. Ele abre e fecha o bico como se tentasse me contar alguma coisa, mas não sai nenhum som. Sou uma versão jovem e despreocupada de mim mesma, completada com uma quantidade de cachos castanhos que voam com o vento. Mas tudo ao meu redor é branco. Flores brancas, árvores brancas, penas brancas rodopiando no ar. Aproximo-me do pinguim, inclinando-me para ouvi-lo. Quase consigo entender as palavras, palavras de pinguim saindo daquele bico, mas acontece uma interrupção, um toque agudo que machuca meus tímpanos.

Sento-me de um pulo na cama. Logo percebo que foi o telefone que perturbou meu sono. Pego meu penhoar na cadeira e o jogo ao redor dos ombros, olhando para o relógio: nove e meia da noite. Quem é o cretino que liga a esta hora? Atravesso o quarto aos tropeções e pego o fone. A voz do outro lado está abafada.

– Aguarde um instante.

Tateio para pegar meu aparelho auditivo.

– Verônica McCreedy falando – digo, quando estou pronta.

– Oi, vovó.

Por um momento acho que fiquei maluca, depois me lembro do meu encontro desagradável com meu neto recém-descoberto. *Vovó*. Ai. Por que ele tem que me chamar assim?

– Patrick – digo seu nome, recompondo-me em um instante. É

uma sorte eu ser tão atenta, e minha memória ser tão incrível. Mas não estou convencida de ter sido uma boa ideia lhe dar meu número de telefone. Na hora, pareceu uma formalidade necessária e uma gentileza, mas agora estou bem apreensiva de que ele vá abusar da minha boa vontade.

– Sinto ter me esquecido do seu aniversário. Foi antes de ontem, não foi?

Consulto o calendário que mantenho no peitoril da janela, riscando em vermelho com cuidado cada dia que termina.

– Um dia antes disso – digo-lhe, não entendendo por que seria da conta dele.

– Ah, então foi... – Ele para, tentando espremer alguma informação do seu cérebro aturdido pela droga. – ...dia 22?

– Vinte e um.

– Certo, 21. E você tem quantos anos agora? Oitenta e oito, é isso?

– Tente de novo.

– Oitenta e sete?

– Não, Patrick.

– Oitenta e seis?

Sou condescendente.

– Muito bem. Parabéns. Brilhante. Absolutamente certo.

– Ah, muitas felicidades pelo, hã, outro dia! É... é uma idade fantástica.

Ele está tentando ser divertido, mas não está se saindo muito bem. Que chatice para ele me ter na sua vida. Que alívio será quando eu estiver morta e enterrada.

– Você fez alguma coisa especial? – ele pergunta.

– Nada. Eileen trouxe-me um bolo. – Ele não vai ter a mínima ideia de quem seja Eileen.

– Ah, que simpático! Eileen é a cuidadora, certo?

– Claro que não! Não preciso de uma cuidadora. Não estou completamente incapacitada de tomar conta de mim mesma. Eileen funciona como minha ajudante ocasional com a casa e as compras.

Uma breve pausa.

– Ah! Ok, a velha e boa Eileen! Estava bom o bolo?

– Bastante aceitável. (Na verdade era uma coisa medonha, cheio de amêndoas e glacê rosa açucarado. Tinha gosto de cárie. Como se eu já não tivesse o suficiente.) Eileen não é de jeito nenhum um gênio culinário. Mas foi uma atitude gentil. Ela se esforçou.

– Ao contrário de mim – meu neto diz com uma astúcia atípica.

– Você está se esforçando agora – observo com delicadeza.

– Com bastante dificuldade, imagino.

Fico inclinada a concordar, mas não me deixo fazer isso em voz alta.

– Olhe, não sei como dizer isso, mas é uma coisa que vem me atormentando. Sinto que... Sinto que tivemos um mau começo, vovó. Não correu como eu esperava e sei que devo ter parecido um pentelho completo, me perdoe pelo palavrão. Estava pensando se a gente poderia, talvez, bom, começar tudo de novo?

Esse monte de adulação nada poética não me impressiona, e deduzo, de imediato, que ele andou pensando no meu dinheiro.

– Tudo bem – respondo com calculada paciência.

Há uma pausa incômoda.

– Como estão as coisas? – pergunto. Não que eu queira escutar a resposta; sua vida é de uma trivialidade grosseira, mas alguém precisa dizer alguma coisa.

– Ah, sabe como é, normal. Não tem acontecido muita coisa. Bicicletas às segundas-feiras. Chuva. Boletos. Cozinhar. Comer. Preencher fichas para processos seletivos, o que demora uma eternidade e não me leva a lugar nenhum. Mas não me queixo. Me animo com as visitas ao bar e o *Quem quer ser um milionário?*

– Provavelmente você.

Uma ligeira pausa.

– Bom, é claro que não ia morrer de tristeza se acontecesse de receber um milhão de libras.

Sinto-me afrontada com o atrevimento do rapaz. Ele está dando uma dica da maneira menos sutil possível. Deve ter descoberto que não tenho ninguém mais a quem deixar o meu dinheiro. Quer dizer, ninguém que se classifique como membro da família. Na verdade, dediquei muita atenção a esse dilema nos últimos tempos. É uma grande responsabilidade estar de posse de tanta fortuna. Existe a possibilidade de deixar tudo para Eileen, que, com todos os seus defeitos, tem sido leal comigo ao longo dos anos, mas, seja como for, é provável que ela transferisse tudo direto para Patrick, porque sua consciência protestaria. Ela canta (se é que se pode chamar assim) em um coro da igreja e se considera uma pessoa justa e moral.

Há mais uma pausa significativa na linha telefônica.

Era de se pensar que Patrick pudesse demonstrar alguma molécula de interesse pela avó, mas não. A conversa já se esgotou. Não tem sentido prolongar a agonia.

– Obrigada por ligar, Patrick.

Desligo o telefone. Sinto-me tomada pela amargura e pela raiva. Como ele ousa tentar comprar meu apoio, telefonando no meio da noite para me desejar um "feliz aniversário" com *três dias de atraso*! Isso, depois de me tratar muito mal durante a minha visita à sua morada fedorenta. Foi desrespeitoso comigo e, mais importante, desrespeitoso com a memória do meu filho, seu próprio pai falecido. É evidente que ele só reconsiderou porque a ideia da minha herança entrou na sua cabeça.

Deixe que sonhe em ser um milionário. Por que eu deveria recompensar depravação e preguiça? Atualmente, minha nada insignificante fortuna está sendo administrada por vários bancos e sociedades de crédito imobiliário. Vou ter que contatar meu advogado e tomar providências. Dizem que o sangue fala mais alto. Infelizmente, no nosso caso, isso nem chega perto da verdade. Não, parece que o sangue McCreedy fala bem mais baixo. Aquele rapaz precisa fazer algo da vida, além de desperdiçar minha herança com bebida, drogas ou coisa pior. Decidi. Meu legado vai para uma causa mais importante. De jeito nenhum Patrick colocará seus dedinhos sujos no meu dinheiro.

PATRICK

◎ *Bolton*

Tento me livrar da sensação desconfortável e irritante com a qual ela me deixou. Inferno, fiz o meu melhor, não foi? Não que eu realmente *quisesse* telefonar, mas esta voz interior ficou me importunando: *Faça isto, cara. Ligue pra ela.* Então, me obriguei. Como de costume, piorei ainda mais as coisas. Tentei me mostrar arrependido, mas me confundi com as datas. Dias da semana, cara, nunca sei qual é qual. Segunda-feira é dia de trabalho, isso está resolvido, mas todos os outros se confundem em uma espécie de borrão. Seja como for, consegui ofender a vó V, errando a data do seu aniversário, depois me afundei ainda mais exagerando a idade dela. Estava na cara que ela se irritou comigo pelo telefone. Se houvesse uma medalha de ouro para sarcasmo, seria dela. Fiquei tão estressado que ainda disse "pentelho". Aí, comecei a falar sem parar, dizendo qualquer coisa para soar mais como uma conversa normal e relaxada entre avó e neto. E então, por algum motivo, o assunto mudou para a minha vontade de ser milionário, algo totalmente bizarro e irrelevante. Espero que ela não pense que estava insinuando alguma coisa.

Pelo menos, eu tentei. Acho que mereço uma cerveja. Ainda é cedo, só umas dez da noite, então mando uma mensagem de texto para Gav e saio. Em geral, ele topa uma cerveja, depois de pôr as crianças na cama.

Quando chego, ele já está no balcão do Dragon's Flagon. Pegamos umas bebidas e nos enfiamos em uma mesa de canto.

– Então, como vão as coisas, cara? – ele pergunta, depois de um ou dois goles. – Deram uma melhorada?

– Acho que virei uma página.

– Boa! Então, você finalmente superou a Lynette?

– Desculpe, você acabou de falar um palavrão?

– Tudo bem, já entendi. Não vamos tocar no nome L.

Acho que foi uma boa coisa tê-la visto com o pedreiro daquele jeito. Foi um baita golpe no coração e o *timing* não poderia ser pior, mas pelo menos já foi. Não há duas saídas para isso: agora, Lynette está fora da minha vida.

– Mas vou te dizer uma coisa – digo a Gav. – Arrumei uma nova avó.

Gav sempre faz com que você sinta que está dizendo alguma coisa importante. Ele escuta em um silêncio encorajador, enquanto descrevo tudo: meu primeiro encontro difícil com vó V, e minhas tentativas desqualificadas de me redimir pelo telefone. Quando menciono que vó V mora em uma mansão na Escócia, ele solta um longo assobio. Por um minuto, gira sua cerveja.

– Sabe o que eu acho?

– Não, mas você está prestes a me dizer.

– Tudo bem, cara, você tem razão. Sei que vocês não se deram exatamente bem, mas calculo que valha a pena tentar de novo com essa vó Verônica. Afinal, ela é a única família que você tem. Com o tempo, vocês podem passar a ser uma coisa especial um para o outro.

Sorrio.

– Você não a conheceu, cara. É uma pedra de gelo. Perto dela, um picolé pareceria quente e fofo.

Ele sorri de volta para mim.

– Tudo bem, já entendi que ela não é exatamente uma meiguice.

– Nem pensar.

Então, seu rosto fica sombrio.

– Mas falando sério, cara, você deveria continuar se esforçando. A geração mais velha é meio que...

Ele tenta encontrar as palavras, então lhe dou algumas opções. Tediosa? Egoísta? Má?

– Não, não ia dizer isso. Eles enxergam as coisas de um jeito diferente porque passaram por muita coisa. Não são apenas cheios de rugas, são cheios de... *histórias*. E, na maioria das vezes, a gente não se preocupa em valorizá-los, até que eles se vão.

Ele está parecendo um pouco emocionado. Ainda sofre com a morte da mãe. Tinha me esquecido disso. A mãe dele também tinha dinheiro (não tanto quanto a vó Verônica, é claro, mas era bem de vida, sim, senhor). Mas ela nunca pensou em dar uma ajuda aos problemas financeiros do Gav. Nem quando a filha dele de 8 anos teve câncer. Apesar disso, Gav era obcecado pela mãe.

A conversa está ficando muito pesada para nós dois, então paramos por aí e começamos a falar de bicicletas. Ele está pensando em aumentar nosso estoque de bicicletas elétricas de alta qualidade. Não lidamos com produtos muito sofisticados no momento. É arriscado demais.

A caminho de casa, penso mais uma vez na vó V. Gav tem razão, é claro. Preciso continuar tentando.

Parece que tem meias mortas por todo canto. O chão está forrado delas. Recolho todas e meto-as no saco plástico. Vou levá-las para a lavanderia logo depois do trabalho. Fico tentando retomar o rumo, caso contrário, vou escorregar de volta para onde estava antes de conhecer Lynette e não quero isso. Então, estou em vias de reformular por completo o apartamento. No fim de semana, finalmente troquei os lençóis, passei aspirador no tapete e limpei a sujeira de dentro do forno.

Também comecei a tentar voltar à velha forma. Ontem, pedalei por vários quilômetros pelo campo, e à noite preparei um belo jantar saudável: frango ao limão e vagens no vapor com batata *sauté*. E o mais importante, comi sem ligar a televisão. Fiquei escutando música: "This is Gonna Hurt", de Sixx:A.M. Esfaqueei minhas batatas acompanhando o ritmo e dilacerei as vagens. Foi incrível.

Fiz aquele bolo de polenta com limão. Não dá para desperdiçar ingredientes caros para bolo, certo? Poderia pegar o trem até a Escócia, nesta semana, e entregá-lo nas mãos da vó V, mas não consigo me convencer a fazer isso. Tenho certeza de que ela me odeia e estou achando muito difícil gostar dela. Fico pensando que ela deu seu próprio bebê, e em como isso pode ter afetado a vida do meu pai, em como as coisas poderiam ter acabado diferentes para mim também.

Mas, mesmo assim, não devia ter falado com a vovó do jeito que falei.

Vou até Zé da Erva e Tonho Bagulho e dou uma rápida regada. O bolo está em cima da mesa, ao lado das plantas, bafejando calor, cara de bolo, o apartamento cheirando a bolo e limão. Só olhar para ele já me faz sentir culpado.

Então, tomo uma decisão e levo-o comigo para o trabalho.

– Um bolo pra você, Gav – resmungo, enquanto o descarrego no balcão da loja. – Só pra dizer... Você sabe. Pelo apoio. Por tudo.

Nos melhores momentos, não sou bom com as palavras, ainda mais quando estou com um nó na garganta como agora.

– Patrick, cara! – ele exclama, todo sorrisos. – Não precisava.

– Precisava, sim. Faz semanas que venho me comportando como um perfeito idiota – digo. – Leve-o pra casa para a sua senhora e as crianças.

Não consigo pedir desculpas com muitas palavras, mas acho que ele entende.

Depois do trabalho (um dia muito melhor: "Madame, fico feliz em dizer que agora sua bicicleta está funcionando perfeitamente"), faço a tão esperada visita à lavanderia. Agora, estou voltando para o ponto de ônibus com uma sacola cheia de roupas limpas. O Coldplay está fritando nos fones de ouvido, e não posso deixar de balançar a cabeça, você sabe como é. Devo parecer um perfeito cretino. Estou atravessando a rua, dando a volta em uma grande poça, quando, do nada, um caminhão enorme vem roncando e por pouco não me esmaga. Ele se desvia bem a tempo, buzinando, os freios guinchando e tudo mais. Quase tenho um enfarte.

O motorista é um careca de rosto vermelho. Ele me xinga pelo vidro. Articulo para ele: "Me desculpe, cara" e vou em frente.

Estou me amaldiçoando por ter pedido desculpas. Tudo bem, devia ter olhado antes de atravessar, mas o caminhão estava bem além do limite de velocidade. Faço um sinal de V para as costas do caminhão, enquanto ele dispara pela rua. Demoro demais para que o sujeito note.

Mas é o tipo de coisa que faz a pessoa pensar. Se eu tivesse morrido, alguém se importaria? Gav, talvez. É, Gav ficaria triste de verdade. Judith (a ex que ainda fala comigo, "Você é um sujeito legal, Patrick, só que um péssimo namorado") poderia derramar uma lágrima. Lynette? Não acho que ela daria a mínima, não agora que ela tem o pedreiro. Mais alguém? A vó McC? Acho que não.

Calculo que vovó viverá para todo o maldito sempre. Pelo menos, mais do que eu. Principalmente no ritmo em que estou indo. E, quando eu realmente for atropelado, desconfio que ela nem vá notar.

Aquela cuidadora dela vai ficar toda cacarejante de solidariedade, e vó V dirá: "Eileen, você faria a gentileza de parar? Estou extremamente ocupada arrumando guardanapos".

Quando a pessoa quase morre, imagina-se que sua vida passe como um relâmpago na sua frente, não é? Bom, isso não aconteceu comigo, tudo o que vi foi o brilho de raiva do motorista. Mas agora parece que estou tendo uma espécie de reação atrasada. Cenas da minha infância ficam sibilando no meu cérebro, enquanto a música martela nos meus ouvidos. Estou tendo *flashes* das minhas cinco famílias adotivas. Nada menos do que cinco! Variaram das extremamente rígidas para as inacreditavelmente desencanadas. Eu me lembro de ter sido trancado no meu quarto na casa dos Millards, só por ter dito um palavrão. Lembro-me de Jenny e Adrian Fanshaw me darem um sermão sobre como eu tinha sorte. Lembro-me de revirar a carteira dos Gregsons e pegar algum trocado. Vergonhoso, mas não podia evitar, precisava de dinheiro para drogas. Fui um moleque com problemas.

Mas, no todo, me saí bem. Sempre tinha comida, sempre tinha um teto, havia uma espécie de educação, certo tipo de amor cauteloso. Mas nenhum desses caras contava como pais.

Aos 17 anos, comecei a trabalhar para o Charlie, um mecânico local. Gostava muito de desmontar carros e montá-los de novo. Charlie era decente. Fiquei quatro anos com ele, até ele falir. Daí fiquei desempregado por um tempinho, fiz um pouco de jardinagem para um casal de ricaços, depois me juntei com Judith e então me separei dela.

Depois da Judith, veio Lynette. A primeira vez em que a vi foi quando o carro dela quebrou, e ela ficou parada na rua, apertando números feito uma louca em seu celular. Parecia estressada (não uma estressada qualquer; uma estressada de saia curta, jogando o cabelo para trás, fazendo biquinho, uma estressada bem sensual). Ofereci ajuda. Sei lidar com carros e rapidinho levantei o capô do carro dela e consegui consertá-lo.

Lynette se apaixonou pela minha sujeira masculina. Seja lá o que for, foi o que ela me contou depois. Ela mesma não era suja. Longe disso. Era o oposto de Judith em todos os sentidos. Bem-vestida, culta e bem-intencionada. Ficamos juntos rapidinho. O que quer dizer que eu fui morar com ela. Lynette alugava aquele apartamento grande, transado, e trabalhava como advogada. Tentou "me salvar", o que... bom, meio que deu certo. Pelo menos, ela me fez ter uma alimentação saudável. Nunca pensei que fosse me ligar em brócolis, mas me liguei! E por um tempo parei de me drogar. Transferi meu vício para correr e pedalar. Comprei do Gav uma boa bicicleta de segunda mão e nesse meio-tempo consegui um emprego com ele. Lynette disse que ia servir como tapa-buraco, que mais cedo ou mais tarde eu teria que arrumar um trabalho de período integral. Ainda estou esperando isso acontecer.

De qualquer modo, Lynette agora é passado. Parece que, no lugar dela, acabei com uma avó ranzinza. Não é bizarro?

Acho difícil acreditar que Verônica McCreedy seja mãe do meu pai. Para ser sincero, não perco muito tempo pensando nele. Não sei nada a seu respeito. Eu me lembro de uma ou duas vezes, quando era pequeno, de infernizar a minha mãe sobre quem era ele, porque todos meus amigos na creche pareciam ter pai, onde estava o meu?

Minha mãe sempre dava a mesma resposta seca e rápida: "Você não tem pai", seguida por uma imediata mudança de assunto. Apenas uma vez ela acrescentou: "Se ele tivesse ficado, poderia ter sido diferente". Mas ela nunca mais repetiu isso.

No começo, eu e a minha mãe morávamos em um trailer. Bom, em um velho *motorhome* caindo aos pedaços, estacionado num matagal abandonado. Depois, nos mudamos para uma casa popular, mas não me lembro muito dela, a não ser de mamãe ter enfiado jornais velhos em todas as frestas para impedir correntes de ar. Não dava a sensação de ser um lar.

Mamãe tentou uma porção de empregos, mas nunca duravam muito tempo. Lembro que ela vivia entre altos e baixos. Em um minuto estava cantando na maior alegria, no outro estava se debulhando em lágrimas. Quando eu tinha 6 anos, pouco antes de ela decidir que não valia mais a pena viver, ela entrou no meu quarto enquanto eu estava entretido construindo um castelo com tijolos. Tinha os ombros curvos e seu rosto estava molhado. "Patrick", ela suspirou. "Meu menino querido. Sinto muito por tudo. Me desculpe por ser inútil." Eu não fazia ideia do que ela queria dizer. Para mim, ela parecia estar se saindo bem. Ela me alimentava, me vestia, me levava para a creche e tudo mais. Mas acho que isso deve ter lhe custado muito, tanto em dinheiro quanto em energia. Olhando para trás, percebo que ela fazia sacrifícios. Sua vida social era um deles. Ela não tinha amigos. Deve ter sido solitária. Fazia o possível para esconder de mim sua infelicidade, mas, uau, devia ser enorme.

Porque um dia ela me deixou com uma babá, uma mulher que eu não conhecia. Eu me lembro de ela me dar salsichas e feijões naquela noite e de ficar inquieta, olhando para o relógio. Depois, ela passou um tempão ao telefone. Ela desligou e discou para outros números. Sua voz parecia cada vez mais desesperada.

Ela começou a me dizer: "Não se preocupe, Patrick, tenho certeza de que logo ela volta", e depois foi: "Só vou te pôr na cama. A mamãe vai voltar de manhã". E então, quando a manhã chegou, e ainda não havia sinal da mamãe, foi: "Tudo bem, Patrick, nós vamos dar um pequeno passeio".

Fui entregue a mais algumas pessoas que não conhecia, que me pegaram pela mão e disseram que eu precisava ser um menino valente. A mamãe ainda demoraria um tempo para voltar. Mais tarde, me disseram que parecia que mamãe não voltaria nunca mais. E, mais tarde ainda, descobri que ela tinha posto pedras nos bolsos e entrado no mar.

Subo no ônibus e fico ali com os trabalhadores e o pessoal que foi às compras. Todos parecem ter a cabeça no lugar. Autoestima é isto. Aquele sujeito de terno e gravata, segurando um guarda-chuva preto, aposto que ele, a esposa e os filhos saem para jantar comida tailandesa todo sábado à noite. E o casal de mãos dadas. Mal podem esperar chegar em casa para tirar as roupas um do outro. E aquela mulher com o cabelo tingido de loiro está mandando mensagens de texto para seu companheiro, dizendo *Estou indo para casa. Chego daqui a 20 minutos*. E colocando uma porção de *bjs* no final.

Estar novamente solteiro me deixa apático. Superei completamente a Lynette, mas tenho que admitir que ela dominava cada pedacinho da minha vida. Quando ela estava comigo, eu nunca tinha chance de me demorar em pensamentos depressivos. Agora que ela se foi, a vida parece ter se enchido deste silêncio frio e assustador. Sinto-me como uma garrafa de cerveja depois de esvaziada. Desnecessário. Inútil. Vazio.

📅 *21 de junho de 2012*

Os pinguins são combativos e teimosos. Nunca desistem.

Por exemplo, lá está nosso solitário pinguim preto, o Fuligem. Continua sentado naquele ninho, aguardando pacientemente, esperando de todo o coração que um dia sua princesa chegue.

Depois, tem este personagem atrevido que você vê na foto. O pinguim em questão (que pode ser macho ou fêmea, é difícil dizer, mas deduzo que seja uma fêmea) decidiu que quer subir em um iceberg muito íngreme. Sabe-se lá por que ela decidiu que é tão importante. Seja como for, nada a impedirá. Observei enquanto ela se arrastava por uma encosta quase vertical, chegou a meio caminho do topo, mas depois escorregou de volta até o chão. Caiu de lado, com os pés e as nadadeiras estendidas em ângulos indignos. Inabalável, se pôs de pé imediatamente. Olhou para o topo. Nem pensar que ela fosse se deixar vencer por aquela encosta. Esticou as duas nadadeiras de cada lado, para ter equilíbrio, gingou um pouco pelo caminho, deslizou, gingou mais um pouco, caiu de frente, levantou-se de novo. O último trecho do iceberg era especialmente íngreme. Ela enfiou o bico na neve e usou-o como gancho para se impulsionar na subida. Não foi digno, mas funcionou. Finalmente ela chegou ao topo, e tenho que admitir que aplaudi quando ela chegou lá. Parecia realmente orgulhosa.

É preciso admirar esse tipo de persistência. ■

VERÔNICA

⊙ Ballahays
▦ Julho de 2012

Tenho que mobilizar uma quantidade extraordinária de determinação, mas é sempre assim, caso queira realizar alguma coisa na vida.

Lembro-me de que, quando era criança, esperava que coisas maravilhosas simplesmente caíssem no meu colo. Acho que muitas pessoas sofrem dessa ilusão. Vivem quase o tempo todo esperando que a magnificência apareça na virada da próxima esquina. No meu caso, no entanto, essa expectativa acabou cedo. Em um determinado momento, cerca de setenta anos atrás, todos os meus sonhos evaporaram-se no ar rarefeito. A partir de então, tudo não passou de um indicador de tempo. A vida tem sido um percurso de acontecimentos insignificantes, que se desenrolam sem a menor utilidade e são esquecidos logo depois que acontecem. Consultas com o médico, dentista, oftalmologista, podólogo. Ficar parada na fila do supermercado. Ensinar Eileen a lavar roupas. Ensinar Sr. Perkins tudo sobre as petúnias. Dormir. Ler. Palavras cruzadas. Arranjos de flores. Chá.

Só me dei ao trabalho de continuar por força do hábito. No entanto, aqueles diários me deram uma boa cutucada. Lembraram-me de algo que eu tinha esquecido: minha antiga centelha. Desde que os li, uma voz interior tem me provocado. *Você costumava ser um dínamo humano*, ela sussurra. *Você costumava se atirar nas coisas, costumava enfrentar qualquer desafio. Mas, nos últimos cinquenta anos, você fez alguma coisa, qualquer coisa que seja, que realmente valesse a pena?*

Preciso tentar fazer alguma coisa, antes que seja tarde demais. Não só com o meu dinheiro, mas com a minha vida, seja lá o que ainda reste dela. Por ingenuidade, pensei que a descoberta de um novo membro da família me daria uma solução nos dois sentidos. Estava enganada.

Preciso encontrar uma alternativa, uma missão, algo que me inspire. Infelizmente, existem poucas coisas neste planeta que se encaixam nessa descrição.

No entanto, recentemente surgiu uma dessas coisas. Enquanto escovo os dentes, levanto os olhos da pia. Ainda está ali, sem dúvida, escrito com a minha própria letra no espelho.

– Por que não? – pergunto ao meu reflexo.

Verônica McCreedy me encara com fogo nos olhos.

Eileen está usando um avental xadrez rosa e branco horroroso. Ela tem uma aura claramente desbotada.

– A senhora quer que limpe o espelho do banheiro, Sra. McCreedy?

Ao que parece, ela desceu a escada só para me fazer essa pergunta. No momento, estou ocupada procurando meus óculos de leitura, que sumiram novamente, como de costume.

– Jura, Eileen, você precisa perguntar? – retruco. – É seu trabalho limpar o que quer que esteja sujo.

– É, eu sei, mas parece haver uma mensagem escrita ali, com lápis marrom. Não tinha certeza se era importante. Alguma coisa a ver com um medalhão, uma ilha, alguém chamada Adélia e... pinguins?

Não gosto do tom dela. É aquela voz meio preocupada, meio debochada que ela usa quando desconfia de que eu possa estar, enfim, sucumbindo à demência.

– "Mesmo sendo loucura, há um método nela" – cito. – Isso é do *Hamlet*, sabe?

– É, tenho certeza que sim, Sra. McCreedy. Mas e quanto ao que está escrito no espelho?

– O que está escrito no espelho é só um lembrete – digo a ela. – Nunca se tem caneta e papel à mão quando se precisa deles, então, por necessidade, usei minha inventividade.

– Um lembrete?

– É. Não que exista a mínima probabilidade de eu esquecer, é claro. Minha memória é totalmente confiável e está cem por cento intacta.

– É o que a senhora vive repetindo – Eileen resmunga.

Olho para ela.

– Pode limpar o resto do espelho, menos o canto com as palavras escritas.

– Está certo. Então... é um lembrete do quê? Se não se importa de eu perguntar. – Ela está com a expressão curiosa.

Suspiro. Para falar a verdade, eu me importo *sim* de ela perguntar, mas infelizmente vou ter que me abrir com ela. Pior ainda, vou ter que pedir sua ajuda.

Informo-a que estou planejando uma viagem às ilhas Shetland do Sul.

– As Shetland! – ela exclama com um estremecimento exagerado. – Minha nossa, Sra. McCreedy! A senhora é cheia de surpresas. Que destino estranho de férias! Mas pelo menos a senhora decidiu pelas do sul. Não tão frias como as do norte, imagino.

– Não, Eileen. – Vou ter que explicar a ela de um jeito bem simples. – Essas Shetland do Sul são um grupo completamente diferente de ilhas, não as que ficam perto da Escócia.

Agora, ela está com a expressão perplexa.

– Elas ficam no hemisfério sul – informo.

– Ah, tá, então tudo bem. Vão ser muito mais agradáveis, imagino – ela sorri. – Bonitas e exóticas. Cheias de praias douradas e palmeiras, sem dúvida. Por um momento pensei que a senhora tinha ficado maluca, Sra. McCreedy.

Ela ainda precisa de mais esclarecimentos.

– As ilhas Shetland do Sul ficam na Antártica – explico.

É preciso certo tempo para ela se convencer de que estou falando sério, além de muitas garantias de que, sim, estou em plena posse das minhas faculdades mentais.

Quando essa tarefa hercúlea se completa, pergunto se ela estaria disposta a usar seu conhecimento de computador para mandar um e-mail para o acampamento onde Robert Saddlebow se hospedou na ilha Locket.

– Acho que você consegue achar o endereço correto por meio de um blog, se usar seu negocinho do Google.

– Ah, entendo. Claro, Sra. McCreedy, é bem provável que sim. Normalmente, os sites têm uma opção para contato. É possível, se estiver mesmo certa de que é isso que a senhora quer.

– Alguma vez você me viu não ter certeza de alguma coisa?

– Bom, não, Sra. McCreedy, mas... – ela resmunga alguma coisa que não consigo entender. Hoje em dia, as pessoas nunca falam com bastante clareza. Mas não lhe peço que repita. Tenho certeza de que não estou perdendo nenhuma grande pérola de sabedoria.

Depois que encontramos meus óculos (por algum motivo, eles tinham ido parar em cima da geladeira), anoto todos os detalhes em um pedaço de papel, porque descobri que é o melhor jeito de transmitir instruções precisas para Eileen. Ela sabe que estou falando sério quando faço isso.

Minha mente volta para os pinguins. Encarreguei-me de uma empreitada importante e louvável. Estou me sentindo bem satisfeita.

11

Prezados cientistas,

Tendo assistido, recentemente, ao programa de televisão de Robert Saddlebow apresentando o projeto de vocês, fiquei profundamente impressionada com seus estudos sobre os pinguins-de-adélia da Antártica. Como admiradora e entusiasta da missão para proteger as espécies – e como defensora da conservação ambiental –, decidi que, caso seu trabalho se comprove tão importante quanto aparenta, seus estudos estão propensos a herdar uma considerável quantia em dinheiro, segundo o que estiver definido nos termos do meu testamento. Sendo assim, pretendo visitar seu local em um futuro próximo para obter mais informações e me assegurar de que seu trabalho merece uma soma substancial. Deverei levar comigo provisões e itens necessários, mas peço um quarto (de preferência uma suíte) por três semanas e gostaria de me reunir aos senhores e acompanhar seus estudos e observações dos pinguins tanto quanto for conveniente.

Sinceramente,
Verônica McCreedy

Observação:

Oi, sou Eileen Thompson (Sra.) e sou a diarista da Sra. McCreedy. Sra. McC me pediu para enviar esta mensagem a vocês, porque ela não lida com e-mail. Sra. McC está muito bem mentalmente, mas com frequência muda de ideia, então não me preocuparia muito e ficaria com um pé atrás.

Atenciosamente,
Eileen Thompson

Cara Sra. Thompson,

Agradeço o seu e-mail. Por favor, entregue esta resposta à Sra. McCreedy, com nossos cumprimentos.

Muito obrigado e saudações cordiais,
Dietrich Schmidt

Prezada Sra. McCreedy,

Estamos encantados em ter o seu apoio e muito contentes que a senhora esteja interessada em nosso trabalho sobre os pinguins-de-adélia.

No entanto, as condições no campo são limitadas e extremamente básicas, com poucas dependências. Temos pouca água corrente, quente ou fria, que dirá um dormitório com suíte. Ficaríamos encantados em conhecê-la, todavia não podemos recebê-la da maneira que sugere.

Segue anexo um informativo sobre os pinguins-de-adélia que poderá ser do seu interesse, e logicamente qualquer contribuição para a proteção desses animais, agora ou no futuro, será mais do que bem-vinda.

Agradecemos imensamente o seu interesse,

Dietrich Schmidt
Pinguinólogo e chefe de equipe da ilha Locket

Sinto incomodá-lo novamente, Sr. Dietrich, mas Sra. McC insistiu que eu lhe enviasse novamente esta mensagem por e-mail.

Eileen

Caro Sr. Schmidt,

Agradeço sua pronta e eficiente resposta. Como já mencionei, seu projeto será beneficiado com cerca de 7 milhões de libras, desde que eu fique satisfeita com minha estadia em seu centro de pesquisas. Já reservei meus voos para a ilha King George e também minha passagem de navio com a Blue Iceberg Ferries. Devo chegar à ilha Locket em 8 de dezembro, às 8h30. Ficaria imensamente grata se o senhor pudesse mandar um de seus funcionários me buscar e me levar, com a minha bagagem, até seu centro de pesquisas. Por favor, não se preocupe com as minhas necessidades. Tendo vivido nos últimos 53 anos (dos meus 86) na costa oeste da Escócia, desenvolvi certa resistência e posso, facilmente, tolerar condições extremas. Eileen deu uma olhada nas temperaturas da sua ilha e me diz que durante seu verão antártico elas pairam ao redor do ponto de congelamento, o que não é significativamente inferior a dezembro aqui, em Ayrshire. É claro, pagarei pela minha comida e pelo alojamento, enquanto estiver com vocês. Um pernoite em um apartamento de luxo em Londres, segundo fonte confiável, custa, aproximadamente, 400 libras. Assim sendo, devo pagar a vocês 400 libras a cada 24 horas da minha estadia. Como o senhor menciona condições básicas, não tenho dúvida de que isso mais do que cobrirá suas despesas e qualquer inconveniência em ter uma pessoa extra residindo em seu centro de pesquisas. Terei prazer em cobrir qualquer outro custo imprevisto que envolva a minha visita. Levarei todos os meus medicamentos necessários e qualquer item de conforto que me for necessário.

Fico-lhe agradecida e espero ansiosa pela minha estadia.

Atenciosamente,
Verônica McCreedy

Cara Eileen,

Ficamos alarmados e preocupados com o último e-mail da Sra. McCreedy. Embora estejamos imensamente gratos por sua magnânima proposta, não podemos recebê-la durante três semanas. Na verdade, não estamos em condição de receber ninguém, muito menos uma pessoa de idade avançada. Embora recebamos alguns visitantes ocasionais, a ilha Locket não é um destino turístico, e passamos o dia todo ocupados com nossos levantamentos e pesquisas. Não tenho dúvida de que as intenções de Sra. McCreedy sejam generosas e a quantia que ela promete é surpreendente, mas, por favor, poderia convencê-la de que seu plano é simplesmente impraticável?

Cordiais saudações,
Dietrich e a equipe da ilha Locket

Caro Sr. Schmidt,

Sinto muito. Realmente pensei que Sra. McCreedy fosse mudar de ideia. Ela geralmente muda, mas desta vez parece firme. Não é bom tentar impedi-la de fazer coisa alguma, isso só a deixa ainda mais determinada. Mas, por favor, não se preocupe. A verdade é que ela é bem resistente. E está lúcida noventa por cento do tempo, então tenho certeza de que não haverá problema. Serão só três semanas.

Cara Eileen,

Sra. McCreedy tem algum parente com quem pudéssemos nos comunicar por e-mail? É claro que não podemos impedi-la de vir, mas com certeza não desejaríamos nos tornar responsáveis nem por sua saúde nem por sua felicidade.

Cordiais saudações,
Dietrich

—————————————————————————————

Caro Sr. Schmidt,

Ela só tem um neto em Bolton, mas eles não se veem muito. Aqui está o endereço dele, caso queira.

—————————————————————————————

Prezado Patrick (McCreedy?),

Espero que esteja ciente de que sua avó, Sra. Verônica McCreedy, reservou um voo para a Antártica com o desejo expresso de visitar nosso acampamento. Isso nos preocupa enormemente. Ela será mais do que bem-vinda a dar uma olhada no nosso campo de estudos por uma hora, enquanto estiver aqui, mas peço que explique a ela que três semanas, ou mesmo uma visita com pernoite, não será possível, considerando nossa falta de estrutura.

Embora seja sempre bom quando alguém demonstra preocupação com o futuro dos nossos pinguins e com nossa missão científica, ficaríamos muito aflitos se algo desagradável acontecesse a ela enquanto estivesse aqui. A funcionária de Sra. McCreedy, Eileen Thompson, assegurou-nos de que ela está lúcida noventa por cento do tempo, mas pode não ser suficiente. Imagino que sua avó não faça ideia do quanto aqui é difícil. O próprio frio poderia ser um grave perigo para alguém de idade avançada, por mais saudável que seja.

Espero, sinceramente, que consiga dissuadi-la e explicar-lhe o motivo por que não podermos permitir uma visita prolongada.

Cordiais saudações,
Dietrich Schmidt (pinguinólogo) e a equipe da ilha Locket

—————————————————————————————

Prezado Patrick McCreedy,

Volto a escrever porque, não tendo recebido resposta ao meu último e-mail, fico preocupado de que não o tenha recebido. Por favor, poderia entrar em contato conosco com urgência, em relação a sua avó, Verônica McCreedy?

Cara Eileen,

Tentamos, sem sucesso, entrar em contato com o neto de Sra. McCreedy. Por favor, informe a Sra. McCreedy que estaremos impossibilitados de hospedá-la em sua visita à Antártica, mas lhe desejamos férias muito agradáveis.

___

Caro Sr. Dietrich,

Lamento que não tenha conseguido entrar em contato com Patrick, mas, de qualquer modo, não acho que teria adiantado. Sra. McCreedy está muito determinada a ver o senhor e seus pinguins. Acho que não consigo fazê-la mudar de ideia. Ela é, de fato, muito independente e teimosa. O senhor vai ver quando a conhecer. Tenho certeza de que tudo correrá bem.

Tudo de bom,
Eileen

PATRICK

Aconteceu uma coisa esquisita. Recebi um e-mail de alguma organização chamada penggroup4Ant. Não recebo muitos e-mails, então fiquei intrigado. Mas não ia correr o risco. O fato é que tive um problemão no mês passado porque abri uma mensagem de alguém que não conhecia. Meu computador ficou completamente pirado. Greg, da loja de computador, levou três semanas e 250 libras para consertá-lo. Nunca mais, cara. Então, deduzi que esse penggroup4Ant era *spam* e apaguei na mesma hora. Mas na semana seguinte, veja só, outra mensagem do penggroup4Ant. Apaguei-a de novo.

Seja como for, hoje à noite estou em vias de fazer um *chili em carne*. Tinha acabado de cortar as pimentas, quando recebo um telefonema da cuidadora da vó Verônica – ou seja lá como a denominam. Eileen, a intrometida. Falando sem parar sobre os planos da vó de fazer uma longa viagem. Não lavei as mãos antes de atender o celular, e as pimentas estão fazendo meus dedos arderem. Daria para encerrar a ligação rapidinho, mas essa Eileen não para nem para respirar. Sua voz vai ficando cada vez mais aguda.

– A Sra. McCreedy ficou obcecada. Tem a ver com alguma coisa em uma caixa que ela achou. A partir daí ela não tem sido a mesma. Sei que, às vezes, ela pode ser um pouco instável, mas estou muito preocupada. Me desculpe por te amolar com isso, mas você é neto dela e, para falar a verdade, estou ficando maluca. Nunca a vi tão disposta a alguma coisa. E, imagino que você já tenha percebido, ela é uma força incontrolável. Está completamente decidida a ir para a Antártica. E não adianta tentar argumentar. Você sabe como ela é. Se alguém diz que ela não pode fazer alguma coisa, só faz com que ela fique mais determinada a fazer.

– Espere um pouco. Ei. Vá com calma! – grito. – Você está dizendo que a vovó vai para a Antártica?

– Exato, é o que ela está planejando.

Caio na gargalhada.

Há uma pausa chocada de Eileen e depois:

– Você precisa tentar impedi-la. Por favor.

Isto está ficando surreal! A vó McC estava bem da cabeça quando a vi, mas não sou um entendido. Em todo caso, não acredito que Eileen ache que tenha alguma coisa a ver comigo.

– Bom, imagino que ela seja uma pessoa livre. – Dou de ombros, mesmo que ela não possa ver.

– Você tem que fazer alguma coisa! – ela implora. Nunca vi essa tal Eileen, mas a imagino como uma pessoa atarracada, angustiada, de avental, torcendo as mãos.

Estou perplexo. Antártica? Sei que dinheiro não é problema para a vovó, mas Antártica? Não é exatamente um destino normal de férias.

– Por que a Antártica? – pergunto.

– Pinguins!

– Pinguins?

– Pinguins!

Aguardo mais informações. Eileen não precisa de um estímulo extra.

– Ela tem lembretes sobre pinguins escritos por todo o espelho do banheiro! E entrou em contato com o pessoal dos pinguins. Viu na televisão aquele programa sobre pinguins. Está obcecada com pinguins. Quer salvar eles. Mas, antes, quer ir vê-los.

– Sinto muito. Você não está falando coisa com coisa.

Há um som de impaciência no telefone.

– Ela me fez comprar bilhete para os voos e o navio e todo o resto. Achei que não teria problema, mas os cientistas dizem que não dá. De jeito nenhum. Não dá para uma pessoa simplesmente ir para lá. Mas ela acha que pode. Acha que pode salvar os pinguins da extinção se... bom, tem a ver com dinheiro...

Subitamente, a voz de Eileen vai sumindo, como se ela percebesse ou se lembrasse de alguma coisa.

– Só achei que você pudesse impedi-la – ela murmura.

– Por que diabos ela me ouviria?

– Porque você é o neto dela. O único neto. Você precisa tentar! – ela geme.

É difícil argumentar com ela.

– Que diferença faz se a vó for ou não for?

– Os cientistas! – Eileen arqueja. – Eles dizem que as condições são impossíveis para qualquer um, ainda mais para uma senhora idosa. Ela me fez mandar um e-mail dizendo que ia, mas eles mandaram um e-mail de volta dizendo que ela não deveria. Realmente não deveria. Então, ela me fez mandar outro, dizendo que iria *de qualquer jeito*, para eles não se preocuparem, mas dá pra ver que eles estão preocupados. Dei seu endereço de e-mail. Eles não te procuraram?

A ficha cai. O tal penggroup4Ant deve ser os cientistas tentando entrar em contato, deduzindo que eu pudesse ter alguma influência sobre a vovó. Não posso deixar de dar outra rápida gargalhada.

– Isso não é motivo para riso – Eileen me repreende. – Se acontecer alguma coisa com ela enquanto estiver lá com os pinguins, nunca vou me perdoar!

Eileen deve gostar da vovó. Para ser sincero, tenho que reconhecer que estou começando a desenvolver uma leve e sorrateira admiração por ela, misturada àquela antipatia. É preciso admitir que a mulher tem iniciativa.

– Eileen. Acalme-se – peço. – Tenho certeza de que vai dar tudo certo. Ela não vai ficar muito tempo, vai?

– Três semanas! – O tom é de total desespero.

– Bom, ouça o que vou fazer. Vou mandar um e-mail para os cientistas e dizer que fizemos o possível. Você pode garantir que ela leve um monte de agasalhos e comprimidos... e o que mais ela precisar, não pode?

– Posso, posso, mas você liga para ela e tenta convencê-la a não ir?

Minhas ligações telefônicas para a vovó não são conhecidas por seu índice de sucesso. Até agora só houve uma e, vamos reconhecer, correu espetacularmente mal.

– Você disse que ela já tem as passagens? – pergunto a Eileen.

– É.

– Bom, então não adianta, não é? Ao que parece, ela vai para o outro lado do mundo, quer a gente goste quer não.

TERRY E O BLOG DOS PINGUINS

📅 *6 de dezembro de 2012*

Os pinguins viajam de várias maneiras diferentes. A maioria das pessoas imagina um pinguim em pé e gingando, e é assim que, às vezes, eles se locomovem em terra. Seus pés são resistentes e têm uma espécie de grampo natural que os ajuda a se mover sobre terrenos nevados e pedregosos. Mas eles não são estúpidos, também sabem como explorar o aspecto escorregadio do gelo. Com frequência, deixam-se cair sobre a barriga e deslizam em alta velocidade. Os pinguins no tobogã sempre me fazem sorrir. Fotografei este aqui de tarde, quando estava na colônia. Vocês verão como as nadadeiras enfiadas nas laterais, e os pés esticados para trás, os impulsionam à frente com um empurrão aqui e ali. As leis da física fazem o resto.

É claro, grande parte da vida dos pinguins é passada no mar. Perfeitamente aerodinâmicas, essas criaturas mergulham e saem das ondas em um *timing* perfeito, as nadadeiras funcionando como uma combinação de barbatana e asa. Debaixo d'água, eles são verdadeiros mestres do movimento. Arremetem, planam e realizam acrobacias incríveis. Podem ficar sob a água por quinze minutos sem respirar, depois disparam da superfície em um grande arco, como um golfinho. Às vezes, eles enchem os pulmões de ar antes da próxima incursão subaquática, ou seguem como um golfinho, entrando e saindo das ondas. É uma visão magnífica. Realmente parece um comportamento de pura alegria. ▪

VERÔNICA

◉ En route *para a Antártica*
🗓 *Dezembro de 2012*

Eu costumava gostar de viajar. Agora tenho sentimentos contraditórios a respeito. Quando estávamos em pleno auge, meu finado ex-marido me levava para vários destinos exóticos: São Francisco, Florença, Paris, Mônaco e ilhas Maurício. Era até agradável na época, mas, infelizmente, essas lembranças foram maculadas pelo que aconteceu depois no relacionamento. Nos últimos anos, não me preocupei em viajar. Não tenho problema com o voo em si. O que me incomoda mais é a extrema proximidade de tantas pessoas.

As passagens chamam-se E-Tickets. No começo, achei que o E significava "éter" (pois fui levada a acreditar que é a substância por onde essas mensagens viajam), mas Eileen me disse que não. Ao que parece, E significa "eletrônica". Hoje em dia, um grande número de coisas começa com um E ou, alternativamente, com I, que significa "eu". As palavras com I são onipresentes: I-phone, I-players, I-pads, I-tunes, não sei aonde isso vai parar. Todo mundo está obcecado com si mesmo; ninguém tem mais tempo para ninguém ou para outras coisas.

Minhas passagens foram compradas por telefone na agência de viagens em Kilmarnock. Foram confirmadas por eles por e-mail, via Eileen, e mandadas também por e-mail via Eileen, que as imprimiu e me entregou. Nunca vou entender por que eles têm que tornar tudo tão complicado.

Eileen me acompanha no táxi até o aeroporto de Glasgow. Com a ajuda dela, me preparei para minha expedição tão bem quanto é humanamente possível alguém se preparar. Calculamos tudo nos mínimos detalhes e enfiamos tudo nas minhas malas, até o adesivo para calos. Levando-se em conta a ênfase que aqueles cientistas colocam nas "condições básicas", embalei um pacote dos pequenos prazeres da vida, a saber: uma lata de chá Darjeeling, fresco e a granel; biscoitinhos de menta; minhas três bolsas preferidas e duas barras de sabonete de ylang-ylang e romã. Também investi nas melhores roupas de frio que o dinheiro pode comprar: camisetas de manga comprida de lã merino com ceroulas combinando, uma coleção de calças de veludo à prova d'água (prefiro saias, mas concluí, lamentavelmente, que não são práticas nas condições da Antártica), pulôveres de *cashmere* de malha dupla, cardigãs de lã grossa e uma jaqueta bem grotesca, acolchoada, com capuz, em um tom escarlate, que combina com a minha segunda bolsa preferida. O calçado é um tipo especial de bota que se regozija com o nome de "mukluk". Essas mukluks são disformes, mas, ao que tudo indica, ideais para condições climáticas extremas. Elas são bem adaptadas (segundo a internet informou Eileen, e Eileen me informou) para terrenos gelados e rochosos. Lógico, serão usadas com meias térmicas.

Também trouxe meu medalhão comigo. Foi um impulso de última hora. Como estou indo para a ilha Locket, me parece apropriado. Agora estou usando o medalhão junto à minha pele, debaixo de camadas de roupas, exatamente como costumava usar. Por mais excêntrico que possa parecer, sinto que me possibilita lançar mão de um pouco daquela energia e daquele impulso jovem que já tive.

Eileen e eu descemos do táxi. O aeroporto está cheio de produtos superembalados e supervalorizados, além de pessoas uniformizadas que me chamam de "querida", o que é irritante demais. Sou muitas coisas, mas com certeza não sou a querida deles.

Como estamos adiantadas, Eileen insiste para que tomemos um café juntas em uma das cafeterias barulhentas. Acabei de escolher a única mesa livre das sujeiras de outras pessoas quando, para meu choque, descubro um rapaz alto e mal-arrumado parado bem na minha frente.

– Oi, vó!

Isso é inesperado.

– O que está fazendo aqui?

Ele lança uma rápida olhada para Eileen.

– Um passarinho me contou que você estava indo para o sul congelante. Então pensei em vir me despedir.

– Por quê?

– Bom, você se deu ao trabalho de ir me ver pouco tempo atrás. Pensei que seria simpático... hã, fazer a mesma coisa.

Eileen está cor de beterraba, fazendo o máximo para não parecer uma traidora.

– Pensei que a senhora ficaria contente, Sra. McCreedy – ela murmura.

Dificilmente diria que "contente" é uma descrição precisa do que estou sentindo neste momento. O que deu nesse menino? Está tentando cair nas minhas boas graças para pegar dinheiro emprestado? Será que ele pensa que um gesto exagerado como esse vai contar pontos a seu favor?

– Admiro mesmo a sua coragem, vó, de viajar para tão longe – ele balbucia, como se lesse meus pensamentos. – Pensei que você merecia uma... ah, um bota-fora em família, porque é uma viagem épica.

Avalio-o. Percebo em seus olhos um desejo honesto de agradar. Talvez tenha sido um pouco precipitada no meu julgamento.

Eileen compra cafés, engolido à força por nós, enquanto embarcamos em uma conversa formal. Posso, pelo menos, dizer que Patrick fez mais esforço do que da última vez que o vi. Não está com nenhuma roupa rasgada, e elas parecem relativamente limpas, embora estejam em um estado muito acabado. Tem uma palavra rabiscada em sua camiseta, que parece ser *Ouriçado*, mas poderia ser quase qualquer coisa. Por que as pessoas precisam andar com propaganda escrita por todo o corpo? E jamais entenderei a moda do jeans com a cintura caindo a meio caminho da porção inferior de uma pessoa. Pelo menos ele não está fumando droga. Aqui não é permitido.

Patrick indaga se estará frio na Antártica nesta época do ano e continua com outras perguntas igualmente vazias. Ele também tenta algumas piadas com pinguins, a maioria extremamente pobre. Tanto ele quanto Eileen estão demonstrando um tipo de jovialidade tensa e preocupada.

– Tem certeza de que a senhora vai ficar bem, Sra. McCreedy? – choraminga Eileen, contraindo a testa.

– Claro que tenho – digo a ela com considerável dureza. – Mesmo se não ficar, que importância tem?

– Ah, não diga isso, Sra. McCreedy! Claro que tem importância!

– Seus olhos estão marejados. Tem vezes que ela consegue ser absurdamente sentimental.

Terminamos nosso café intragável e vamos para a sala de espera. As cadeiras estão muito juntas, mas são parafusadas no chão, então não se pode fazer nada a respeito. Acomodo-me, usando minha bagagem de mão como anteparo. É um obstáculo medíocre. Em dois minutos, uma família de cinco, com crianças choraminguentas, viola meus limites pessoais, sentando-se sufocantemente perto.

– Pus seus absorventes e remédios na maleta de mão azul, junto com as roupas de baixo – Eileen me informa. Fala alto demais.

– Sim, sim, eu sei. – Não tenho vontade de falar sobre absorventes e remédios neste exato momento. A família de cinco tem uma expressão de encantamento estampada em todos seus rostinhos melados.

Patrick consulta o relógio.

– Desculpa aí, mas tenho que pegar o ônibus de volta agora, ou vou ter que esperar mais uma hora e meia. – Ele me olha com hesitação. – Então vou me despedir, vó.

– Adeus, Patrick.

Ele se aproxima como se fosse me abraçar, depois, fico feliz em dizer, pensa melhor.

– Cuide-se. Hã... tchau. – E se vai.

Eileen fica até a hora do embarque. Não consegue deixar de rever meu cronograma dezenas de vezes, ressaltando coisas para mim, como se eu fosse uma idiota. Vários fulanos foram contratados para me acompanhar na chegada e saída de voos e ajudar com a bagagem. Eileen insistiu.

– Se der, a senhora me manda notícia de que chegou bem, Sra. McCreedy?

Confirmo com a cabeça. Não quero sobrecarregá-la com mais uma preocupação.

– Mando um cartão, se possível.

– Ou talvez peça àquele simpático Dietrich para me mandar um e-mail?

– Como quiser.

– Ah, Sra. McCreedy, se pelo menos eu pudesse ir com a senhora! Perguntei para o Doug, mas ele só riu. E me lembrou de que jamais ando de avião. Me faz ficar zonza e enjoada.

– Não quero nem preciso que você venha comigo, Eileen – reafirmo a ela gentilmente.

– Por favor, cuide-se, Sra. McCreedy, está bem? – ela choraminga.

Ela faz um drama de tudo. Mantenho os olhos fixos à frente.

Levando-se em conta o aparecimento inesperado do meu neto, cheguei a uma decisão. Passo algumas instruções bem específicas a Eileen, devagar e com clareza, em relação a certa caixa de madeira. Ela assume sua expressão curiosa, mas se contém de me bombardear com perguntas.

– Tem uma coisinha para você em um envelope pardo, e uma lata com tulipas na tampa que deixei na mesa do vestíbulo. – Como ela vai estar desempregada durante três semanas, deixei as três semanas de pagamento. Além disso, uma lata tamanho família de seus biscoitos preferidos de chocolate com *marshmallow*. – Agora, Eileen, tenho certeza de que você tem mais o que fazer. Vá embora!

– Aproveite, Sra. McCreedy – ela murmura, enxugando os olhos com um lenço de papel.

– Adeus, Eileen.

Observo suas costas largas desaparecerem em meio à multidão. Viro-me, cartão de embarque na mão, e vou para a sala de embarque.

Fico satisfeita com a minha jaqueta acolchoada. Está gelado e ventoso no deque, e o vento fustiga meu rosto como agulhas.

Os voos estavam lotados, mas felizmente foram pontuais. A variada equipe, contratada para atender às minhas necessidades, realizou seu trabalho com eficiência (também, era de se esperar; custaram muito dinheiro extra), embora tendendo à subserviência, em especial a última. Foi um alívio deixar os aviões e embarcar no navio ontem. Prefiro bem mais o mar aberto.

Já vi uma baleia jubarte esguichando um jato d'água, focas espojando-se nas rochas, e alguns pinguins enlameados, agrupados nas praias de algumas das ilhazinhas.

Hoje saí cedo. Há pouco o que fazer em minha cabine compacta, mas bem equipada, então resolvi enfrentar o frio. O céu compõe-se de pequenas formas que se movem lentamente em um cinza marmóreo. Icebergs enormes navegam pela superfície da água, como elegantes monstros marinhos. Gaivotas volteiam no alto. As ondas batem na lateral do navio. A água é fragmentada, tilintando com cristais de gelo. Olho com atenção, conforme a brancura torna-se ainda mais branca.

Estou tão absorta que dou um pulo quando escuto uma voz junto ao meu ombro.

– É de arrepiar, não é?

É um homem corpulento, com metade da minha idade, empunhando um vasto equipamento fotográfico. Concordo com a cabeça, sem ter certeza se ele se refere à temperatura ou às maravilhas do cenário.

O homem aproxima-se em silêncio, lidando com suas lentes. Meu instinto é me afastar, mas estava aqui primeiro. Ele parece querer conversar comigo e deduz que também queira conversar com ele.

– Ei, veja isso! – ele grita, quando nos aproximamos de um iceberg esculpido como um arco. Não preciso que me digam para onde olhar. Ele mesmo não está olhando direito, está ocupado demais focando sua câmera. – Uau, que beleza! – Clique, clique, clique. – Você não tira nenhuma foto! – comenta, surpreso.

– Não – respondo. – Prefiro olhar as coisas com os meus olhos desimpedidos de uma parafernália incômoda.

– Nossa! Essa doeu! – ele diz. Depois, acrescenta: – Mas, sabe, é uma ótima sensação montar uma coleção de lembranças fabulosas para o futuro.

– Não estou interessada em criar lembranças para o futuro – informo. – O presente basta.

Apesar da sua tagarelice cansativa, sinto-me alegre com a visão dessas magníficas paisagens ermas e geladas.

Amanhã chegarei ao meu destino. Uma excitação infantil começa a crescer dentro de mim. Faz muito tempo que não tenho uma aventura.

VERÔNICA

A ilha Locket parece ser montanhosa. A beirada da costa é recortada em algumas áreas, lisa em outras. Aos poucos, o navio para. Ao nosso lado, estende-se uma estreita península de praia vulcânica enegrecida, raiada de neve. Poças e córregos congelados refletem a luz pálida. Não vejo nenhum pinguim.

Sou a única passageira que deve descer aqui, e não há sinal de outros. Ontem à noite, houve uma fuzarca, um negócio horroroso, com música alta, álcool e pessoas despencando pelos cantos, então, sem dúvida, elas estão se recuperando dos excessos. Por sorte, minha cabine ficava longe de toda a bebedeira e devassidão, então consegui dormir profundamente e estou me sentindo bem revigorada nesta manhã.

O homem que age como meu ajudante de bordo tem a pele negra, olhos argutos, que pouco entende de inglês. Digo para ele colocar a minha bagagem no barquinho inflável que nos levará para a terra. Ele gesticula e murmura baixinho, mas faz o que mando. Ajuda-me a subir no barco com mão firme, o que é bom.

Quando nos aproximamos no bater das ondas, avisto duas figuras na praia. Novamente, meu ajudante me auxilia a sair do barco e começa a descarregar a bagagem. É um alívio sentir terra firme debaixo dos pés, embora áspera e pedregosa. Com mukluks e o apoio do meu novo bastão polar, posso lidar muito bem com o terreno, evitando os emaranhados escorregadios de algas que enfeitam as rochas.

As duas figuras aproximam-se para nos receber.

Ambas vestem grossas jaquetas impermeáveis. O homem adianta-se. Ele é bem o que vejo como um quarentão, entroncado, cabelo grosso e castanho, uma barba que parece um escovão e um aperto de mão firme.

– Então... Bem-vinda! Sou Dietrich. A senhora conseguiu, Sra.

McCreedy. – Sua voz é uma mistura de cordialidade e preocupação. Tem um forte sotaque.

– Claro que eu consegui. Eu disse que viria. Você é alemão – acrescento.

– Austríaco – ele responde, irritado.

– Sou a Terry – diz a moça, animada, ao apertar a minha mão. Sabia que havia alguém chamado Terry na equipe (a que escreve os blogs, Eileen me contou), mas presumi que fosse um homem. Esta Terry está na casa dos 20, eu diria, com um tipo de rosto macilento, cabelo loiro na altura dos ombros, e óculos. Seu sorriso é um pouco tímido. – Vimos a mensagem da sua funcionária, dizendo que a senhora deveria chegar hoje, de navio. Estamos... bom, estamos felizes que tenha conseguido. Não tínhamos certeza de que viria.

– Por que não? Considerando que Eileen mandou aqueles e-mails, é de se supor que deixei bem claro que viria.

– Bom, sem querer ofender, não acho que faça ideia do quanto as coisas são difíceis aqui. Tenho certeza de que você é muito saudável e capaz, mas mesmo nós, que estamos acostumados com condições precárias, às vezes achamos difícil.

– Condições precárias. – Essa história outra vez! – Deixe que eu julgue isso.

Os dois se entreolham, confabulando mentalmente; dava para perceber a mais de um quilômetro de distância. Dietrich consulta o relógio.

– O navio deve partir em três horas, Sra. McCreedy. Por que a senhora não aproveita para dar uma olhada por aqui? Tenho certeza de que verá o que queremos dizer. Ninguém vai julgá-la se mudar de ideia. Depois de ver tudo, sugiro que volte para o navio, aproveite desse relativo luxo e viaje para um destino mais adequado para o restante das suas férias.

– Fiz toda esta viagem para passar um tempo com os pinguins. E é exatamente isso que vou fazer.

※

A base de campo da ilha Locket fica próxima da costa. Não demora muito para transportar minha bagagem até lá, com a ajuda do estrangeiro mal-humorado e de Terry e Dietrich, que trouxeram um trenó.

Terry estica o braço à frente, indicando uma espécie de cabana feita de blocos de concreto, localizada em um plano de pedra e gelo. Não é uma coisa bonita.

– Chegamos em casa! – ela declara.

No alto da ribanceira nevada, atrás da cabana, há alguns moinhos de vento rudimentares, de metal, girando lentamente de encontro ao céu pintalgado. Parece um sacrilégio algo ter sido construído aqui, e não estou impressionada com esses vergões feios, feitos pelo homem, no puro rosto branco da natureza. Mas imagino que seja necessário.

– Temos energia solar, mas os moinhos servem de complemento – Dietrich explica. – Juntos, geram energia suficiente para nossos vários aparelhos elétricos.

– Onde estão os pinguins? – pergunto. Esperava que houvesse bandos deles ao redor do centro.

– Eles não ficam por aqui, mas não estão longe. Está vendo aquela grande encosta de neve? Do outro lado fica o local de nidificação. Vamos visitá-los assim que a senhora tiver descansado.

Terry abre a porta e entra primeiro. Tiramos nossos casacos e minhas malas são colocadas no grande cômodo central. Meu ajudante murmura alguma coisa para Dietrich, depois se afasta e desaparece.

Dispenso o café oferecido por Terry. Deliciei-me com chá e *croissants* pouco antes de deixar o navio. Em vez do café, volto minha atenção para a análise das minhas acomodações.

Há um aquecedor a gás encostado em uma parede, algumas cadeiras e uma mesa bem grande. O cômodo também contém uma quantidade extraordinária de tralha, que não é bem a tralha normal de uma casa. Muitos itens estão pendurados em pregos: panelas, colheres, etiquetas de plástico, redes, coisas com bojo e coisas com ganchos. Não sei dizer o que são, mas presumo que sejam coisas de pinguins. Um emaranhado de fios elétricos pende do teto de maneira bem alarmante. As prateleiras têm pilhas de latas e embalagens desbotadas, além de um sortimento de detritos naturais: liquens, pedaços de ossos e de cascas de ovos, penas e esqueletos de peixe. Fico feliz em notar que também tem alguns livros.

– Nunca conseguimos trazer tantos quanto gostaríamos, mas juntamos estes com o passar dos anos – explica Dietrich.

– Não que haja muito tempo para ler – Terry suspira. – Agora, tenho certeza de que gostaria de pôr os pés para cima por um tempo, Verônica.

Detesto quando as pessoas equivalem velhice a incapacidade. Tenho ficado confinada sem exercícios em aviões, depois em um navio pela maior parte de três dias. Além disso, faz apenas duas horas que deixei a cama, e, no entanto, eles esperam que eu já volte a deitar.

Satisfaço-os sentando em uma cadeira dura por quinze minutos, depois me levanto e ando pela sala, louca para exibir a plenitude do meu nível de energia.

Noto alguns desenhos a bico de pena, pregados na parede, nenhum deles muito bom.

– Foi Dietrich quem fez. Não são lindos?

No entanto, não posso compartilhar o entusiasmo de Terry. Todos os desenhos representam pinguins antropomórficos. Tem um coro de pinguins cantando, um pinguim solitário sentado em um iceberg, usando boina e segurando uma vara de pesca, e um grupo de crianças pinguins brincando em balanços. São profundamente ridículos, sem exceção.

Dietrich tosse, como que se desculpando.

– É meu pequeno *hobby*. Faço estes desenhos para os meus filhos, sempre que sobra um tempo. Mando cópias deles por e-mail, para entreter as crianças e minha mulher. Terry insiste para que eu ponha os originais aqui.

Terry sorri.

– Bom, torna o lugar aconchegante – ela diz.

– Este lugar foi construído para este propósito há apenas sete anos – Dietrich me conta. – Está na posição ideal para se observar pinguins. Em geral, eles passam por aqui quando vêm do mar para o local de nidificação, ou viveiro, que é como o chamamos.

– Viveiro? – Esse é um nome contraditório para um local de nidificação de pinguins, em minha opinião. Viveiros são viveiros, e pinguins são pinguins.

Dietrich está entusiasmado para me contar sobre o projeto.

– Nosso centro tem um bom tamanho, como a senhora verá. Foi construído para acomodar cinco cientistas ao longo do ano, e no primeiro ano ele fez exatamente isso. Veja, temos beliches aqui, aqui e aqui.

Ele abre a porta rapidamente, então não consigo registrar qual será o meu quarto.

– Mas agora só somos três – ele continua. – E só estamos aqui porque concordamos em fazer isso por uma remuneração excepcionalmente baixa. Mike é o outro cientista, e neste momento ele está lá fora com os pinguins. Deve voltar mais tarde.

– Então, vocês três estão ocupados tentando descobrir os motivos da diminuição dos pinguins?

– É. Estamos determinados a fazer mais uma tentativa. Temos um pequeno laboratório aqui, onde podemos realizar alguns testes em amostras. Essa tarefa é predominantemente do Mike. Também temos uma sala de computação. Precisamos dela para lançar nossos dados e mandá-los para os processadores de cálculos, na Grã-Bretanha. Temos acesso intermitente à internet. Melhor do que nada.

– Mas só um computador funcionando – Terry acrescenta. – O outro encerrou as atividades algumas semanas atrás. A sala de computação está sempre requisitada.

– Procuramos não brigar por ele. – Dietrich sorri.

Não gosto de ninguém que faça piadas sobre briga. Brigar não é assunto para rir.

Franzo o rosto para ele.

– Poderia me fazer a gentileza de mostrar qual será o meu quarto?

Observo a centelha de dissimulação que se passa entre os dois.

– Antes é melhor mostrar as instalações sanitárias para Verônica – diz Terry, levando-me com gentileza para o menor cômodo que já se viu. – Temos o luxo de um vaso sanitário, mas nada de banheira ou chuveiro. Também nada de água quente.

A pia é de bom tamanho. O vaso sanitário é uma coleção de baldes e um assento de espuma duro, colocado em uma altura suficiente para que um deles caiba debaixo.

Mais uma vez, Terry e Dietrich trocam um olhar furtivo. Ao que parece, o vaso sanitário é seu trunfo.

– Esplêndido! – declaro, batendo meu bastão no chão. Reconheço que a idade me impôs algumas desvantagens, mas com certeza não são insuperáveis. Será preciso mais do que um banheiro incômodo para me desanimar. – Um banheiro excelente. E, por favor, onde fica o meu quarto?

– Sinto muito, Sra. McCreedy – responde Dietrich, com ar culpado. – Andamos extremamente ocupados, e ele ainda não foi arrumado...

– Bom, neste caso, gostaria de ver os pinguins sem mais demora.

Ao que parece, Dietrich precisa supervisionar o descarregamento de produtos alimentícios do mesmo navio que me trouxe aqui (ele passa pela ilha Locket a cada três semanas, a caminho de destinos turísticos mais populares, permitindo que os cientistas reabasteçam sua despensa). Sendo assim, Terry me serve de guia.

– Está agasalhada? – ela pergunta. – Espero que esteja vestindo roupas de baixo grossas. O congelamento é uma coisa horrível.

Dirijo-lhe um olhar demorado. Não gosto de ser tratada como idiota. Estou envolta em três camisetas térmicas e ceroula, debaixo do meu pulôver de lã e da calça forrada de *plush* que Eileen comprou para mim. Meu casaco acolchoado custou-me 325 libras. Mal consigo me mexer; estou muito engessada.

Vamos para fora. O sol saiu de trás das nuvens e somos recebidas por um brilho de luz branca. Ando devagar com minhas mukluks, ferindo a neve com meu bastão.

Terry confunde minha lentidão com despreparo e tenta pegar no meu braço. Desvencilho-me. Ela está carregando uma grande quantidade de equipamento como se fosse leve como pluma. Não faz ideia da sorte que tem por ser tão forte. Mas eu também podia fazer o mesmo quando tinha a idade dela.

A neve é tão brilhante que mal posso olhar para ela, mesmo com meus óculos escuros antirreflexo. Batalhamos para subir a encosta. Não é tão íngreme, nem tão alta, mas vou no meu ritmo. Paro regularmente para analisar a paisagem. Uma cordilheira de montanhas azul-porcelana ergue-se à minha direita. Elas exibem uma leve dicotomia de personalidade, sendo lisas como vidro em alguns trechos e escarpadas em outros. Regatos cintilantes de água de degelo serpenteiam pelas rochas. As encostas mais baixas são surpreendentemente coloridas, iluminadas por liquens verde-limão, amarelos, rosas e laranja incandescente.

Ao chegarmos ao topo, Terry orienta:

– Olhe primeiro para lá. Vai ver por que é chamada de ilha Locket.

A distância, há um estreito circuito fechado de terra, que se estende por toda a volta de um lago semicircular. Além dele está o mar. Com sua forma oval e essa abertura natural, a versão mapeada desta ilha deve ser semelhante ao formato de um medalhão.

– Agora, olhe para cá.

Obedeço. Na faixa de terra plana abaixo de nós, vejo um mosaico de tons mais escuros contra a palidez. Trata-se de um vasto grupo de pequenos corpos gingando. À medida que nos aproximamos, algo parecido com excitação começa a se formar na boca do meu estômago. De repente, estou andando mais rápido.

– O que é toda aquela coisa rosa? – pergunto a Terry.

– É cocô de pinguim, também conhecido como guano.

– Ah! – Eles parecem estar vivendo em um pântano composto por seu próprio excremento. É repulsivo.

– Bom, não esperava que fossem todos limpinhos e cartunescos como nos cartões de Natal, esperava?

De certa maneira, era exatamente o que eu esperava. Mas minha decepção logo se dissolve em uma nova excitação. Eles não são belas ilustrações em um livro, mas criaturas vivas de verdade, espetacularmente tridimensionais e descaradamente físicas. Aqui estão eles, atrevidos e inteligentes, levando a vida em uma grande comunidade agitada, bagunceira, barulhenta, inquieta, pulsando com vida e energia. Sinto-me muito privilegiada por estar aqui, vendo-os na natureza, em sua marca de glória branca e preta, quase cômica. Apesar da prevalência do guano, é de fato uma visão maravilhosa. Seus chamados estridentes enchem meus ouvidos. Mas agora estou com um problema nos olhos. Estão ardendo muito e começando a marejar. Deve ser o frio. Pisco para me livrar da umidade.

Há pinguins por toda parte. Alguns estão se alisando com o bico, outros estão dormindo de bruços, alguns parecem estar cochichando entre si. Outros estão apenas ali parados, encarando o espaço estoicamente. Sozinhos ou em grupo, eles têm tudo resolvido. Não parecem estar nem um pouco preocupados com nossa presença.

Meu olfato diminuiu bastante nos últimos anos, mas o fedor de peixe é muito forte. Um tipo de odor lodoso, terroso.

Terry tira uma pequena câmara do ombro.

– Sempre tiro algumas fotos. Nunca se sabe quando a gente vai capturar a pose perfeita. – Ela se agacha próximo ao limite do bando de pinguins. Alguns viram a cabeça e olham para ela.

– Eles não têm medo de humanos – ela explica. – O que é bastante conveniente para nós.

– Excelente! – digo, chegando mais perto de um pequeno agrupamento que traz alguma semelhança com um grupo de jovens em miniatura, fazendo uma pausa para fumar. Quero examinar cada uma das suas expressões e tentar descobrir sua personalidade, sua *raison d'être*. Sinto vontade de ficar perto deles. Um deles parece estar igualmente fascinado por mim e abaixa um pouco a cabeça, o que tomo como um cumprimento.

Contemplamo-nos por um momento, depois o pinguim retoma a conversa com seus companheiros. Terry fotografa com sua câmera, enquanto vagueio pelas beiradas da multidão, encantada com cada um dos pinguins. Nem percebo o frio. Então, de repente, Terry vira a câmera para mim.

– Não! – grito, levantando os braços com uma fração de segundo de atraso, para cobrir o rosto.

– Ah, me desculpe – ela diz de imediato. – Foi só um instante. Seu rosto. Sua expressão. Você parecia totalmente hipnotizada. Enlevada. Como se fosse outra pessoa.

Reparo que isso dificilmente é elogioso para o jeito com que, em geral, eu me apresento. Mas tem algo em Terry que dificulta tomá-lo como ofensa.

– Não se preocupe – ela me tranquiliza. – Não vou usá-la no meu blog, nem nada parecido.

– Ah, é, me lembro de Eileen ter dito alguma coisa sobre um blog.

– Não tem um grande número de seguidores, mas está crescendo, graças ao programa de Robert Saddlebow. Coloco fotos ali e conto ao mundo o que estamos fazendo – Ela mexe na câmera por um segundo, depois a estende para mim e mostra a minha foto.

Pareço uma velha na neve.

– Maravilhosa, não é?

Não tenho a mesma impressão de jeito nenhum.

– Uau, seria incrível se eu pudesse colocá-la no blog – Terry comenta, olhando a foto de novo. – É tão incomum! Ter você aqui atrairia uma enxurrada de atenção.

Então, ela dá uma olhada em seu relógio.

– Ah! Temos que ir andando. O navio parte em quarenta minutos. Os outros vão ficar malucos se não te levar de volta a tempo.

VERÔNICA

◎ *Ilha Locket*

A volta é excessivamente lenta. Tenho problemas com o meu bastão, que entalou nada menos do que três vezes em umas fendas, e foi difícil tirá-lo de lá, mesmo com a ajuda de Terry. Depois, preciso me sentar em uma pedra por dez minutos. Quando digo "preciso", pode ser um leve exagero. Na verdade, estou me deleitando com a qualidade do ar puro, despoluído, e me sentindo extraordinariamente energizada. A pedra, graças ao meu abundante enchimento, não é tão desconfortável como seria de se esperar. Terry gesticula loucamente e fala comigo. Meu aparelho auditivo não está funcionando bem, então tenho que lhe pedir que repita.

Confesso certo regozijo quando enfim chegamos de volta ao centro de pesquisas de campo. Terry e eu assistimos à saída do navio assim que chegamos ao alto da encosta. Ela ficou aflita, mas não havia muito que pudesse fazer.

– Então agora a senhora terá que ficar, Sra. McCreedy – Dietrich comenta, enquanto tiramos nossos casacos. Ele parece longe de estar empolgado. – O próximo navio só vem daqui a três semanas completas.

– Bom, não é que não tenhamos espaço. – Terry dá de ombros. – Vou dizer uma coisa: Verônica pode usar o meu quarto enquanto estiver aqui. É o mais quente. Vou para o quarto da cabana.

Minhas suspeitas foram confirmadas. Desde o princípio, eles nunca tiveram a intenção de que eu ficasse. No entanto, como a menina está preparada para sacrificar seu próprio quarto pelo meu conforto, não vou fazer uma confusão por causa disso.

– Sente-se e tome uma xícara de chá, enquanto tiro minhas coisas – ela diz. – Só vou levar vinte minutos. Aí você pode se instalar de um jeito adequado e desarrumar as malas.

– Preciso confessar que estou surpresa por vocês não estarem preparados. Avisei com antecedência sobre a minha visita – enfatizo, um tanto gélida.

Dietrich levanta-se.

– Vou fazer um chá – diz e vai colocar a chaleira para esquentar.

– E, então, a senhora gostou dos adélias, Sra. McCreedy? – Ele é educado, ah, muito educado.

– Gostei muito.

Depois de fechar com cuidado todas as portas que tinham ficado abertas na casa, largo-me na única cadeira que tem uma almofada. Parece um pouco mais confortável do que as outras. A almofada está gasta e tem um tom pútrido de laranja. Ainda assim é melhor do que nada.

Neste momento, a porta da frente abre-se e um rapaz entra. Está usando a onipresente jaqueta parca. Tem uma estrutura leve, rija, um queixo comprido e olhos intensos e frios. Os olhos focam imediatamente em mim, deslizam para Dietrich de maneira acusatória e voltam para mim.

– Oi. – Sua voz não é receptiva.

– Permita-me apresentar Mike. Mike, esta é Verônica McCreedy – Dietrich lhe diz. – Ela vai ficar – acrescenta em um tom comedido.

Mike vai despelando suas camadas exteriores e as pendura com cuidado no cabide. Lentamente, troca suas mukluks (fico curiosa em notar que ele também as usa) por um par de alpargatas. Então, atravessa a sala para me cumprimentar.

– Desculpe-me por não me levantar – digo. – Acabei de voltar da minha primeira incursão para ver os pinguins.

– Sra. McCreedy não voltou a tempo para embarcar no navio – Dietrich informa Mike. Definitivamente, não gosto do sotaque dele nem gosto dessa atitude.

– Seja como for, eu não pretendia voltar ao navio – lembro-lhe secamente. Ele me entrega uma caneca de chá. A caneca está lascada, e o chá tem gosto de alcatrão.

– Também quero um, já que está oferecendo, Deet – Mike diz.

Ele pega um pacote de biscoitos na prateleira e me oferece um, sem se preocupar em pô-los primeiro em um prato. São digestivos, muito comuns, na verdade. Aceito um gentilmente.

Ficamos sentados em silêncio por alguns minutos, com nosso chá e nossos biscoitos.

– Alguma coisa extraordinária hoje? – Dietrich pergunta a Mike. Mike sacode a cabeça.

– Na verdade, não. Vi o Fuligem de novo. Ainda sentado, esperançoso, no seu ninho.

– O Fuligem é nosso nativo excêntrico, Sra. McCreedy – Dietrich me informa. – Um pinguim quase que totalmente preto.

Antes que possa me alongar no assunto, Terry surge do seu quarto com os braços carregados de sacolas plásticas abarrotadas e roupas de cama. No ato, a atmosfera fica mais leve. Ela parece ter esse efeito nas pessoas.

– Ah, oi, Mike. Então você conheceu Verônica.

– Sim. – O "sim" é curto, misturado com desaprovação.

– O quarto é todo seu, Verônica, à hora que você quiser – ela gorjeia.

– Excelente – respondo.

Consumimos uma refeição sem gosto e descuidada, composta de pedacinhos de carne não identificável, flutuando em um molho instantâneo, com acompanhamento de batatas e cenouras ressuscitadas. Mike (ou será Mark?, esqueci) era o *chef* da noite.

Terry arregaça as mangas.

– Minha vez de lavar!

Ofereço-me para ajudar, enxugando. É uma oportunidade para questioná-la.

Em meio aos pratos, ela me conta que quem dirige o projeto é Dietrich, embora ele tente garantir que toda decisão seja democrática. Ele é o *pinguinólogo* que devotou toda sua vida para estudar essas aves. Segundo Terry, ele tem uma esposa adorável e três filhos na Áustria. Sente mais falta deles do que deixa transparecer. Dietrich é "um verdadeiro cavalheiro", que faria "qualquer coisa para qualquer pessoa".

Apesar do que Terry diz, não consigo deixar de ser desconfiada em relação a Dietrich. Ao contrário de qualquer um aqui, atravessei a guerra. Essas coisas fazem a pessoa perceber que existe um monstro à espreita em cada um de nós. É possível sorrir, sorrir e ainda assim ser um *vilão*, como diz Shakespeare. Manterei uma boa distância desse Dietrich.

Mike (Mark?) é, pelo que ouço, "um ótimo sujeito", embora esconda bem. Seu jeito irritado é um hábito que ele cultiva há muito tempo, quase como um *hobby*.

– A gente aceita com um pé atrás – Terry comenta, com um sorriso irônico.

Observei que os rapazes estão sempre desesperados para se afirmar de um jeito ou de outro. Não há dúvida de que o fato de ser cáustico é o modo perverso de Mike tentar demonstrar sua firmeza, masculinidade etc. É profundamente patético, mas é isso aí. Terry me informa que ele é o especialista em bioquímica e tem um gosto especial por provar pedacinhos de osso e guano, por causa de seu conteúdo mineral. Tem uma namorada em Londres, da qual ninguém sabe muita coisa. É bem reservado a respeito dela.

– E você? – pergunto a Terry – Está em um relacionamento com alguém?

Por trás do sorriso dela, há uma doçura. Até uma cabeça-dura como eu consegue perceber isso.

– Me relaciono com um montão de gente e um montão de pinguins – ela responde, enfiando uma mecha de cabelo loiro atrás da orelha. – Mas me classifico como solteira.

Olho para ela. Reparo que, se pelo menos ela fizesse um corte de cabelo adequado e se maquiasse um pouquinho, poderia, na verdade, ser muito bonita. Sua pele é monocromática, mas excepcionalmente impecável. Os traços são elegantes e agradáveis. Atrás daqueles óculos desfavoráveis, seus olhos são uma vasta expansão, com cores de mar e seixo.

– Por que você tem nome de homem? – pergunto.

– Bom, na verdade é Teresa – ela responde, fazendo uma careta. – Mas não gosto.

– Por que não? – pergunto. Eu o acharia mil vezes melhor do que "Terry". Seria difícil ela encontrar uma palavra menos atraente. – Teresa é um nome bem simpático.

Ela é inflexível.

– Sempre fui Terry.

Os cientistas deixaram as portas da sala de computação e do laboratório abertas. Conscienciosamente fecho as duas e vou para o meu quarto. Meu corpo está cansado e exigindo ficar um tempo na horizontal. Estendo-me na cama empelotada. Terry arrumou-a com uma porção de edredons e cobertores, mas ela continua empelotada. Mas não sou eu quem vai reclamar.

Foi uma alegria ver os pinguins, mas também um choque. Seus olhos brilhantes em contas, seus corpos roliços, suas nadadeiras e pés característicos. O cheiro deles, assumidamente repugnante, mas, ao mesmo tempo, gratificante. Sua cacofonia de gritos trombeteando, grasnando e urrando. O jeito como eles andam, às vezes, em fila indiana, ao longo de uma via de pinguins; a maneira como correm e escorregam na neve. A maneira como bamboleiam seus traseiros, sacodem as penas e se alisam. Uma atitude de vida total e peculiarmente gregária.

É difícil acreditar que eu esteja realmente aqui. Pelo menos estou fazendo algo interessante e importante. Penso em todos aqueles pinguins, cem vezes mais reais e verdadeiros do que eram na minha imaginação. Neste exato momento, a despeito da inconveniência de outros seres humanos, sinto-me mais certa do que nunca de que é para este lugar que quero legar meu dinheiro.

Prometem ser três semanas muito interessantes. Sinto um ataque de autoaprovação. De fato, é louvável que tenha me esforçado para vir. Imagens agradáveis de pinguins vagam pela minha cabeça.

Ouço um leve murmúrio de vozes. Não sei por quanto tempo dormi. Levo um instante para perceber onde estou, depois a realidade se insinua e abre um sorriso em meu rosto. Estou na Antártica, no meu propósito de embarcar em uma grande aventura final e aproveitá-la por inteiro; minha missão de ajudar os pinguins-de-adélia. Sinto o metal quente do medalhão tocando a minha pele. Tudo faz perfeito sentido.

Esta cabana tem paredes finas. Capto a palavra "Verônica", dita com alguma acidez. Acho que é a voz de Mike. Sento-me, pego meu aparelho auditivo, coloco-o e ponho o volume no máximo.

Agora, Terry está falando:

– Mas ela é – escuto-a dizer, como se discordasse de algo que alguém disse. – Você devia ter visto o rosto dela, quando saímos mais cedo. Ficou fascinada com a visão deles. É mais do que apenas um capricho.

– Não me importo. Três semanas é um inferno de muito tempo. – Mike de novo. – Não temos obrigação de mantê-la aqui. Fomos mais do que claros em todos os nossos avisos de que ela não deveria vir. Mesmo assim, ela se impôs sem a permissão de ninguém. É grosseira e manipuladora. Uma total falta de respeito, e uma total falta de bom senso.

Faz-se um ligeiro silêncio.

– Ela disse que pagaria pela acomodação. Cerca de dez vezes mais do que vale – Dietrich ressalta.

– Só acredito vendo!

– E, se ela for mesmo doar uma grande quantia para o projeto, digamos, milhões, podemos nos dar ao luxo de recusar? – Terry murmura.

– Mesmo que seja verdade, deduzo que não vamos ver a maior parte desse dinheiro antes de ela morrer. – Realmente, Mike tem mais do que sua parcela justa de mau humor. Sua voz é cheia de farpas. – E ainda, quanto tempo pode levar? – Ele ri. Os outros não acompanham. – Ela parece bem forte, admito. Pode durar mais uma década. Mas devo dizer que não estou preparado para esperar e me curvar, tudo pelo dinheiro que pode ou não se materializar. Quando ela tiver batido as botas, o projeto dos pinguins já será história.

A esta altura, sinto que meus olhos estão ardendo muito. É a segunda vez, hoje. Em geral, eles não me dão qualquer problema. Espero que não seja o começo de alguma doença ocular. Consigo achar um lenço e dou uma leve limpadinha neles. Depois, coloco de novo o ouvido na porta.

– De qualquer modo, como podemos trabalhar com ela aqui? – exclama Mike. – Ela vai nos levar à loucura. Somos amigos e colegas, mas neste ambiente até nós achamos difícil não matar um ao outro!

Neste ponto, há uma onda de risadas cúmplices, como confirmação de uma verdade bem conhecida.

– Nisso você tem razão – Dietrich responde. – É um milagre ainda estarmos conversando uns com os outros.

– Mas talvez um pouco de sangue novo seja exatamente o que precisamos – Terry argumenta.

– Bom, tudo isso é muito bacana, mas o fato é que ela é uma idosa – Mike novamente. – Senhoras idosas não se encaixam neste lugar. Deveriam estar cercadas de aquecedores, carpetes e programas de TV vespertinos. Voto para que ela seja mandada embora imediatamente. – A esta altura, percebo que não importa quem esteja falando com qual sotaque, o inimigo não é Dietrich, mas Mike.

Terry limpa a garganta.

– Mais fácil falar do que fazer, Mike.

Eles abaixam as vozes, e não consigo entender os murmúrios que se seguem, o que é frustrante ao extremo. Mas então a voz de Mike se eleva de novo.

– Temos todo o direito de mandá-la embora. Sinto muito, mas temos que nos livrar dela de algum jeito. Enquanto estiver aqui, somos responsáveis por ela, e, da minha parte, não fico feliz com isso.

– Também estou preocupado – confessa Dietrich. – Se ela ficar doente, não temos como cuidar dela da maneira que for preciso.

– Tenham dó, deixem que ela fique um pouco mais, está bem? – pede Terry. – Ainda não podemos mandá-la embora. Ela acabou de chegar e...

– E a gente já detesta ela – diz Mike.

PATRICK

◉ *Bolton*

Centro de Trabalho de Bolton: não é exatamente um lugar divertido. Na verdade, é um dos lugares de que menos gosto no planeta. Estou voltando de lá agora. Meus benefícios serão cortados, a não ser que eu demonstre algum tipo de esforço simbólico para procurar trabalho. Imagino que existam pilhas de coisas que eu *poderia* fazer, mas, sem qualificações por escrito, não tenho chance. Em um mundo ideal, eu acharia algo que se ajustasse às segundas-feiras na loja de bicicletas. Mas isso vai acontecer um dia? Vamos encarar: não tem como.

A única possibilidade nos quadros, hoje, era um trabalho monitorando carrinhos em um estacionamento de supermercado. Aparentemente, seria preciso boa capacidade de comunicação, conhecimento espacial e habilidade para pensar rápido. O quê? Empurrar carrinhos para uma baia de carrinhos? Tem um formulário on-line para preencher com 35 perguntas e mais: é preciso mandar uma carta de apresentação e um currículo. E, depois de ter feito tudo isso, sem dúvida pedirão para você subir ao alto do Everest, equilibrando um ovo de fênix na ponta do nariz. Caramba! Não é de estranhar que tem gente que prefira sugar o Estado.

— Você gostaria de se candidatar? — a mulher engomada atrás da mesa me perguntou em uma voz robótica de "por mim tanto faz".

— Vou pensar — respondi.

Bom, pensei e não quero mesmo pensar mais nisso. Volto me arrastando ao longo de uma avenida cheia de buzinas, me sentindo inútil e triste. Um perfeito Ió, do ursinho Pooh. Poderia ser bem a hora de atacar o vidro de Zé da Erva e Tonho Bagulho, mas não fico animado com a ideia, porque pensei que estava indo bem, e isso só mostra que continuo uma droga de um fracassado.

Estou prestes a subir para o apartamento, quando meus olhos dão com um pacote esperando por mim no saguão. Contém muitos selos, deve ter custado uma nota para postar. Que raios...?

Por um instante, penso que deve ser para os vizinhos do andar de baixo, não para mim. Confiro. Não, não é para o casal que mia. Tem meu nome, meu endereço.

Lynette? A ideia me deixa sem fôlego por um segundo. Fato: superei-a cem por cento. Mas quem mais existe que me mandaria alguma coisa? Deve ser ela, não deve? Ela levou algumas das minhas tralhas com ela, como o carregador de bateria e fones de ouvido. Vai ver que teve um ataque de consciência e resolveu devolvê-los.

Mas o pacote não é de Lynette, dá para perceber. Não é a letra dela. Será que pediu para o pedreiro escrever o endereço? Ela é a especialista mundial em levar pessoas a fazerem coisas para ela. Vai ver que o garotão pedreiro está agora agindo como, digamos, seu *secretário*. Mas não é muito provável. Duvido até que ele saiba escrever. Seja como for, parece uma caligrafia feminina. É um tipo de letra bem redonda, compacta, em esferográfica azul.

Carrego o pacote para cima e abro-o. Dentro de todo papel pardo e barbante há uma caixa maltratada, bem pesada. Tem um cheiro antigo, de madeira e um desses cadeados que você tem que saber o código para abrir. Dá para ser mais esquisito?

Então, vejo um papel dobrado. Desdobro-o.

Caro Patrick,
Espero que esteja bem.
Antes de viajar, Sra. McCreedy (sua avó) me pediu para te mandar isto. Sei que está trancada, mas ela disse para mandar mesmo assim. Ela pediu para você fazer o favor de guardá-la com cuidado. Você não pode abri-la, não tem per-missão para abrir, a não ser que receba o código. E ela disse que, por enquanto, você não vai receber.
Tempo chato, né?
Eileen

Estou começando a pensar se minha própria avó não precisa ser mantida trancada. Tudo está ficando cada vez mais surreal.

Que diabos pode haver dentro da caixa? Alguma coisa que pertenceu ao meu pai? Ou algum legado de família do século XVI? Um conjunto vitoriano de argolas de guardanapos? Um esquilo de pelúcia antigo?

Gostaria de ter descoberto um pouquinho mais sobre a vovó nas duas vezes em que nos encontramos. Agora, estou arrancando os cabelos por ter estado tão atolado nos meus próprios problemas.

Tento girar o disco do cadeado em algumas combinações de números, mas nenhuma funciona. Sempre daria para pegar o conjunto de ferramentas e serrá-lo. Não deveria, mas você sabe como a curiosidade funciona.

Não. Vou fazer o que a vó V quer. Se ela está decidida a ser misteriosa, por mim tudo bem. Talvez tudo seja revelado quando ela voltar da Antártica. Fico pensando em como ela está se saindo.

Enfio a caixa debaixo da cama.

VERÔNICA

◎ *Ilha Locket*

– Sirva-se, Verônica.

É meu primeiro café da manhã aqui. A mesa está coberta com uma quantidade enorme de pratos quentes: bacon, ovos, feijões cozidos, bolinhos de batata ralada e frita, torradas. A ênfase está na quantidade, mais do que na qualidade. Todos os itens são do tipo incolor e descongelado. Os cientistas estão engolindo como se fosse um maná dos deuses. É possível que essas porções paquidérmicas sejam necessárias para prepará-los para o dia. Sirvo-me de uma xícara de chá e dou um gole. É repulsivo. Em algum lugar da minha bagagem, tenho um estoque do aromático Darjeeling. Vou ter que pegá-lo.

·O clima está carregado de um ressentimento velado contra mim. Pego uma fatia de torrada, uma gororoba amarela disfarçada de ovo, uma fatia de bacon parecendo couro e ponho no meu prato. Então, vou direto ao assunto.

– Ainda não paguei pelas minhas acomodações. Gostaria de acertar logo depois do café. Proponho pagar a vocês bem mais do que sugeri no e-mail.

Vejo a incredulidade espalhar-se no rosto deles.

– Pagar *mais* do que a senhora sugeriu pelas acomodações? – repete Dietrich.

– Exato.

Eles me olham de boca aberta. Mark (ou será Mike?) reprime o riso.

– Por quê? Não chega a ser um cinco estrelas!

– Eu sei, mas gostaria de já contribuir com uma quantia substancial, como um apoio a vocês no projeto. Para ajudar os pinguins.

Dietrich franze o cenho.

– Não tenho certeza de que a gente possa aceitar, Sra. McCreedy. O fato é...

Interrompo-o.

– Sem discussões.

Terry olha para mim, para Dietrich e depois de novo para mim.

– Isto é inacreditavelmente generoso da sua parte, Verônica.

Capto o olhar do tal Mark. Ele parece incomodado, como se pensasse que estou tramando algum tipo de suborno. O que sem dúvida estou. Percebo que está se mobilizando para me fazer uma preleção de recusa. Parece que se arrogou o direito de ser quem decide, ainda que devesse ser Dietrich.

Cutuco a minha comida. Estou tendo certa dificuldade para comer nesta manhã. Dormi muito pouco ontem à noite. Minha cabeça estava ocupada demais remexendo coisas. Puxo meu intragável bacon com ovos para a beirada do prato, fazendo a sobra parecer tão pequena quando possível. Sempre é uma má ideia parecer ingrata.

– Terry, andei pensando sobre o seu treco.

Seus olhos arregalam-se.

– Meu treco?

– Não sou idiota, mocinha. Sei que você, Dietrich e Mark querem que eu parta o mais rápido possível e deixe vocês em paz.

– Não é Mark, é Mike – ressalta o homem indelicado. Ignoro-o.

– Mas, se eu ficar aqui todas as três semanas, será mutuamente benéfico. Posso passar um tempo com os pinguins, que é meu último desejo nesta terra. Quanto a vocês, receberão uma vasta quantia pelas minhas acomodações e, no devido tempo, toda minha herança para garantir a continuidade do seu projeto. Além disso, Terry, você pode me exibir na sua coisa de blog, se quiser.

O rosto de Terry se anima.

– Ah, *aquele* treco – ela diz.

– Não sou uma grande defensora dos artifícios da mídia social – continuo –, mas estou disposta a deixar que você coloque a minha fotografia ali, faça uma entrevista ou qualquer outra coisa que possa me pedir. Como publicidade, uma vez que você parece pensar que fará diferença. Pelo futuro dos pinguins. – Poucas vezes fui tão magnânima em relação a qualquer coisa.

– Ah, muito obrigada, Verônica! – exclama Terry. – Será maravilhoso! Você pode proporcionar aquela faceta de interesse humano que está faltando no momento. Vai ajudar mesmo!

Ela se vira para Mike (não Mark) com uma expressão de "eu te disse". O rosto dele parece um trovão. Ele junta a faca e o garfo fazendo barulho, levanta-se com rapidez e sai da sala.

Verônica McCreedy não é alguém que se deixe intimidar pelas maquinações de pessoas de mente estreita. Vivencio uma deliciosa pontada de vitória.

Hoje Terry voltará a ser minha guia. Ela veste suas roupas à prova de intempéries com a velocidade de um raio e fica a minha espera. Sou bem mais lenta por causa da desvantagem dos membros mais rígidos de alguém com 86 anos. Quando ficamos prontas, os outros já tinham saído havia um bom tempo.

– O que eles estão fazendo exatamente?

– Cada um de nós tem sua própria área para cobrir. Verificamos os ninhos e registramos onde estão. Contamos e pesamos alguns dos pinguins. E monitoramos quais do ano passado voltaram.

– Como vocês sabem quais são os pinguins do ano passado? Vocês colocam anéis nas patas, como nos pombos?

– Não – ela me informa. – Os pés dos pinguins são muito grossos e carnudos para isso. Houve uma tentativa no passado, e eles tiveram infecção no lugar onde os anéis roçavam a pele. Existe uma espécie de braçadeira de metal que vai sobre a nadadeira. Cada uma tem um número, para que possamos reconhecer os pinguins que vimos antes.

Assim que piso lá fora, o ar agarra meus pulmões. É muito revigorante. A luz do sol se reflete da neve em uma dança alegre de brancos prateados. Estou de óculos escuros e com o cachecol lilás que Eileen me deu. Também trago minha bolsa escarlate, a segunda nas minhas preferências, para o caso de precisar de um lenço ou de um analgésico. E meu bastão, é claro. Venço a encosta com rapidez e vivacidade.

Terry parece impressionada. Hoje, suas faces estão um pouco mais rosadas, e ela está usando um gorro com borlas penduradas que cobrem as orelhas. Não é uma bela visão.

– Você é jovem – observo. – Não acha um pouco isolada, com apenas dois homens esquisitos como companhia?

– Na verdade, prefiro ter bastante espaço à minha volta – ela responde. – Não é comum, mas sou assim. Percebi um ano atrás, quando fui para o festival de Glastonbury com um bando de amigos. Gostei da lama e gostei da música. Não me importei *nem um pouco* com os banheiros químicos fedidos e com as noites frias na tenda, dos quais todos os outros reclamaram. Mas o que não consegui aguentar foi a multidão. Me senti oprimida e sufocada.

– É mesmo? – Talvez a gente tenha mais em comum do que eu pensava.

– Mesmo. Não me entenda mal. Gosto de gente. Gosto muito. Só que não consigo lidar com grandes quantidades. Fico muito consciente de todas aquelas emoções, todos aqueles planos e desejos. Todas aquelas *intenções*. É como se fosse uma enorme sobrecarga para o meu sistema. Sei que outras pessoas gostam da excitação da coisa, mas acho um excesso.

Meu interesse desperta.

– Então, uma grande quantidade de gente é intolerável. Presume-se que um grande número de pinguins é outra coisa?

– Ah, sim! – ela se entusiasma. – Nunca há um excesso de pinguins. Eles têm uma energia diferente dos humanos. É mais fundamental e terrena. Não ficam agoniados com as coisas. Não têm questões.

– Também não gosto de humanos em massa – confidencio. – Mas, ao contrário de você, também não gosto deles individualmente.

– Hã?

– Te deixei chocada?

– Não – ela responde. – Mas fico triste que você se sinta assim. Talvez só tenha conhecido as pessoas erradas. Ou será que alguém fez alguma coisa que a fizesse sentir assim?

Fecho a cara para ela. Não estou com vontade de falar sobre as diversas tragédias da minha vida. Estou bem ciente de que, para uma pessoa como Terry, sou a prova viva de que dinheiro não traz felicidade. Traz conforto, com certeza. Saúde e vida longa, sim, se você tiver sorte. Felicidade? Dificilmente.

Paramos no topo e abarco a vista. As montanhas estão agrupadas a distância, com cumes brancos, majestosas. As encostas que dão para o sul estão cobertas com xales esgarçados de neve. O lago em meia-lua cintila o turquesa mais pálido. Mais além, mal se vê a fina linha de terra que o distingue do mar. Em primeiro plano, as rochas ostentam um pomposo brasão de liquens multicores. Todos os tufos e todas as fibras se sobressaem à luz do sol matinal. Aqui a neve é retalhada, acumulada em cada recanto e fenda, concentrada em babados junto às pedras, serpenteando por entre as valas.

– São estes óculos escuros ou aquela neve tem tons rosa e âmbar? – pergunto.

– Não, não são os seus óculos. É um brilho colorido feito por algas microscópicas. Bonito, né?

Aproximamo-nos dos pinguins, e os sons de trinados e crocitos aos poucos infiltram-se pelo ar. Os milhares de figuras em miniatura são delineados com linhas finas de ouro sob os raios de sol.

– Faz a pessoa se sentir feliz por estar viva, né? – Terry exclama, tirando a câmera do ombro ao chegarmos à colônia das aves.

Os pinguins emanam *joie de vivre*. Entendo o que Terry quer dizer. Apesar do barulho que fazem, do cheiro e do excesso de guano lamacento, já gosto muito mais dos pinguins do que dos humanos. Hoje, as aves parecem estar envolvidas em algum tipo de dança tribal, balançando a cabeça para cima e para baixo, marchando de lá para cá e tagarelando consigo mesmas e umas com as outras. Aceleram o passo e algumas se deitam de bruços e deslizam no gelo. As nadadeiras estão esticadas de lado, os bicos atravessam a investida do vento que chega. Parecem loucamente felizes.

Terry corre para elas, também loucamente feliz.

– A manhã está tão linda, vou começar a fotografar um pouco.

– Sai clicando. De tempos em tempos, volta a câmera para mim.

– Sorria, Verônica! – grita. Mas nem precisa pedir. Já estou sorrindo.

Terry avista a distância um pinguim com braçadeira e me passa o binóculo. Observo através dele com intensidade. O pinguim não parece nem um pouco perturbado pelo estorvo em sua nadadeira, mas ela realmente parece estar bem justa.

– Não dificulta a natação deles?

– De jeito nenhum. E, antes que você pergunte, também não machuca.

– É um alívio escutar isso. Teria minhas dúvidas em apoiar vocês, se descobrisse que, sob qualquer aspecto, estivessem machucando-os.

Ela concorda.

– Também está absolutamente certa!

Vagamos pelas alas dos pinguins. Em seu caderno, Terry registra fatos sobre os casais que voltaram, enquanto aprecio a vista. Nos intervalos de seus escritos, ela aponta outros residentes locais. Todos me parecem gaivotas comuns, mas aparentemente um deles é um albatroz, vários são mandriões e outro é um painho. Terry me passa o binóculo de novo e examino o painho enquanto ele volteia no céu, tentando estabelecer um padrão.

De repente, há um grasnado alto, e uma sensação aguda de espetada na minha perna. Com o choque, solto o binóculo e dou um grito agudo. Há um pinguim ao meu lado, as nadadeiras erguidas em indignação, o bico preparado para mais ação. Antes que eu possa fazer alguma coisa, ele dá várias bicadas duras em minha canela, depois se prende logo abaixo do meu joelho, como um alicate. Minha perna sente a dor aguda através da calça impermeável e da ceroula.

– Sai, sai, sai, seu safadinho! – Terry grita, agarrando-o com as duas mãos enluvadas. Na mesma hora, ele larga a minha perna, e parte para minha bolsa escarlate, a segunda dentre as minhas preferências. Grito e uso toda a minha força para livrar a bolsa. O animalzinho feroz não solta e é arrastado em círculos, com os pés no ar. Só depois de o couro se rasgar além da esperança de conserto, é que ele solta suas garras e sai cambaleando feito bêbado.

– Ah, sinto muito! – Terry diz, arfando. – Você está bem?

– Eu... Estou bem. Muito bem – minto. – E não é você que deveria estar se desculpando, e sim o pinguim.

– Sei que pode ser bem doloroso quando um pinguim parte pra cima da gente, mesmo com muitas camadas de roupas grossas.

Ela se agacha e começa a massagear a minha perna com delicadeza.

– Pare – rosno para ela.

– Achei que poderia dar um alívio. Podemos pôr alguma pomada na volta para a base, mas é óbvio que não posso examinar o machucado ou expô-lo aqui. Está doendo muito? Quer voltar?

– Estou bem.

Ela franze a testa.

– Você não parece bem.

– Só preciso de um analgésico. Você pode me ajudar a abrir esta coisa? – pergunto, empurrando minha bolsa arruinada.

– Ah, que pena! Sua, hã... sua linda bolsa!

Ela tira as luvas por um segundo para abrir o fecho e apanhar meus comprimidos. Oferece-me um gole da sua garrafa d'água para que eu engula um.

Estou furiosa com o pinguim, que correu de volta para a colônia e se misturou aos seus companheiros.

– Por que ele fez isso? – pergunto – Por quê?

– É... bom, energia. Chame de bom humor natural. Você tem que tomar cuidado com os que têm de dois a três anos. São muito novos para se acasalar e não têm muito o que fazer, exceto flertar, brigar e tentar se pôr à prova. Não passa de um adolescente arrogante.

– Entendo. – Ainda me sinto machucada, tanto literal quando metaforicamente.

– Não sei por que ele escolheu você. Com a mesma facilidade, poderia ter sido eu – Terry tenta me tranquilizar.

– Bom, é bem normal – retruco. – Todo mundo tem uma anti-patia instantânea por mim.

Ela vira a cabeça com um movimento brusco e olha para mim.

– Ah, não diga isso, Verônica.

– Por que não? É verdade.

Ela é honesta demais para negar.

18

VERÔNICA

⊙ *Ilha Locket*

Terry insiste em me acompanhar até o centro de estudos, desculpando-se o tempo todo pelo caminho. Mantenho um silêncio digno.

Ela me ajuda a tirar minhas mukluks e me leva até a cadeira com a almofada. Já se tornou a minha cadeira.

— Vou buscar um chá por causa do susto, e depois vamos dar uma boa olhada nessa perna.

— Como quiser.

Recebo uma caneca fumegante do líquido com gosto de alcatrão que eles chamam de chá.

— Você deixou a porta da cozinha aberta – digo.

— Faz diferença?

— Eu ficaria agradecida se você a fechasse.

Terry dá de ombros, vai e fecha a porta. Depois volta. Deixo-a levantar minha calça impermeável e a ceroula o suficiente para expor o machucado. Está roxo e feio, mas não sério demais. Ela passa antisséptico e faz um curativo. A dor já diminuiu.

— Bom, acho que você vai sobreviver.

— Sem dúvida.

— Quer dar uma descansadinha?

— Acho que sim.

Ela tenta me ajudar a ir para o quarto. Desvencilho-me dela. Não preciso de ajuda. Ela insiste, morta de preocupação.

— Por favor, saia e faça seu trabalho importante com os pinguins, Terry. Vou ficar bem. Preciso ficar sozinha.

— Tem certeza de que vai ficar bem?

— Absoluta.

— Para ser sincera, preciso mesmo trabalhar. Estou um pouco atrasada e... – Ela parece indecisa.

– Então, vá.

– Volto daqui a umas duas horas. Por favor, relaxe. Sinta-se em casa. E sirva-se do que quiser.

Detesto quando as pessoas criam caso.

Quando ela sai é um alívio. Estendo-me na cama empelotada. Ainda estou fervendo por dentro. Toda esta escapada antártica é um desastre. Ficou mais do que claro que os cientistas não me querem aqui e, para minha amarga decepção, nem os pinguins. Aves ingratas! Eu *achei*, não, eu tinha *certeza* de que meu destino estava conectado a este lugar no fim do mundo... mas não importa.

Minha raiva dissolve-se devagar, deixando um vazio por dentro. Minha bolha de caridade para os pinguins estourou. Preciso de força moral.

Recomponho-me e tomo outro analgésico. É um lembrete de todas as amarguras que já tive de engolir. Por um segundo, meu passado ameaça invadir meus pensamentos. Luto contra ele e me concentro no problema atual.

Deixei de gostar de pinguins.

Uma mulher tem o direito de mudar de ideia.

Sem dúvida, existem várias outras causas nobres que merecem meu legado.

– Oi, Verônica, me desculpe, te acordei?

Por um instante, fico desorientada, depois percebo que é Terry, enfiando a cabeça pela porta.

– Não, só dei uma deitadinha, já que há uma carência de cadeiras confortáveis por aqui. – Devagar, assumo uma postura mais vertical.

A ansiedade continua desfigurando sua boca e testa.

– Como você está? Como vai a perna?

– Está totalmente recuperada, obrigada.

– Ainda bem! Que coisa foi acontecer! Sinto muitíssimo por aquele pinguim malcriado.

– Por favor, pare de se desculpar!

– Quer que traga alguma coisa?

– Não.

– Bom, nesse caso, vou ficar um tempinho na sala de computação. Preciso lançar os dados de hoje no sistema.

Ela sai.

– Terry! – chamo.

– Sim?

– A porta.

– A porta. Ah é. Me desculpe.

Ela a fecha e me deixa em paz.

Passam-se apenas alguns minutos, e ela bate na porta.

– Verônica, chegou um e-mail para você. Eu imprimi. Achei que gostaria de vê-lo imediatamente. Tome.

Ela me passa uma folha de papel e se retira mais uma vez.

Saio à caça dos meus óculos de leitura. Depois de remexer sem sucesso na bolsa escarlate arruinada, e na não tão boa, mas pelo menos intacta, bolsa fúcsia e dourada, investigo a mala. Descubro a lata do aromático Darjeeling lá no fundo, mas nada de óculos de leitura. No entanto, o chá é algum consolo. Vou até a cozinha e ponho a chaleira para ferver. Por sorte, um bule Brown Betty está à espreita no fundo de um dos armários, junto com um coador de chá. Preparo um bule para mim. Apesar da trágica falta de xícaras e da consequente necessidade de usar uma caneca lascada, o gosto de chá de verdade é um estímulo bem-vindo. Ao primeiro gole, sinto a determinação dos McCreedy fluir de novo nas minhas veias.

Quando pouso a caneca, avisto meus óculos em uma prateleira, onde devo ter deixado mais cedo, enquanto dava uma olhada nos livros. Acomodo-me em minha cadeira para ler o e-mail de Eileen.

 ———————————————————

Cara Sra. McCreedy,

Recebi dois e-mails, um de Sr. Dietrich e um do sujeito do blog, Terry, dizendo que a senhora chegou bem, então parei de me preocupar. Espero que a senhora esteja bem, sem sentir muito frio. Espero que seus calos não estejam dando muito problema. Deve ser gostoso ver os pinguins. Não sei muita coisa sobre eles, mas são a ave preferida do meu sobrinho Kevin. Ele tem um pinguim de pelúcia, azul-marinho e branco, e gosta muito dele.

Aqui está bem nublado. É difícil preencher o tempo sem

a senhora aqui, mas Doug (meu marido, caso a senhora não se lembre) diz que eu deveria sair para passear. Pode ser que ele só diga isso porque não quer me ver pela casa. Diz que eu cantarolo demais.

Em todo caso, seria bom receber notícias suas de vez em quando, e saber se a senhora está contente. Talvez os simpáticos cientistas possam me mandar outro e-mail, se a senhora disser para eles o que escrever.

Os biscoitos são muito gostosos.

Fique bem,
Eileen

Bom, muito em breve darei a Eileen muita coisa para fazer.

Estou tomando minha segunda caneca de Darjeeling, quando Mike e Dietrich entram juntos.

– Ah, Sra. McCreedy. Como foi a saída de hoje? – Dietrich pergunta, com educação.

– Não foi um grande sucesso, fui atacada – informo, olhando por cima dos óculos.

– Atacada?

– É, de fato. Um pinguim resolveu descarregar sua fúria nas minhas canelas e na minha segunda melhor bolsa, de um jeito muito despropositado e agressivo.

– Ah, isso não é bom.

– Não.

– E Terry...?

– Terry cuidou de mim. Antisséptico e um curativo.

Dietrich tem tanta barba que é difícil decifrar sua expressão facial por debaixo daquilo. Mas seu "Ótimo" soa genuíno. Mike, por outro lado, exibe uma expressão falsamente solidária no rosto. Pouco faz para esconder o sarcasmo.

– Os pinguins são criaturas selvagens, Verônica. Temos que nos lembrar disso.

– Com certeza – respondo com convicção.

– Você não parece muito feliz – Mike observa, sentando-se em uma das cadeiras plásticas. – Ainda dá tempo, caso você queira voltar para casa.

– Na verdade, eu ia mesmo perguntar sobre isso.

Ele olha para Dietrich, depois torna a olhar para mim, o sarcasmo mais aparente, misturado à satisfação com a possibilidade da minha partida.

– Não tem outro navio nas próximas três semanas, mas podemos mandar um rádio para a equipe de gerenciamento de crises e ver se eles podem ajudar. Em geral, eles relutam em mandar um helicóptero, a não ser em caso de emergência, mas talvez se você estiver preparada para arcar com os custos envolvidos...

– Dinheiro não é problema – tranquilizo-o.

– Neste caso, talvez fosse possível, Sra. McCreedy – diz Dietrich, modulando o tom para parecer neutro. – Posso verificar agora mesmo.

Ele tira do bolso uma geringonça preta que deduzo ser algum tipo de rádio. Eles estão com uma pressa indecente para se livrar de mim. Mike sorri com maldade.

– No fim das contas, a ilha Locket não é mamão com açúcar, né, Verônica?

Não gosto da maneira como sua voz ondula ao dizer meu nome. Não me digno a responder. Ele não se aguenta e insiste:

– Bem que tentamos avisar. Mas, com todo o respeito, você insistiu em fazer a coisa toda do seu jeito, não foi?

Respeito coisa nenhuma! Ele sabe tanto sobre respeito quanto um porco-formigueiro sabe sobre a Carta de São Paulo aos Efésios. Este homem insuportável está tentando me depreciar, menosprezar minhas decisões. Como se atreve?!

– Acho que você vai ter que admitir, Verônica, aqui não é um destino turístico.

– E eu não sou turista! – replico com raiva.

– Talvez não. Não totalmente. Mas também não é uma cientista. Não teve nenhum treinamento, e apenas cientistas muito bem treinados estão capacitados a qualquer estadia a longo prazo na ilha Locket.

Tomo consciência do meu medalhão quando ele diz essas palavras, sua prata lisa pendurada junto a meu peito, debaixo da camiseta térmica. Lembro do seu conteúdo, sussurrando baixinho mensagens para o meu coração.

– Bom, desejo uma agradável viagem de volta para casa – Mike conclui, com evidente falsidade.

Dietrich, que se manteve em silêncio durante essa demonstração de grosseria, começa a apertar botões no rádio. Detenho-o com um gesto seco.

– Quem disse que vou para casa?

Mike joga as mãos para o alto.

– Você disse que era o que queria!

Olho para ele friamente.

– Não, de jeito nenhum. Não é o que eu quero. Vocês entenderam tudo errado. Só estava revendo as minhas opções. Garanto a vocês que já me decidi. – Se não tinha me decidido antes, agora, com certeza, sim. – Vou ficar aqui pelas próximas três semanas, quer vocês queiram quer não.

E vou ajudar essas porcarias desses pinguins, quer eles gostem quer não.

❋

É a vez do Mike mal-humorado fazer o jantar. Seus esforços são lamentáveis. Salsichas com a textura de palha de aço, couves-de-bruxelas que fracassaram miseravelmente em qualquer tentativa de serem verdes, purê de batatas de pacote e um molho que parece lama, tanto na cor quanto no gosto.

Empurro as couves-de-bruxelas no meu prato. O clima está um tanto tenso. Terry, que não fez parte da conversa mais cedo, parece pensar que estou sendo exigente em relação à comida.

– Lamento não podermos proporcionar nenhum vegetal fresco, Verônica.

– Não fique se desculpando por coisas que não são culpa sua.

Mike parece pensar que estou insinuando que a comida de baixa qualidade é culpa dele.

– Considerando a situação crônica do nosso estoque de comida, um cozinheiro irritado e a falta de tempo, não acho que me saí tão mal.

Fecho a cara para ele. Se tem uma coisa que não tolero são pessoas que estão sempre se queixando. Todos parecem estar tentando pensar em alguma coisa para dizer, para preencher o silêncio que se segue.

– Você considera isso uma dureza – comento. – Sua geração está acostumada a ter acesso fácil a qualquer comida, comida de todo canto do mundo, mas me lembro de uma época em que era difícil conseguir pão, a maioria das pessoas tinha que cavar no jardim e plantar batatas, e qualquer coisa parecida com uma salsicha era um luxo. Esta refeição seria considerada um banquete.

– Olha aí, Mike, um elogio! – Dietrich dá uma piscadinha.

– É, tá bom – ele retruca.

O silêncio continua. Meu aparelho auditivo amplifica os sons de mastigação insatisfeita.

– Acho que amanhã vou sair *sozinha* para olhar os pinguins – anuncio. – Não quero atrapalhar seus estudos científicos e me lembro do caminho até a colônia.

– Não é uma boa ideia – Mike intervém precipitadamente

– Por que não? Vocês não precisam ficar o tempo todo atrás de mim. Sou muito capaz de me cuidar – respondo, com aspereza.

– Se você for ficar aqui, tem que seguir nossas regras – ele insiste, me olhando fixo. Encaro-o de volta. Posso sustentar o olhar de qualquer jovem pretensioso.

– A gente se sentiria melhor se você fosse com um de nós, Verônica – diz Terry, em tom conciliador. – O tempo parece agradável no momento, mas pode mudar de uma hora para outra e as coisas ficarem feias. E nós três temos experiência do que fazer em uma emergência. Fico muito feliz em te acompanhar. Tudo bem?

Fico irritada com a sugestão. Meu principal desejo é isolamento. Contudo, parece que mais uma vez preciso pedir permissão.

– Tudo bem – respondo.

– Posso contar mais sobre os pinguins, enquanto estivermos a caminho. E talvez a gente consiga alguma filmagem para o blog.

– O blog. Sempre o maldito blog – murmura Mike.

Terry finge jogar sua salsicha nele. Isso o faz rir, pelo menos.

📅 *12 de dezembro de 2012*

Deem uma olhada nesta senhora. Acho que vocês ficarão impressionados. Ela é nossa visitante recém-chegada, adora pinguins a tal ponto que veio da Escócia até a Antártica e tem — vejam só — 86 anos! Isso é que é empenho.

O nome dela é Verônica. Ela vai ficar conosco no centro de estudos de campo pelas próximas três semanas, e estamos ansiosos para ver como ela se adapta.

Como vocês veem pela foto, ela já esteve lá fora, desfrutando a visão de cinco mil pinguins-de-adélia. Vai acabar conhecendo todas as suas pequenas manias... e as nossas.

Verônica já assimilou um grande conhecimento sobre os adélias. Sabe, por exemplo, que o prato preferido deles é o krill, um crustáceo minúsculo parecido com camarão, e que agora é primavera na Antártica, o que significa que enormes mudanças estão para acontecer com as aves. Muitas delas estão agora sentadas em seus ninhos, prontas para que uma nova vida comece.

Verônica comentou que os ninhos de pedras não parecem muito confortáveis, nem muito quentes. Ela tem razão, mas precisamos lembrar que os pinguins são forrados com camadas e mais camadas de gordura. Eles também usam casacos feitos de penas isolantes superespecializadas. O frio simplesmente não é um problema para eles, como é para nós.

Falando nisso, caso alguém esteja preocupado, Verônica está em ótima forma e muito bem equipada para sua estadia aqui. Sua quantidade de roupas apropriadas para o clima só se iguala com o tamanho de sua determinação. Vai precisar das duas. ▪

PATRICK

◎ *Bolton*

Hoje recebi um e-mail daquele pessoal dos pinguins da Antártica. Um cara chamado Terry disse que achou que eu gostaria de saber que Verônica está bem e me mandou um link para um blog. Depois do café da manhã, acessei para dar uma olhada. De cara tinha uma foto da vó V e preciso dizer que fiquei pra lá de espantado. Na foto, ela está sorrindo, sorrindo mesmo! Parecia em êxtase, como se tivesse visto uma multidão de anjos ou coisa assim. Mas não eram anjos, eram pinguins. Uma multidão deles, todos à sua volta, uma espécie de oceano de figuras brancas e pretas atarracadas. E ela, toda arrumada, vestindo uma jaqueta escarlate com capuz felpudo e também com sua grande bolsa lustrosa, resplandecendo vermelhos junto à neve. Um batom vermelho fulgurante, para combinar. Então, não dava para não ver aquele sorriso.

Não há dúvida de que a vó V gosta de pinguins. Gosta muito.

Peguei um café e li o blog. *Deem uma olhada nesta senhora*, ele dizia. Aquele Terry parecia impressionado. Quase transformou a vó V em uma milagreira. Imagino que ela deva estar no seu melhor.

Engraçado. Fico empurrando a vó V para o fundo da mente, mas ela insiste em ressurgir. Naquele dia em que ela veio ao apartamento, eu não estava nem de perto preparado para toda esta coisa repentina de "relação perdida de vista havia um bom tempo". Ponho a culpa em Lynette. O choque de ela estar entrelaçada com o pedreiro era a única coisa que eu tinha na cabeça naquele dia. Não havia espaço para mais nada (*timing*, cara, é vital pra caramba). Mas, quando vi a vovó no aeroporto, não estava pensando tanto no meu umbigo e tive essa sensação estranha, como se tivesse perdido alguma coisa quando nos vimos pela primeira vez. Como se a rispidez dela fosse uma espécie de casaco que ela fecha bem para ninguém ver o que há por baixo. Nem Eileen.

Perdi uma baita porção da vida da vó V. Será que algum dia vou recuperar o tempo perdido? É tarde demais? Como ela é, quero dizer, como ela é *de verdade*, debaixo de toda aquela postura belicosa e conservadora? Que raios deu nela para ir até a Antártica ficar junto com pinguins?

Também penso cada vez mais no meu pai. Joe Fuller. Filho dela. Nosso elo perdido, a geração intermediária, a coisa que nos liga (querendo ou não). No entanto, nenhum de nós jamais teve chance de conhecê-lo. Sempre o considerei um bolo de cocô por causa do que aconteceu com a mamãe, mas vai ver que ele não sabia o que estava fazendo, vai ver que tinha problemas. A gente não sabe nada sobre as outras pessoas, sabe? Mesmo aqueles que a gente conhece bem, não dá para ter muita ideia sobre o que faz com que se motivem.

Agora, de repente, quero saber mais. Qualquer informação seria bom. O que ele comia no café da manhã, a que assistia na televisão, se gostava de programas de perguntas e respostas, como eu, ou de coisas mecânicas, como eu. Era alpinista, então deduzo que tenha sido um tipo de cara aventureiro. Vai ver que puxou isso da vovó.

Aquela família que o adotou, com certeza eles poderiam fornecer alguns detalhes. Os pais morreram, e não havia irmãos ou irmãs, mas, até onde sei, a prima ainda está viva, em Chicago. Talvez possa entrar em contato com ela. Ou talvez possa rastrear os amigos do meu pai. Supondo que tivesse algum.

Vou até a janela e olho para as calhas.

A vovó também deve estar interessada em saber sobre o filho, não deve? Afinal, ela se deu ao trabalho de me localizar. Mas ela não entende de internet. Eu poderia ajudá-la. Quando ela voltar da Antártica, a gente poderia se encontrar e conversar sobre isso. Estou ansioso por tudo que ela sabe, desde o momento em que desistiu dele para adoção.

Por que diabos ela foi fazer uma coisa dessas? Não cheguei nem perto da essência disso. Cara, não fui nem até a metade, estava ocupado demais bancando o idiota. Quando a vó V voltar para casa, as coisas serão diferentes. Vou começar a fuçar.

Quando volto da minha corrida, o telefone está tocando. Ofegante como um cachorro por causa do último lance de escada, pego o fone.

– O tempo ainda está feio, não está? – diz uma voz, como se estivéssemos no meio de uma conversa começada mais cedo.

– Hã, quem fala?

– Eileen Thompson. Você lembra. A gente se conheceu no aeroporto.

– Oi, Eileen. Em que posso ser útil?

– Bom, veja, acabei de receber um e-mail deles. Do pessoal da Antártica. Na verdade, do Terry.

– Ah, sim. Eu também. Você viu o blog?

– Vi, vi. Sra. McCreedy parecia ótima, não é? Muito elegante, me pareceu.

– É, muito, hã... colorida. – Ando pela sala, abanando uma das mãos para ventilar minha camiseta, segurando o fone com a outra.

– Mas o Terry te contou a outra coisa? – ela pergunta.

– Que outra coisa, Eileen?

– A outra coisa sobre Sra. McCreedy. Ela foi mordida por um pinguim.

– O quê?

– Sua avó. Foi mordida. Por um pinguim.

– Certo. – Não sei se devo parecer preocupado. Tenho que admitir que não entendo muito de mordidas de pinguins. – Imagino que não seja fatal?

– Não, não, de jeito nenhum. Mas o cientista Terry diz que Sra. McCreedy ficou bem desanimada com isso e quase resolveu voltar para casa. Mas agora ela está bem. Também recebi um recado da própria Sra. McCreedy, que me foi mandado pelo Terry.

– Esse sujeito, o Terry, parece estar servindo de empregado da vovó, não parece?

– É, imagino que sim. Mas estou bem aliviada que alguém esteja cuidando dela. Ela pode ser um pouco... Bom, você sabe. Ela não é tão jovem como antes.

Sorrio. Eileen é uma fofa. Há uma pausa minúscula na ligação, depois uma pergunta abrupta:

– Você abriu a caixa?

É minha imaginação, ou ela queria que eu tivesse aberto?

– A caixa? Aquela que você mandou? Você disse que a vovó disse para não abrir, então não.

– Ah, é. Só estava pensando. Sabe, me preocupo mesmo com ela, Patrick. Ela se acostumou a não ter ninguém perto dela, a não ser eu, e ela não me dá muita abertura. Quero dizer, ela me deixa entrar na casa dela, é claro, ela tem que fazer isso, mas nunca me conta o que está pensando ou sentindo. Mas aí tem essa coisa que li ontem no *Daily Mail* do Doug...

Ela faz uma pausa de efeito dramático. Acho que é para eu ficar impressionado com seu conhecimento do que anda acontecendo. Ela realmente deduz que estou com os nervos à flor da pele em relação ao que ela tem para me contar.

– Continue – peço.

– Tem a ver com os velhos e a solidão. – Sua voz assume um sussurro confidencial. – Diz que a falta de comunicação é ruim. Espere um pouco. Estou com ele aqui. – Outra pausa e o som de páginas virando. – Aqui está! *"Um novo estudo...* blá, blá, blá... *confirma as graves consequências que a solidão pode causar à saúde...* blá, blá... *Não compartilhar pensamentos e opiniões com outras pessoas aumenta o risco de demência em quarenta por cento."* Quarenta por cento!

– Demência! – Estou surpreso. – Vovó V parecia focada nas duas vezes em que a vi.

– Ah, sim, ela está, ela está! Não quis te assustar. Por favor, não foi isso que quis dizer de jeito nenhum. Mas às vezes acontece uma... leve ausência, uma leve alteração na memória. Fico me perguntando se ela está precisando ter mais gente da família ou amigos, para não piorar. Por isso é que estou tão feliz por ela agora ter você, Patrick, e aquela simpatia do Terry. E os pinguins.

VERÔNICA

⊙ *Ilha Locket*

– Acho que todo este ar fresco está te fazendo bem, Sra. McCreedy – diz Dietrich. (O único que não me chama de Verônica. É evidente que ele teve uma boa educação.) – A senhora está com um bom aspecto.

– Obrigada, Dietrich.

– Você não acha que ela está parecendo mais nova, Mike?

Mike, o desagradável, solta um barulho baixo com a garganta, que dá margem a interpretações. Considero como uma confirmação de que, de fato, estou parecendo mais nova. Não que isso tenha algum significado.

Estou surpresa com Dietrich. O apoio de Terry é natural, uma vez que ela está desesperada para melhorar seu blog. O apoio de Dietrich, no entanto, é dos mais inesperados, levando-se em conta que ele é um estrangeiro e alguém do gênero masculino. Tenho a nítida impressão de que ele andou confabulando consigo mesmo e decidiu me dar o benefício da dúvida.

Quanto ao Mike.... Bom, nós nos toleramos. Por ele, a esta altura, eu já teria sido expelida da companhia deles, embora eu não faça ideia de como eles teriam feito isso. Bem provável que simplesmente me largassem no frio. Não seria a primeira vez na minha vida que isso aconteceria.

Mike insiste em deixar as portas abertas. Sei que faz isso só para me irritar.

Por antecipação e um imenso sinal de delicadeza, comecei a me agasalhar e a colocar as mukluks um pouco mais cedo. Assim, quando Terry coloca sua parca, já estou pronta, à porta. Ela pega a câmera, os cadernos e um punhado de etiquetas de pinguins. Está usando seu gorro de lã sem graça com pompons pendurados. Seu cabelo loiro espeta para fora, murcho e despenteado.

– Você, obviamente, não se importa com moda e estilo – comento.

– Obrigada, Verônica! – E cai na gargalhada. – Então, não está impressionada com o meu visual?

A educação exige que eu manipule a verdade.

– Bom, entendo perfeitamente que a Antártica reivindique certos ajustes no que diz respeito a estilo. Então admito a possibilidade de que na Inglaterra você possa ser uma moça atraente... Mas, de certo modo, duvido disso.

Ela ri.

– Você está certa em duvidar disso – ela admite. Depois, acrescenta: – Mas quem precisa de bolsas de estilistas quando se pode ter um pântano de guano e cinco mil pinguins?

Olho para minha própria bolsa de estilista, que (devido à destruição da minha escarlate) é minha terceira favorita, aquela fúcsia, com acabamentos dourados. Estou prestes a responder secamente, quando percebo que ela não disse aquilo como gozação; a referência foi totalmente aleatória.

Saímos juntas. A neve range e se tritura sob nossos pés.

A garota ao meu lado é muito diferente do que eu era na idade dela. Não se dá muita importância, tranquilamente indiferente aos anos e às possibilidades enfileiradas à sua frente. Não lhe ocorre que tudo pode ser arruinado com um único passo na direção errada. Espero que ela aproveite a vida mais do que eu aproveitei. Mas ela já está aproveitando mais, não está? Pela primeira vez, começo a pensar em Terry. Sua presença é calma, mas nela existe um evidente senso de propósito.

– Qual é a sua origem, Terry? – pergunto com verdadeiro interesse. – Como foi que você veio dar aqui?

– Ah, não tem nada de especial. – Ela está mais concentrada na paisagem, na chance de avistar uma foca ou um pássaro raro, do que na pergunta. – Sempre fui uma entusiasta da natureza.

– Conte mais.

– Bom, eu era totalmente fascinada por aves quando criança. Pela vida selvagem em geral, mas pelas aves em particular. Passei minha adolescência sentada em rochas, vadeando rios ou parada no meio de brejos, olhando pelo meu binóculo. Meus amigos deviam me achar uma chata.

Pelo menos ela teve amigos. Ao contrário de mim, deve ter sido sempre fácil gostar dela.

– Depois da escola, formei-me em Ciências Naturais – ela continua –, daí fiz mestrado em conservação de vida selvagem. Trabalhei por um tempo em uma reserva de natureza local, e no meu tempo livre fiz bastante trabalho voluntário para associações assistenciais de conservação. Passei alguns verões seguindo aves marinhas nas ilhas Hébridas.

Se uma pessoa estiver interessada em alguma coisa hoje em dia, ela simplesmente vai em frente e faz. Tais oportunidades não existiam quando eu era jovem. Pelo menos, não para uma mulher. Uma inveja, azeda e nauseante, sobe-me à garganta. É difícil engolir as múltiplas injustiças da vida.

– Nunca esperei conseguir este trabalho, quando me candidatei – ela continua, alegre, enquanto sobe a encosta. Está se animando com o tema, agora. – Mas, todos os dias, agradeço muito por ter conseguido! Adoro estar aqui, adoro os desafios, a dureza e todas as coisinhas divertidas que acontecem. Adoro a equipe. Não somos perfeitos, mas somos próximos de um jeito esquisito. E, é claro, trabalhar em meio aos pinguins é um sonho realizado.

Chegamos ao topo. Ela diminui o passo, e com um gesto amplo do braço abrange o panorama. Uma leve bruma cor de lavanda pende baixo sobre as montanhas. Cristais de gelo cintilam dos recessos escuros nas rochas. A população de pinguins espalha-se abaixo, um quebra-cabeça de inúmeras peças detalhado em branco e preto.

– Este lugar – ela continua – entra direto no coração e na alma. Muda tudo. A maneira como uma pessoa vê o mundo e a si mesma, a maneira como pensa a respeito de tudo. – Ela me olha, de repente. – Você também acha isso, não acha, Verônica?

Não sei como responder. Desconfio que ela possa ter razão. Desde minha primeira experiência infeliz, nem eu nem a minha bolsa fomos atacadas de novo. Na verdade, meu encanto inicial ao ver os pinguins voltou. É com grande prazer que aguardo meus encontros diários com estas pequenas forças vitais com nadadeiras.

Ontem, presenciei pela primeira vez uma coisa maravilhosa: um filhote de adélia no processo de eclodir. Primeiro, o ovo balançou e houve uma leve pancadinha do lado de dentro. Depois, surgiu a ponta de um bico mínimo. Seguiu-se uma criaturinha pegajosa, desamassando-se, erguendo pés desajeitados para sair da casca. Era cinzenta, penugenta, parecendo um tanto atordoada. Não fui a única testemunha, é claro. A mãe do pinguim agitava a cabeça para ver seu novo bebê por todos os ângulos. Eles se focinharam com carinho. Depois, o filhote esticou o pescoço ao redor da mãe, para dar uma olhada na cena que acontecia além dela. Estava todo curioso por se ver em um universo feito de pedras brilhantes e neve.

Estou feliz por não ter deixado Mike, o detestável, me impelir a ir embora da ilha Locket. Sem sombra de dúvida, é muito melhor do que escrever listas de compras para Eileen ou dar instruções a Sr. Perkins sobre plantas perenes. Também me orgulho em notar que as limitações da velhice não se revelaram um peso grande demais. Enfrentei com galhardia os desafios da Antártica.

Terry começa a trabalhar. Ela se dedica a pegar os pinguins um a um e suspende-os em um saco de pesagem. Alguns deles reagem e bicam, mas ela é muito hábil em evitar bicos e garras. Registra estatísticas no caderno. De vez em quando, pega a câmera e tira uma foto. Pergunto se as fotos fazem parte da sua pesquisa.

– Em parte sim, em parte é para meu próprio prazer, e em parte para o blog – ela responde.

– Você gosta muito desse seu blog, não gosta? – comento, secamente.

Ela concorda com um gesto de cabeça.

– A mídia digital é a melhor maneira, na verdade, é a única maneira de influenciar as pessoas e fazer com que elas se importem.

Eu me pergunto se é mesmo isso. Sou totalmente ignorante em relação às maquinações da mídia digital, mas notei que a mídia em geral exerce um poder tremendo. Quando Robert Saddlebow apresentou um programa sobre a camada de ozônio alguns anos atrás, todo mundo, de repente, passou a reparar no que estivera na cara deles por décadas: que os humanos estão destruindo o planeta não apenas para a vida selvagem, mas também para nós mesmos. Algumas pessoas até começaram a reagir.

Se esse artifício da mídia digital pode fazer com que as pessoas se preocupem, então pode não ser uma má ideia, no fim das contas.

Observo os pinguins com ternura. Terry tira uma foto minha.

– Você parece uma rainha, com todos os súditos reunidos à sua volta.

Até que gosto da ideia.

Enquanto reflito, Terry recomeça.

– Não me leve a mal, Verônica, mas confesso que estou surpresa que você queira deixar seus milhões para um projeto sobre os pinguins-de-adélia. Estou muito feliz e, ah, muito agradecida, mas fico pensando... Você tem um neto, não tem?

– Tenho – respondo. Meu entusiasmo despenca ao lembrar.

– Patrick, não é?

– É. – Fico incomodada com as indagações. Não vim aqui para ser indagada.

Terry solta um pinguim, e ele sai às pressas, primeiro em pé, depois se estatelando de barriga para deslizar pela neve.

– Se você não se incomoda de eu perguntar... Tem algum problema? Quero dizer, o normal é deixar o dinheiro para membros da sua família. Desculpe-me se me meti onde não fui chamada, mas fiquei um pouco curiosa.

Suspiro. A existência de Patrick é como uma mosca persistente batendo contra a parede da minha consciência. Quanto mais tento esquecer, mais barulhenta ela parece ficar. Não tenho vontade de falar sobre isso, e meu *modus operandi* normal seria mudar de assunto. Mas existe alguma coisa na presença dos pinguins que me deixa mais relaxada, menos resguardada do que o normal. Se Terry precisa de uma explicação, então eu lhe dou:

– Patrick e eu mal nos conhecemos. Não penso nele como família. Nós nos encontramos pela primeira vez apenas alguns meses atrás.

– Hã?

– Sim. E foi tudo muito desagradável. Embora eu tenha feito uma pequena viagem e passado por alguns percalços para conhecê-lo, ele não foi nem um pouco amigável. Desde então, ele fez algumas reles tentativas de remediar isso, mas não estou impressionada com seus avanços motivados pelo dinheiro. Além disso, ele é uma causa perdida. – Então, faço a grande revelação. – Patrick usa drogas.

Terry fica chocada, exatamente como deveria ficar.

– Ah, eu sinto muito, Verônica. Você tem alguma ideia do motivo?

Motivo? Nem pensei a respeito. No meu entender a resposta é evidente.

– Acho que é só um desvio de caráter comum.

O rosto de Terry exibe um sorrisinho, mas, por detrás dos óculos feios que ela usa, seus olhos estão pensativos.

– Se você mal o conhece, pode ser que ele tenha passado por fases difíceis que não te contou. Vai ver que foi por isso que ele foi para as drogas.

Não tinha me ocorrido. Não estou acostumada a me aprofundar no que leva outras pessoas a se comportarem mal. Para dizer a verdade, não estou acostumada a pensar muito nos outros, e ponto. Pela minha experiência, em geral, isso só provoca transtornos e aborrecimentos. No entanto, Terry fez com que um lampejo de lembrança viesse à minha mente: algumas palavras que Patrick resmungou sobre a mãe. Ele não entrou em detalhes, e eu estava zangada demais com o estado da casa dele, sua higiene pessoal e sua falta de educação para perguntar qualquer coisa. Agora, começo a me questionar se Patrick é marcado por alguma tragédia do passado. Talvez, assim como eu, ele não queira compartilhar sua história com qualquer um.

– Ele usa drogas *pesadas*? – Terry pergunta.

– Não faço a menor ideia do quanto elas são pesadas ou leves. Era alguma coisa que ele fumava. Um cheiro repulsivo – respondo.

– Provavelmente era só maconha – ela diz. – Poderia ser muito pior.

– Dificilmente! – digo, bufando.

Volto minha atenção para os pinguins, mas Terry parou de pesá-los e posso sentir seus olhos no meu rosto. Então, ela diz em um tom comedido:

– A maconha é legalizada em uma porção de lugares hoje em dia. Tem má fama, mas também tem vários usos medicinais. Como cientista, posso garantir que tem tanto benefícios quanto desvantagens.

– É mesmo? – Olho para ela com ceticismo.

– Sem dúvida! Pode ser usada no tratamento de esclerose múltipla e para amenizar os terríveis efeitos colaterais da quimioterapia, por exemplo. Em alguns casos, é, de fato, menos prejudicial do que analgésicos.

Não esperava por isso, de jeito nenhum. Agarro minha bolsa com força. Tenho consciência das embalagens de paracetamol e aspirina que estão enfiadas no bolso interno. Com certeza, são moralmente muito superiores à maconha. Mas Terry não parece entender meu horror a drogas.

– Tenho certeza de que Patrick tem seus motivos para fumar erva – ela insiste.

– Sem dúvida – digo em um tom que deixa claro que o assunto está encerrado. Mas o que ela disse me deu o que pensar.

PATRICK

◎ *Bolton*

– Eileen, por que você está me telefonando?
– Recebi outro e-mail daquele Terry.
– Certo.
– Com uma carta de Sra. McCreedy junto.
– Ótimo. Alguma novidade?
– Ela está bem. Os pinguins estão dando cria.
Sorrio. Sinto que tem mais.
– Mais alguma coisa?
– Sra. McCreedy mencionou na carta que também te mandou um e-mail, via Terry. Você recebeu?
Interessante. Uma verdadeira comunicação por escrito da vó V? Acho que deve ser uma explicação sobre a caixa.
– Não olhei meus e-mails hoje – digo a Eileen.
Ela estala a língua com impaciência.
– Acho que é alguma coisa importante. Acho que poderia ser... você sabe. É melhor você dar uma olhada agora mesmo. Eu espero.
Ela não vai desligar até eu fazer isso. Qual é a minha com mulheres mandonas? Pego meu laptop no maior cansaço e acesso meus e-mails. Eita, tem um do penggroup4Ant. Dou uma lida por alto.
– É muito curto. A mensagem da vovó é ainda mais curta. Não é realmente uma mensagem. Só números. Acho que deve ser a combinação para a caixa.
– Ah, andei pensando no que poderia ter dentro daquela caixa. Veja, foi depois que ela abriu a caixa que ela começou a ficar tão... tão *diferente*, sabe?
– Foi, é?
– Foi. Todo esse negócio com agências, e depois te visitar, e de

repente ir correndo para a Antártica para salvar os pinguins. Você vai abrir a caixa?

Intrometida ou não?

– É, vou – digo a ela e desligo.

É capaz de ela ligar mais tarde para conversar sobre o clima e "Ah, por acaso, o que você achou dentro da caixa?". Mesmo assim, ela tem boa intenção.

Agacho-me no chão e puxo a caixa de debaixo da cama. Ansioso, viro os números na posição certa. O cadeado abre-se.

Dentro não há nada além de uns velhos cadernos pretos em mau estado. Na capa, não há título nem nada escrito. Abro o caderno que está por cima. Todas as páginas estão totalmente preenchidas, em uma letra bem caprichada. É uma caligrafia antiga, inclinada, em tinta azul, parecida com a caligrafia da vovó, mas mais suave e mais cheia. Parece ser o diário de uma adolescente de tempos atrás. Os registros começam em 1940. Parece que estou me preparando para uma pequena viagem no tempo.

Sento-me na cama e começo a ler alguns registros a esmo.

Sábado, 20 de julho de 1940
Shepherd's Bush

Sou diferente? Acho que devo ser. Saí para caminhar hoje, e todo mundo parecia estar olhando para mim – de novo!

Notei isso cada vez mais desde que "dei mais uma esticada", como mamãe diz. Todos os meninos ficam com o olhar vidrado, e as meninas arregalam os olhos para os meus traços, como se quisessem roubá-los.

Olhei de esguelha para o meu reflexo na vitrine da quitanda, quando passei. Ali estava eu, flutuando acima de uma pilha de maçãs, meus cachos castanhos fluindo por debaixo do chapéu de aba larga. Eu parecia esbelta no vestido de tafetá cor de amora, que mamãe disse ser pouco prático (mesmo assim, ela o fez para mim, depois de eu muito pedir). Amo a maneira como o vestido cinge a minha cintura, depois ondula ao redor das pernas. Nem um pouco como as saias comportadas, retas, que todas as outras meninas estão usando. A única coisa estragando a imagem, hoje, foi a caixa com cordão que tenho que levar por toda a parte.

É muitíssimo evidente. Espero que jamais precise usar a máscara de gás preta pavorosa que tem dentro. Passei a caixa para o outro lado do corpo, assim não podia vê-la no reflexo. É impressionante o quanto uma pessoa pode ser feliz, basta focar as coisas certas.

Tudo estava parecendo idílico, só tons de mel à luz do sol. Um aro de madeira rolou por mim na rua, perseguido por um grupo de crianças. Mulheres aguardavam em filas, tagarelando sobre as rações de carne, comparando o que levavam em suas cestas. Não daria para perceber que metade delas passou a noite recolhida em abrigos, com o uivo das sirenes de ataque aéreo nos ouvidos.

Fui para casa pelo parque Ravenscourt e encontrei Tufinho amarrado na grade. Abanou o rabo assim que me viu. Não sei quem é seu dono, mas eles o deixam ali por horas, na maioria das manhãs – uma maldade com aquele doce cachorrinho terrier escocês. Estou desesperada para levá-lo para casa, mas mamãe e papai não deixam. Seu dono cruel deixou-o no sol quente hoje, então o desamarrei, levei-o para um pequeno passeio, deixei que se refrescasse no lago, depois o amarrei de volta na grade, um pouco mais longe, à sombra de um belo e farto cedro. Ele ficou dando pulinhos de alegria.

O que seu dono vai pensar quando encontrá-lo a alguns metros de onde foi deixado e ensopado? Hahaha!

Estão falando em tirar a grade, porque o ferro é necessário para as armas de guerra. Se isso acontecer, fico me perguntando onde deixarão Tufinho.

Uma multidão estava reunida ao redor do coreto. A banda tocava uma música conhecida, e grande parte do público cantou junto, balançando a cabeça. Alguns casais chegaram a dançar na grama. A música ficou ressoando na minha cabeça durante todo o caminho para casa. Ainda posso ouvi-la agora.

Mais tarde

Nossa, quando escrevi mais cedo, não fazia ideia de que tudo estava prestes a mudar. Assim que terminei o registro no diário, desci a escada cantando em altos brados "Doing the Lambeth Walk".

Mamãe gritou:

– V McC! Bico calado, está bem? Você me deu o maior susto!

Eu me sacudi e entrei na cozinha ainda cantando, dando uma parada brusca no "Oi", bem em frente ao papai. Ele estava na cadeira com encosto em fuso, fumando seu Woodbine, o jornal de hoje no colo. Ele sorriu.

– Papai, mamãe, vocês me ensinam a dançar a "Lambeth Walk"?

Eles saem para dançar quase toda semana. Conhecem todos os passos.

– Agora não, Verônica. – Mamãe estava perto do fogão. – Minhas mãos são só farinha.

– Papai, você me ensina?

O sorriso de papai tinha sumido.

– Bom, Very... – Ele é a única pessoa no mundo que me chama de Very. Adoro ouvir essa palavra dita no seu caloroso sotaque escocês que, infelizmente, não herdei. Falo em um inglês elegante, como o da mamãe. – Eu te mostro a "Lambeth Walk" se você fizer uma coisa para nós. Não faça muxoxo, ora!

Talvez eu estivesse fazendo um pouco.

– Vai ser uma coisa péssima, não é, papai? Hoje em dia, sempre é.

Nos últimos tempos, mamãe e papai tinham mudado. Um peso pairava sobre eles com frequência, e eu os ouvia discutindo com fervor noite adentro, mas depois, em outros dias, estavam cheios de uma vivacidade frenética, como se estivessem se divertindo o máximo possível, antes que não desse mais.

Papai colocou o cigarro no cinzeiro e segurou minhas duas mãos.

– Você está crescendo rápido demais, Very – ele disse. – Rápido além da conta.

Papai tem o rosto mais gentil que se pode imaginar, mas está todo marcado com linhas de preocupação. Mamãe abandonou o fogão e veio se sentar ao lado dele, enxugando as mãos no avental.

Empinei o queixo.

– E daí?

– Bom, lembra que você sempre quis ir morar no campo?

– Nós vamos mudar de casa? – perguntei.

– Não, não podemos fazer isso. Pelo menos, não como uma família.

– Nós dois precisamos trabalhar aqui. É mais importante do que nunca. – Mamãe aprendeu a dirigir ambulâncias há pouco tempo. Ela gosta muito mais disso do que do tedioso trabalho doméstico a que sempre esteve amarrada. Todos nós percebemos. Papai também está orgulhoso do seu trabalho. Ele lutou na última guerra, mas está muito velho para lutar nesta. Em vez disso, tornou-se um supervisor da ARP, Precaução a Ataques Aéreos.

Não gostei de mamãe e papai estarem tão sérios. Eu estava no clima de dançar.

– Tem uma oportunidade para você ir a Derbyshire – papai disse.

– O quê? Por quê?

Uma porção de crianças está sendo retirada de Londres. Aconteceu com Dinah e Tim, aqui na rua, mas não iria acontecer comigo. Ou foi o que pensei.

– Você sabe por que, Very. Lá é muito mais seguro. E sua tia-avó Margaret ofereceu. Você pode ficar com ela.

– Ah, não! Não com a tia Margaret! Qualquer lugar menos lá!

– Sei que não é o ideal – mamãe suspirou –, mas, se não for assim, você teria que ficar com um completo estranho. E tia Margaret foi muito, muito gentil em oferecer.

– Detesto esta guerra idiota! – gritei.

– Todos nós detestamos – papai concordou. – Mas não vai ser tão ruim quanto você imagina. Você só vai ficar com a tia Margaret nos finais de semana. No resto do tempo, você ficará em sua nova escola, St. Catherine. Antes da guerra, a escola ficava em York, mas todos os alunos foram levados para Dunwick Hall. É uma casa de campo enorme, com torres, quase como um castelo.

Já vi construções assim em fotos. Mansões com criadas usando toucas, sacudindo lençóis para fora de janelas, e às vezes um rapaz bonito montado a cavalo, galopando pela propriedade. Pode ser que dê certo. Não estou feliz em deixar mamãe e papai, mas os dois são ridiculamente superprotetores. Ainda me tratam como criança. Tenho 14 anos, pelo amor de Deus!

Olho de um rosto a outro. Não foi fácil eles tomarem essa decisão.

– Tudo bem, então. Eu vou.

Quase que pude ver os dois recomeçarem a respirar.

– Agora, papai, você me ensina a "Lambeth Walk". Você prometeu.

Ele se levantou e fez uma reverência lenta e exagerada.

– Posso ter a honra desta dança, senhorita?

– Com certeza! – gritei.

Juntos, fizemos os passos pela cozinha.

Mamãe tirou o avental e pendurou-o no gancho atrás da porta. Depois, escapou para o andar de cima. Mais tarde, nesta noite, ela desceu, enquanto eu escrevia isto à mesa da cozinha. Seus olhos estavam muito vermelhos e inchados.

Sexta-feira, 16 de agosto de 1940
No trem para Derby

Não estou ansiosa para rever tia M, mas pelo menos tenho o medalhão. Foi papai quem me deu e eu o adoro. Pertenceu à mãe dele. Tem um V gravado na prata, em meio a um desenho de folhas enrodilhadas, um V que significava Violet. Agora significa Verônica. Para mim, vale mais do que tudo na minha bagagem – mais do que meu vestido cor de amora, mais do que meu livro preferido sobre animais e mais ainda do que minha preciosíssima ração de chocolate.

Como ainda não existe um belo príncipe, insisti para que mamãe e papai me dessem uma mecha de cabelo de cada um para pôr no medalhão. Posso dizer às minhas novas colegas de escola que são mechas de cabelo de dois jovens Romeus, e que ainda não decidi a qual deles entregar meu coração.

Pensei em pegar um pouquinho de pelo do Tufinho para também pôr no medalhão, mas não deu tempo, com toda a correria desta manhã. Espero que ele fique bem sem mim.

– Não se preocupe, Very – papai disse quando ele e mamãe me deram um beijo de despedida. – Vai dar tudo certo. Seja forte!

Com certeza, serei forte. Sempre sou forte. Mas estou um pouco nervosa.

Como será a minha nova vida? Conhecerei meninos?

Tia Margaret é uma figura enevoada na minha memória. Pelo que me lembro, ela não é o tipo de pessoa que deixe alguém do gênero masculino chegar a um quilômetro de distância. É uma pena, mas espero encontrar uma maneira de contornar isso.

Sexta-feira, ainda 16 de agosto, à noite
Casa de tia Margaret, em Aggleworth

Assim que desci do trem na estação Derby, fui recebida por uma figura magra de casaco marrom e lenço na cabeça. Tia Margaret lembra-me um falcão, o nariz parecendo um bico, as pálpebras bem caídas. Ela se inclinou para me cumprimentar, mas não completou a distância, beijando o ar a dois centímetros do meu rosto.

– Você mudou, menina – comentou em uma voz fina.

– Ótimo – repliquei. Já havia hostilidade entre nós.

A conversa no ônibus para Aggleworth foi terrivelmente tensa. Tia M perscrutou o meu rosto, enquanto perguntava sobre mamãe e papai. Mais de uma vez, mostrou desaprovar as minhas respostas. A cesta de compras ficou em seu colo durante todo o caminho. Agarrava a alça com as mãos enrugadas, os nós dos dedos brancos.

A cidadezinha de Aggleworth é até bonita, mas cinza demais. A maioria das casas é atarracada e feita de pedras, coberta com ardósia. Só encontrei tia Margaret em um punhado de casamentos e funerais da família e nunca havia estado em sua casa. Acontece que é espaçosa, mas muito sem graça. As únicas decorações nas paredes são bordados pendurados com citações bíblicas. "Deus é nosso refúgio" etc. etc. Tem um rádio na sala de visitas, mas tia M diz que só escuta programas religiosos e as notícias. Já estou sentindo falta de música.

Meu quarto é pequeno, de teto baixo, sob o beiral, com uma pintura da Virgem Maria acima do lavatório. A Virgem despejava superioridade sobre mim, então virei a pintura de costas e agora ela encara a parede. Muito, muito melhor.

A única característica que se salva no quarto é que a janela dá para um pedaço de jardim. Já passei uma hora inteira na janela, observando os passarinhos voarem pelas macieiras. Sei o nome deles por causa de todas as caminhadas pelo campo com papai. Verdilhões, melros-pretos, papa-moscas, tordos, melros, chapins-azuis, chapins-reais, corvos. Gostaria de poder montar em suas asas e voar de volta para casa.

Quinta-feira, 29 de agosto de 1940
St. Catherine's School em Dunwick Hall

A vida está muito diferente, agora. Toda segunda-feira, de manhã cedo, vou para a escola no carro do leiteiro puxado a cavalo. Volto para a casa da tia Margaret aos sábados, pelo mesmo meio de transporte. O carro pega várias outras meninas no lento galope pelas aldeias. É dirigido por um Sr. Bennet, homem calmo, de meia-idade, muito educado. Em cada parada, ele tira o chapéu para nós, depois de descarregar as garrafas de leite, fazendo todas nós rirmos.

A distância, Dunwick Hall assoma imensa e fantasmagórica, sua quadratura amenizada por duas torres redondas e até alguns parapeitos. O terreno também é bem empolgante: um enclave na imensidão das colinas de Derbyshire, com cedros, carvalhos e castanheiros imponentes.

A casa em si é cheia de lareiras em mármore, janelas com painéis de vidro em losangos e escadas de carvalho que rangem. Tudo o que havia de valor está guardado, mas ainda é um lugar majestoso. Escrevi para mamãe e papai e contei sobre as sereias esculpidas nos corrimões, os lustres reluzentes, e todas as outras belezas de Dunwick Hall. Não mencionei que estou morrendo de saudades de casa.

Também não mencionei a escassez de belos príncipes. Estaria bem disposta a fazer concessões, mas não tem nem mesmo meninos comuns. Inúmeras escolas começaram a aceitar os dois gêneros, considerando as remodelações do tempo de guerra, mas a St. Catherine se orgulha de seu imaculado contingente feminino.

Ao que parece nossa diretora, Srta. Harrison, está sempre reassegurando a pais ansiosos (que se desesperam com o atual relaxamento da moralidade) que suas filhas, pelo menos, vão permanecer imaculadas. Imaculadas!

Os deveres na escola não são um grande problema. Minhas aulas preferidas são Geografia, Matemática e Ciências. Ao que parece, absorvo novas informações sem muito esforço. Às vezes, respondo às perguntas dos professores rápido demais. Eles me olham bravos, como se eu estivesse sendo insolente, enquanto minhas colegas fazem caretas. Acho que não gostam muito de mim.

Divido um dormitório com outras cinco meninas, que se conhecem bem. Às vezes, é difícil entender o que elas dizem, por causa do sotaque carregado. A maioria das meninas desta escola anda em bandos. Elas ficam me encarando.

No meu primeiro dia, passei por duas colegas no corredor e notei que elas se cutucavam nas costelas. "Quem ela pensa que é?", disse, com uma risadinha, a de rosto largo e nariz arrebitado. Sua amiga, uma menina magrela, sardenta, com olhos oblíquos, deu de ombros e cochichou de volta alguma coisa que não consegui entender.

Às vezes, me pergunto se, no fim das contas, ser alguém tão digno de nota é bom. Ninguém mais tem madeixas longas, soltas, livres. O cabelo delas está preso para trás ou em um cacheado rígido. Todas estão tentando copiar a aparência de Gracie Fields. Reviram os olhos perante minha blusa com feitio de bata e minha saia rodada. Mantenho a cabeça erguida. Recuso-me a me intimidar por elas.

Mas estou mesmo decepcionada. Em vez da vida de luxo que um castelo destes deveria proporcionar, parece que só há desolação para oferecer. A comida da escola também é horrorosa. As outras meninas trocam balas entre si, mas nunca me oferecem uma.

Domingo, 15 de setembro de 1940
Em casa de tia M

O verão está se fundindo com o outono. Fizemos algumas expedições pelos arredores campestres, estudantes e professoras perambulando juntas, carregando cestos. Colhemos flores para serem mandadas aos soldados feridos nos hospitais e exploramos as cercas-vivas atrás de amoras silvestres e rosas-mosquetas.

A geleia de rosa-mosqueta é considerada um bom complemento para vitaminas.

Outro dia, fui repreendida por não terminar minha comida. Era uma espécie de torta de batata, mas o gosto era ruim. A professora, a desagradável Srta. Philpotts, ia me obrigar a comê-la, então derrubei o prato no chão em um acidente proposital.

– Ah, Verônica! Que desperdício horrível! – ela exclamou. Como castigo, recebi lições a mais.

"Desperdício" é uma palavra que ouço sempre. Várias vezes vi uma menina em prantos porque seu gato ou cachorro foi sacrificado pelo veterinário; ao que parece, é um "desperdício" dar comida para animais de estimação. É horrível. Por que os animais deveriam ser mortos por causa de uma guerra estúpida dos humanos? Desejo de coração que meu amigo Tufinho do parque Ravenscourt esteja bem. Pergunto sobre ele a mamãe e papai sempre que telefono, mas eles dizem que faz tempo que não o veem. Não suporto pensar que meu amiguinho de rabo abanando possa estar morto.

Acima de tudo, a palavra "desperdício" é usada quando há notícias de pessoas – jovens, velhas, famílias – mortas nos bombardeios. "Que terrível desperdício de vida", as professoras dizem.

Os fins de semana são horrorosos. É difícil tolerar o escrutínio de tia M e todas as suas enfadonhas homilias religiosas. Hoje, como em todos os domingos, fomos à igreja. Sentei no banco duro e me perguntei o que Deus estaria tramando.

Normalmente, mamãe e papai telefonam uma vez por semana para me contar sobre a vida em Londres, os vizinhos, o progresso das batatas e repolhos que eles plantaram em nosso mínimo jardim, onde costumavam florescer rosas e íris. Às vezes, eles mencionam aviões, explosões e chuva de estilhaços. Eles não têm telefone em casa, então ligam do escritório da Precaução a Ataques Aéreos, em Shepherd's Bush. O telefone de tia M fica no corredor e ela escuta qualquer conversa, o que significa que não posso dizer nada em particular. Então, no último fim de semana, usei a cabine telefônica de Aggleworth Green e liguei para o papai no escritório. Quando ouvi sua voz gentil, despejei tudo: o quanto a escola é um tédio, como ninguém faz amizade comigo, o quanto detesto tia Margaret e anseio pela minha casa. Ele ficou em silêncio. Pude visualizar seu rosto cheio de empatia. Papai entende.

Nesta tarde, foi a vez de mamãe.

– Sinto muito que você esteja triste, minha querida, mas esta é a realidade do tempo de guerra. Temos que ser agradecidos pelo que temos de bom.

– Pelo que temos de bom? Não consigo pensar em nada! – lamentei, sem me importar se estava sendo melodramática.

– Não diga isso! Você sabe que tem muita coisa – mamãe censurou, mas ela é incapaz de ser ríspida. – Sinto muito por tia Margaret. Sei que ela não é fácil, mas ela não está acostumada a ter hóspedes em casa. Deve estar achando tão difícil quanto você.

Imagino que mamãe esteja certa. Ela é boa em se pôr no lugar de outras pessoas; muito melhor do que eu.

– Papai e eu conseguimos achar uma coisa que vai te animar. Todo sábado à tarde tem aula de dança no salão municipal de Aggleworth, uma caminhada de quinze minutos da casa de tia Margaret. Você gostaria de aprender a dançar?

– Sim! – grito no telefone assim que as palavras saem da sua boca.

Como quero dançar!

E nas aulas pode haver meninos...

Sábado, 21 de setembro de 1940
Em casa de tia Margaret

Inacreditável. Comecei as aulas de dança e NÃO TEM UM ÚNICO MENINO! Devia ter imaginado, porque toda a coisa é administrada por obreiros da igreja. Temos que fazer par umas com as outras, revezando-nos para ser o homem. Só tem um velho gramofone e uma seleção limitada de discos.

Mas ainda assim é bom me movimentar com a música. Estamos aprendendo *quickstep*, valsa e foxtrote. Não quero me gabar, mas sinceramente acho que sou a mais graciosa da classe. As outras meninas são muito lentas para aprender os passos.

Pelo menos elas são mais simpáticas do que as da escola. No sábado passado, voltei parte do caminho com uma menina chamada Queenie. Estávamos de braços dados, rindo alegres, e pensei que, com o passar do tempo, ela poderia se tornar uma amiga. Mas aí um velho nos parou na rua. Estava muito bravo.

– Vocês não sabem que está havendo uma guerra? – perguntou.

Fiquei muito chateada com isso. Disse para Queenie:

– Todos ficam dizendo: "Você não sabe que está havendo uma guerra?". Estou tão cansada desta frase! Claro que sabemos. Seria quase impossível não notar!

Mas Queenie tinha ficado muito fria e taciturna. Parece que não é mais permitido que alguém se divirta.

PATRICK

⊙ *Bolton*

Não consigo acreditar. Por que ela me deixou ter acesso a tudo isso? É a última coisa que eu esperava de alguém como ela, completamente mal-humorada e a rainha do gelo mais gelada do planeta. Não há dúvida: Verônica McCreedy não é uma avó comum, normal, fácil de se encontrar. Em primeiro lugar, some para a Antártica, e depois me manda seu diário de adolescente. Por que raios ela faria essas coisas?

Não consigo acreditar que a velha murcha que conheço e essa menina de 14 anos, charmosa e maluca, sejam a mesma pessoa. A jovem Verônica era uma baita de uma madame esnobe, não há dúvida, mas parece que tinha um grande coração naquela época. Ela se preocupava com animais a qualquer custo e amava os pais. Parece que o que ela realmente precisava era de amigos.

Não sei o que fazer com isso. Todas essas sensações ficam disparando dentro de mim. A sensação de que não deveria espionar os pensamentos dessa menina, ainda que a Verônica adulta *tenha* concordado. A sensação de que estou me identificando com a solidão dela. E a de que foi me dado algum tipo de oportunidade... Mas não sei exatamente qual.

Tem uma carta enfiada nas páginas do diário, escrita em garranchos em um papel velho e amarelado. Tiro-a.

> *Queridíssima Very,*
> *Temos uma ótima novidade! Provavelmente você já abriu o pacote que mandamos com esta carta. Sim, é mesmo o que diz no vidro. Geleia de morango! Gostaria de poder ver seu rosto agora, Very! Quanto tempo faz que você não prova tal doçura? Sabíamos que você ficaria contente. Faça o que quiser, pegue*

tudo para você ou divida com suas amigas. Veio do meu primo na Austrália, que mandou quando soube do racionamento de açúcar. É um agrado especial para todos nós. Ele também mandou um pote de melado. Mas espero que você não se importe, guardei-o para sua mãe. Nós dois estamos bem, mas sem conseguir dormir tanto quanto gostaríamos. Ainda há ataques aéreos noite adentro, mas levamos garrafas térmicas para o abrigo Anderson e nos aconchegamos com cobertores. Jogamos baralho ou ludo quando está barulhento demais para dormir. Cuidamos um do outro da melhor maneira possível. A mamãe continua amando dirigir ambulância. Chega em casa com histórias horrorosas de gente sem um dos membros e sangue jorrando para todo canto, depois consegue preparar o jantar. Descobriu uma receita para bolo de glicerina. Não é tão ruim como parece. Quis mandar um pouco pelo correio, mas ela acha que até chegar aí estará estragado. Você conhece a mamãe, sempre prática!

O trabalho na Precaução a Ataques Aéreos continua igual. Às vezes, as pessoas assumem riscos estúpidos, mas mantêm o moral surpreendentemente alto, se considerarmos tudo que está acontecendo.

Espero que você esteja mantendo seu próprio ânimo, menina querida, e que as aulas de dança estejam ajudando. Mamãe manda seu amor e diz que vai escrever da próxima vez. Nós dois esperamos que você esteja estudando bastante e gostando do quase-castelo.

Pensamos em você todos os dias e estamos ansiosos para saber todas as suas novidades. Escreva logo.

Do seu pai sempre amoroso.

Sexta-feira, 4 de outubro de 1940
Dunwick Hall

Papai é mesmo o melhor pai do mundo.

Acabei de rasgar o pacote e estou com o pote de geleia nas mãos. *Pegue tudo para você ou divida com suas amigas.* Típico do papai deduzir que tenho amigas. Ele jamais vai admitir que, simplesmente, não sou popular. Confesso que chorei um pouco.

Gostaria que esta guerra estúpida terminasse e eu pudesse ir para casa.

Acabei de abrir a tampa, enfiar um dedo e pescar um monte de delícia vermelha e pegajosa. Estou deixando-a parada sobre a língua, tentando fazer com que dure, resistindo a engoli-la pelo maior tempo possível. O gosto é extraordinário. Morangos e verão são pura felicidade.

Mas não devo comer mais nada. Tenho um plano.

Sábado, 12 de outubro de 1940

Hoje de manhã, estava me sentindo delirante quando pulei do carro de leite e corri para a casa de tia Margaret. Ela me olhou perplexa ao atender a porta. Nem reconheceu a senhorita à sua frente. Então, de repente, se deu conta.

– Em nome do mais sagrado, o que aconteceu com você?

– Só estou acompanhando as outras – respondi, roçando seu rosto com um beijo respeitoso.

Meu novo corte de cabelo destaca minhas maçãs do rosto e a delicada linha do meu maxilar. Meu cabelo sobe da testa em uma grande faixa castanha e recolhe-se atrás das orelhas em rolos curtos em brilhantes. Todo mundo diz que fica muito bem em mim. Fica especialmente bom quando o complemento pintando meus lábios de vermelho forte. Não existe batom para comprar, é claro, mas suco de beterraba é quase tão bom quanto. Eles cultivam beterrabas na fazenda de Janet.

Sim, tenho uma amiga. Quer dizer, amigas, no plural! Janet, a menina de rosto largo e nariz arrebitado, que caçoou de mim no começo, agora me considera uma amiga. O mesmo acontece com sua colega Norah, a que tem sardas. Tive que entregar a maior parte da minha geleia de morango, mas foi um preço baixo a pagar.

Janet diz que eu a faço rir. Ela gosta bastante de quando prego peças nas professoras. Como quando pus um pouquinho de cola na cadeira de Srta. Philpotts na última quarta-feira...

Quem sugeriu o corte de cabelo foram Janet e Norah. De certo modo, acho que não esperavam que isso me desse uma aparência tão adulta e atraente.

– Aonde o mundo vai parar! – Tia Margaret exclamou na soleira. – Rezo por você toda noite, Verônica, e veja o que você fez consigo mesma!

Ela acredita que moda e corrupção andam de mãos dadas, que uma raramente é possível sem a outra. Tentei explicar:

– Não tem nada de errado com a minha aparência, tia Margaret. Antes, elas caçoavam de mim.

Elas ainda caçoam, na verdade, e acham que sou pedante, mas pelo menos estou mais integrada do que estava.

Antes de dormir, tia Margaret me fez ajoelhar em frente à cruz de madeira da sala de visitas. Ela se ajoelhou ao meu lado. Leu algumas rezas do seu velho livro preto de orações e terminou, como sempre, com o pai-nosso.

– Não nos deixei cair em tentação, mas livrai-nos do mal. Pense nessa frase, Verônica. Enquanto seus pais trabalham em Londres, e nossos bravos homens lutam nos campos, pense nessa frase. Pense nela e fique longe de más influências.

– Sim, tia Margaret – respondi, como um anjo. – Claro que ficarei.

Claro que não.

Segunda-feira, 21 de outubro de 1940

Eba! Não tenho mais que voltar para a casa de tia M todo fim de semana. Em vez disso, Janet me convidou para ir à casa dela, a fazenda Eastcott. Fica a apenas cinco quilômetros. Norah já vai lá todo fim de semana. Como acontece comigo, a casa dela fica a alguma distância, então só volta para lá nas férias.

Logo na manhã de sábado, nós três fomos apanhadas pela charrete da fazenda, nos portões do parque. Eu estava muito empolgada! A charrete era puxada por um lindo cavalo malhado. O pai e o irmão mais velho de Janet estão fora, servindo na força aérea, então a charrete era dirigida pelo outro irmão de Janet, Harry. Ele tem 16 anos, é grande e de andar pesado, com o mesmo rosto largo de Janet, mas seu nariz é normal. Tem orelhas de abano e a pele ruim, mas fora isso é bem agradável de se olhar.

O caminho para a fazenda Eastcott serpenteia por pastagens verdes e colinas pontilhadas de carneiros. A estrada, por fim, vira para um largo caminho, com espinheiros retorcidos dos dois lados. Harry gritava com o cavalo, estalando o chicote junto ao seu pescoço, para que ele trotasse mais rápido.

– Não machuque ele! – gritei.

– Não estou machucando. Ele não sente nada – ele disse. – Vamos lá, seu animal preguiçoso! – acrescentou para o cavalo.

– Pare de se exibir, Harry – Janet ralhou. – Não precisamos chegar em casa mais rápido. Já está sacolejando bastante assim!

Quando descemos em meio a um amontoado de construções da fazenda, os olhos de Harry me percorriam de cima a baixo. Encarei-o de volta.

A mãe de Janet e Harry, Sra. Dramwell, saiu de avental para nos receber. Ela não é apenas larga de rosto, mas também por toda a parte. Seu cabelo está bem sujo, mas ela parece muito simpática.

Convidou-nos a entrar e nos deu canecas de leite quente, mas ela mesma não se sentou. Sei, através de Janet, que as coisas têm andado bem difíceis na fazenda desde que o pai dela partiu. Duas lavradoras estão lá, e um prisioneiro de guerra é enviado diariamente do campo além da colina, para o trabalho manual pesado. Fora isso, é apenas Sra. Dramwell e Harry tentando manter ativa a produção de alimentos. Então, nós, meninas, ajudamos em tudo que pudemos. Foi cansativo, mas bem divertido. Aprendi a ordenhar uma vaca! Papai e mamãe não vão acreditar quando contar para eles. Para começo de conversa, caí na gargalhada ao ver aqueles úberes (eram imensos e moles) e não pude acreditar que teria que apertá-los para que o leite saísse. Mas, depois que Janet me ensinou, consegui fazê-lo.

Mais tarde, ela nos levou para ver os porcos. Nunca tinha visto um porco de verdade. Eles eram meigos, mas muito, muito sujos, todos vasculhando na imundície fedida. Um porquinho tinha caído em uma espécie de barranco e não conseguia sair. Deu muita aflição.

– Pobrezinho! – gritei.

– Por que você não entra e tira ele dali? – Janet disse, achando graça em me preocupar tanto.

Pulei a cerca.

– Você não pode fazer isso! – gritou Norah.

– Dê uma olhada! – retruquei.

Abri caminho pelo mar de excremento suíno e puxei o animalzinho para fora do barranco. Ele gritou e se contorceu. Dei-lhe um grande beijo no focinho e soltei-o. Como todas nós rimos!

Depois disso, eu estava na maior sujeira. Meus sapatos, meias e a barra da minha saia estavam todos incrustados de lama fedida. Tive que esfregá-los e deixá-los secar junto ao fogão, e enquanto isso pegar algumas roupas emprestadas de Janet. Mas o porquinho ficou feliz.

Segunda-feira, 28 de outubro de 1940

Acabei de voltar do meu segundo fim de semana na fazenda Eastcott. O irmão de Janet, Harry, apanhou-nos e novamente nos levou de charrete.

– Então, o que você quer fazer da vida, Verônica? – ele me perguntou quando desci na fazenda. Disse meu nome com um leve sarcasmo, mas Janet e Norah também fazem isso. Parece que não conseguem evitar.

Contei que gosto de desenhar e de Ciências, mas que meu maior amor são os animais. Não pareceu ser a resposta correta. Depois foi a minha vez de perguntar o que ele gosta de fazer.

– Bom, quando tenho tempo de folga da fazenda, faço protótipos de aviões – ele respondeu. – Só com pedaços de tralha velha que acho por aí.

– Ele tem obsessão por eles – Janet nos contou.

– Eles são todos muito bons, muito engenhosos – Norah intervém, ansiosa para que eu registre que ela esteve aqui primeiro. – Você mostra pra gente de novo, Harry?

Harry leva-nos para um quartinho dos fundos, que cheira a madeira e cola.

– Aquele ali é um Wellington. Levei um tempão. É neste que estou trabalhando no momento. – Ele pegou um modelo com cuidado. – É um Spitfire. Pode segurar, se quiser.

Peguei-o e ergui-o para a luz. Era feito com capricho de velhas latas de tinta, palitos de fósforo e pregos entortados para dar forma. Reconheço a habilidade, mas não é meu tipo de coisa.

Prefiro porcos. No entanto, vi que era importante para ele, então fingi estar interessada. Janet fingiu bocejar. Norah era a que mais fingia. Fingia estar totalmente fascinada. Passei o precioso objeto para ela. Norah parecia ter recebido as joias da coroa.

– Maravilhoso, totalmente maravilhoso! – repetiu muitas e muitas vezes. Morro de rir, agora, lembrando-me disso.

Terça-feira, 29 de outubro de 1940

Não acredito que logo ontem eu estava feliz. Sou muito estúpida, sem noção.

Nunca mais serei feliz.

Daria qualquer coisa para voltar, ficar emperrada no dia de ontem para sempre.

Como posso encarar qualquer coisa? Como posso seguir em frente? Isso acontece com outras pessoas, não comigo.

Deus, ai, Deus.

PATRICK

◎ Bolton
▦ Dezembro de 2012

Ela está nervosa, realmente nervosa. Não gosto disso.

Também estou assustado. Aquele cara, Harry. Poderia ser meu avô? O sangue do Harry está correndo nas minhas veias? Enquanto visto minha camiseta limpa, olho-me no espelho. Não dá para dizer que meu rosto é largo, não mesmo, e minha pele não é tão ruim. Mesmo assim, posso ter herdado essas partes do meu lado materno. Minhas orelhas são de abano? Difícil dizer. Viro a cabeça, tentando descobrir.

Aquela coisa com os aeromodelos é exatamente o tipo de coisa que eu curtiria. Esquisito. Não sei o que espero. Não estou gostando muito do Harry, mas fica claro que ele fantasia tirar as calcinhas de Verônica. Tenho que dizer que estou torcendo por ela. Espero que ela não se precipite. É jovem demais.

Tudo isso está começando a me enervar, mas não posso continuar lendo porque está na hora de ir para aquela coisa no Gav. Gostando ou não, a vida adolescente da vó V terá que esperar. A necessidade exige.

Gav parece achar que preciso de companhia. Pelo menos, presumo que seja por isso que me convidou para jantar. Gav é o máximo por pensar em mim, quando tem tanta coisa acontecendo em sua própria vida. Deve ser um tremendo pesadelo lidar com o luto pela mãe e ao mesmo tempo se preocupar com a filha.

Para ser sincero, ficaria muito mais feliz se o encontrasse no bar para uma cerveja. Não tenho a bênção de um grande traquejo social e sou desanimador no bate-papo em um jantar. Mas haverá crianças lá. Acho muito mais fácil conversar com crianças do que com adultos. Com elas, não há pressão para ser descolado nem nada disso. Elas o aceitam como você é.

Vou de bicicleta até a casa dele. É a terceira em uma fileira de casas cor de cogumelo, que já foram moradias populares. Um monte de bicicletas junto ao alpendre é um indício de que vim ao lugar certo. Eles fizeram um esforço com o pedaço de jardim da frente. Tem uma sebe muito bem podada, alguns canteiros de flores e tudo mais.

Quando toco a campainha, a porta é aberta por uma menininha de vestido vermelho todo estampado com joaninhas e sandálias vermelhas brilhantes, para combinar. Ela tem olhos imensos, mas nada de cabelo. Um pano azul desbotado está bem enrolado ao redor do alto da sua cabeça.

– Ei! – digo.

– Mãe! – ela grita. – Ele chegou!

Sem esperar por uma resposta, pega minha mão e me leva pelo vestíbulo até a sala de visitas.

– Você é o Patrick – ela me diz –, e eu sou a Daisy. Esta é a sala de visitas. Este é meu pai, mas você já o conhece das bicicletas. – Gav pula da cadeira e aperta minha mão, mas não consegue dizer nada porque Daisy está com a corda toda. – Este é meu irmão, Noah, mas não precisa se incomodar com ele. – Um menininho com a cabeça enfiada em um gibi, ergue a mão e acena na minha direção, mas não levanta a cabeça. – E esta é a minha boneca, Trudy, que é a minha filha, não a minha filha de verdade, mas é como uma filha para mim, e eu cuido dela. – Trudy, a boneca, uma coisa de cabeça grande e olhos protuberantes, é claramente mais importante do que Noah, o irmão. – As únicas pessoas que restam para você conhecer são a mamãe e Bryony. Elas estão na cozinha, fazendo o pudim ficar bonito e tomando vinho. *Mamãe e Bryony*, quer dizer, as duas. – Ela é bem enfática.

– Tudo bem. Já conheço a sua mãe – digo a ela, lembrando-me da mulher esbelta que às vezes aparece na loja quando Gav esquece alguma coisa. – Mas e Bryony?

– Bryony é uma amiga – Gav explica com um sorrisinho enviesado. – Convidamos ela também, porque, ultimamente, ela tem andado um pouco perdida.

– A Bryony é muito, muito bonita – Daisy me diz. Seus olhos percorrem o meu rosto, assimilando os meus traços. – E você é bem gato – ela acaba decidindo.

Sinto-me um pouco intimidado com a perspectiva dessa Bryony. Para ser sincero, mais do que um pouco. Fico mudo na presença de mulheres atraentes. Volto para a adolescência de uma maneira que não é boa.

Sem aviso, Daisy faz todos nós pularmos, gritando:

— Mãe! Patrick está aqui, e você está fazendo ele esperar. Você não devia fazer isso. Você e Bryony vêm ou não vêm?

Ouve-se risada vinda da cozinha.

— Vamos, querida! Estamos indo.

A esposa de Gav entra na sala e beija o meu rosto. Está magra como sempre, e seu rosto parece estar juntando rugas rápido demais para sua idade.

— Estou tão feliz que você pôde vir, Patrick! Acho que o jantar vai ser um pouco básico. Tive que fazer alguma coisa que as crianças comam.

— Sem problema — digo, passando minha contribuição de vinho barato para suas mãos.

Ela se afasta de lado, e vejo um sorriso deslumbrante ligado a um rostinho oval. Enquanto são feitas as apresentações, registro que, sim, Bryony é muito bonita. Seus olhos são sedutores, com cílios grandes, o cabelo é curto, cortado em linha reta. Brilha em vários tons diferentes de cobre e ouro, sempre que ela mexe a cabeça. Ela deu duro na sua aparência. Reluz com um colar e brinquinhos cintilantes. Está usando uma blusa leve, quase transparente, e saia justa preta, que não chega aos joelhos. Belas pernas.

Enquanto comemos linguiça com pãezinhos e ervilhas, fico sabendo que Bryony é divorciada e trabalha no museu local. Seus passatempos são tênis, história antiga e feltragem. Ela promete fazer uma girafa de feltro para Daisy. É muito mais simpática do que eu, mais inteligente do que eu, e mais interessante do que eu.

Apesar de tudo isso, por algum motivo não consigo ficar muito interessado *nela*. Fico pensando nos diários da vovó. Será que Harry é meu avô? Ele amava a vó V? O que, exatamente, aconteceu entre eles? E por que ela ficou tão nervosa em 29 de outubro de 1940? Só quero voltar para casa para poder ler mais.

Depois do jantar, Daisy e Noah estão loucos para mostrar seus porquinhos-da-índia às visitas. Bryony e eu somos levados até o jardim nos fundos. Daisy apanha os três bichinhos na gaiola e eles são passados à volta, um por um.

– Fofinhos, né? – diz Bryony, segurando com cuidado um dos peludinhos. – Você gosta de animais, Patrick?

– É, hã, acho que sim.

Daisy sorri para nós. Parece estar esperando que eu diga mais alguma coisa, mas minha cabeça está vazia de ideias. Um vácuo total. Ela espera mais um pouco, depois, de mau humor, retoma de Bryony o animalzinho e declara:

– Então vocês dois vão ter que arrumar um porquinho-da-índia quando se casarem.

Quero que a terra me engula, mas Bryony não parece nem um pouco abalada.

– Daisy, você está tirando conclusões um tanto apressadas! – ela diz, num riso solto.

Bryony vive na mesma rua, e Gav me fez prometer acompanhá-la até em casa.

Não me incomodo muito. Ela é uma companhia agradável. Depois de nos despedirmos dos nossos anfitriões, vou pela rua com ela, empurrando minha bicicleta. Conversamos sobre Daisy. Bryony diz que é uma pena ela estar tão doente, que é uma menininha corajosa e incrível, e que, por falar nisso, toda a família é incrível. Concordo. Não demora muito para que a conversa siga seu curso. Em seguida, conversamos sobre a segurança de diferentes bairros e que ela, em geral, fica bem feliz em caminhar pelas ruas sozinha, à noite, mas como Gav tinha insistido muito... Respondo que é um prazer ("Um prazer!" Estou usando minha linguagem de loja) e que, de qualquer modo, não sai muito do meu caminho. Há uma pausa estranha, e nossos passos ressoam alto.

– Pelo que entendi, você se separou há pouco da sua namorada?

– É. O nome dela era Lynette. Ela me deixou alguns meses atrás, sem me avisar.

Bryony faz um muxoxo que demonstra simpatia.

– É tão difícil quando isso acontece. Levei dois anos para superar o fato de meu marido ter ido embora. Quase tanto quanto o casamento!

– Não diga!

Imagino vagamente como seria o marido. Aposto que um idiota. Ela merece mais.

Ela parece perdida em pensamentos enquanto caminha ao meu lado. Eu me pergunto se vai me convidar para um café, e o que farei se isso acontecer. O café não é tentador, mas o que vem depois poderia ser. Será uma noite mais longa do que eu esperava? Até onde eu vou? Estou usando cuecas limpas? Começam a circular, como lobos, todos os tipos de ansiedade relacionados ao desempenho.

Estamos quase chegando à casa dela. O silêncio está ficando insuportável. Dou voltas na minha mente em busca de algo para preenchê-la.

– Andei lendo os diários da minha avó – digo, por fim.

– Nossa, que coisa intrigante – ela reponde, com delicadeza.

– Ela era linda, quando mais nova. Realmente linda. – Penso se devo acrescentar "exatamente como você", mas decido que não. Muito brega.

Paro, e ela também para. Olho para ela na rua, debaixo de um poste de luz.

– Bryony, vou perguntar uma coisa, e gostaria que você fosse sincera comigo.

– Claro, Patrick. – Ela parece estar se preparando, suas feições deliberadamente calmas, mas prontas para se acomodar em uma reação apropriada.

Nós nos entreolhamos por um momento, à luz da lâmpada. Então, simplesmente solto:

– Bryony, você acha que tenho orelhas de abano?

Ela parece perplexa. Não era o que ela esperava.

– Ah, não, não especialmente. São orelhas bem bonitas.

Então, existe alguma esperança. Continuamos caminhando.

– Bom – ela suspira, ao chegarmos aos degraus do número dezesseis. – Chegamos. E... Continuo gostando das suas orelhas.

– Ah, ótimo.

Ela remexe na bolsa, procurando a chave. Quando a encontra, brinca com ela, olhando para mim. Devo beijá-la? É uma boa ideia? Não consigo decidir. Ela é mesmo fascinante. Seus olhos cintilam tanto quanto suas joias, e na penumbra a borda do seu cabelo reluz um dourado-avermelhado. Seus lábios são cheios e estão meio abertos. Poderia partir para a ação. Estou pensando neste exato momento que ela parece estar a fim. Mas *eu* estou? Cara, devo estar maluco! O que há de errado comigo? É uma tremenda vergonha não agarrar uma chance destas.

Não posso dizer que desculpa arrumei, exatamente. Pode ser que ainda não tenha superado Lynette, mas acho que não. Credo, não estou bom da cabeça, parceiro. Eis aqui essa bela mulher, sexy, disponível, esperando que eu tome uma atitude, mas não, nada vai acontecer entre mim e Bryony. Por que sabe o que vou fazer? Vou voltar direto para casa e continuar lendo os diários da minha avó.

📅 *14 de dezembro de 2012*

Os casais de pinguins realmente se organizaram. Como Verônica me mostrou hoje, parecem muito mais organizados do que muitos casais humanos. Não desperdiçam tempo. Depois que os ovos são postos, as fêmeas retornam para o mar por algumas semanas, para se alimentar, enquanto os machos chocam. Então, no começo de dezembro, os casais revezam-se na incubação. Depois que os filhotes eclodem, novamente a mãe e o pai se revezam no papel de cuidar do filhote e encontrar comida.

É muito comovente ver os pinguins cooperando. Aqui estão algumas fotos de Verônica na colônia, admirando a dinâmica da vida familiar dos adélias. ▪

VERÔNICA

✉ ───

Cara Sra. McCreedy,

É maravilhoso ver suas fotos naquele blog. A senhora parece bem, muito elegante e não gelada demais. Espero que seus calos estejam OK, e que os pinguins estejam bem.

Ontem, vi alguns biscoitos Pinguim nas lojas Kilmarnock e pensei na senhora. Mas não comprei nenhum. Ainda não acabei os deliciosos biscoitos de chocolate com marshmallow que a senhora deixou. Estou tentando não comer vários de uma vez. Doug (meu marido) diz que não ajudará em nada a minha silhueta. Sei que ele tem razão, mas gosto demais de coisas doces.

Estamos aprendendo uma nova música no coro da igreja, muitos Senhor Senhor Senhor e um Amém que segue por duas páginas e meia. É muito difícil acompanhar.

O tempo tem andado bem ensolarado por aqui nos últimos dias, mas gelado toda manhã e com um pouco de neve. Vou até a Ballahays todos os dias para aguar as plantas e dar uma olhada nas coisas, como a senhora mandou. Ao sair, ontem, vi Sr. Perkins com um carrinho de mão cheio de composto e comentei com ele que fica estranho e vazio sem a senhora, e ele disse, "é mesmo, Eileen, fica sim, não é?"

Espero que a senhora esteja se alimentando bem.

Com afeto,
Eileen

Não sei por que ela se incomoda em mandar estes e-mails, se não tem nada de interessante para dizer. No entanto, como Terry se deu ao trabalho de imprimi-lo para mim, leio a mensagem rapidamente, antes de jogá-la no cesto de papel.

A noite está silenciosa e tranquila. Mike está fora no momento, sem dúvida analisando sangue, ossos e fezes no laboratório. Dietrich está sentado à mesa, sombreando um dos seus desenhos com um lápis: dois pinguins dançando tango, segundo me informou.

Terry voltou para a sala de computação. Ela passa mais tempo ali do que qualquer um, digitando informações sobre os pinguins em bancos de dados e trabalhando em seu blog. Eu me pergunto se Patrick o terá lido, e se tem um mínimo de interesse; pergunto-me se leu os diários.

Dietrich empurra suas canetas de lado e levanta-se com ar decidido.

– Terminou seu desenho? – pergunto, gentilmente.

– Não, ainda não. Mas esta noite é minha vez de cozinhar.

Ele pega algumas latas na prateleira e olha para elas com expressão sombria. Vai até a "despensa" e volta com um pedaço de carne indefinível, que poderia ser qualquer parte de qualquer animal.

– Já deveria ter descongelado – murmura.

– Posso ajudar? – pergunto. Até agora, Terry foi a única que ajudei nas tarefas domésticas.

– Seria bom – ele responde, atônito e satisfeito por me oferecer.

Vamos para a cozinha. Em pé ao lado dele, junto à bancada, noto que, além dos pelos faciais, ele tem muitos outros despontando por todo pescoço. É quase como estar ao lado de um urso.

– Será que a senhora poderia mexer isso para mim? – Ele despeja em uma panela o conteúdo esverdeado de uma lata e me passa uma colher de pau.

Mexo diligentemente.

– Diga-me, Sra. McCreedy, a senhora acha que a Terry está bem? – ele pergunta do nada.

Sou pega de surpresa. Nunca me ocorreu que ela pudesse não estar.

– Claro que sim. Imagino que, de alguma maneira, você se sinta responsável pela felicidade dela, é isso?

– Ocupando o lugar que ocupo, parece que não consigo evitar – ele responde.

– Você gosta dela, não é?

– Ah, gosto. Demais. Dela e do Mike, dos dois.

Um ligeiro resmungo escapa da minha garganta. Como é que alguém pode gostar do deselegante Mike?

– Eles formam uma ótima equipe – Dietrich continua, partindo pra cima da carne com um cutelo, de maneira um tanto desesperada. – É importante que eles estejam se saindo bem. Oito meses é muito tempo para ficar em um lugar como este, com tão pouca interação humana. Quando tudo isto terminar, tenho a sorte de ter minha esposa e filhos para quem voltar. Mike tem uma namorada. Mas e Terry? Ela não tem uma pessoa especial. E sua família não a entende de fato. Para ela, tudo se resume a pinguins.

– Acho que você tem razão. Terry iria até o fim do mundo para garantir o futuro das espécies. Raramente vi tal paixão e tanto comprometimento.

Dietrich sorri.

– É exatamente o que penso. Ela está sempre fazendo trabalho extra nos bastidores. E também é ótima com gente, até com Mike e comigo. Poucos conseguiriam aguentar nós dois por tanto tempo. – E acrescenta: – É ótimo que, por um tempo, ela tenha a senhora como companhia.

– Você me lisonjeia.

– Não, estou falando sério.

Ele faz uma pausa, com o cutelo a meio caminho.

– A senhora e eu somos mais velhos do que os outros, Sra. McCreedy, e podemos ver tudo de outra perspectiva.

Uma risada seca vibra na minha garganta.

– Você mal é uma década mais velho do que eles, enquanto sou cinco ou seis décadas.

– A senhora está à minha frente – ele admite –, mas espero que, assim como eu, a senhora ache que envelhecer traz, no mínimo, uma vantagem, Sra. McCreedy. A senhora não acha que, conforme os anos passam, a pessoa se torna menos obcecada consigo mesma e se preocupa mais com os outros? À medida que a gente envelhece, é como se a capacidade para o amor crescesse.

Fico calada. Não acho que isso aconteça de jeito nenhum. Bem ao contrário.

VERÔNICA

📍 *Ilha Locket*

Vozes alteradas saem do laboratório. Todas as três. Estou voltando das dependências lamentavelmente inadequadas. Sempre vou para a cama bem antes deles. Como são nove e quinze, já fiz minha higiene, vesti minha camisola e tirei meu aparelho auditivo. Mesmo assim, é tal o volume da discussão que não me escapam algumas frases. Um "Pelo amor de Deus!" de Mike; um "Não, já decidi", de Dietrich, e um "Por favor, não vamos discutir", de Terry, tudo em meio a uma cacofonia de outras palavras. Paro e tento captar mais, no entanto parece que a discussão chegou ao fim. Dietrich sai do laboratório e passa por mim com nada além de um educado "Boa noite, Sra. McCreedy". Logo em seguida, escuto a voz distante de Ella Fitzgerald vazando pela porta fechada do seu quarto.

Volto para a sala para pegar meus óculos. Demoro-me nas prateleiras de livros, refletindo sobre os méritos de um volume de Sherlock Holmes para minha próxima leitura. Infelizmente, é uma brochura surrada, mas poderia me proporcionar um pouco de estímulo mental.

Terry entra, com um rubor intenso incomum no rosto.

– Ah, oi, Verônica. Que linda camisola!

– Obrigada, Terry.

Ela não se senta.

Continuo a examinar as obras de Conan Doyle, mas ela é uma presença inquieta. Sopra em seus óculos e esfrega-os com fúria. Em seguida, sopra um pouco de ar por entre os dentes, com um sibilo alto. Depois, sacode a cabeça de um lado para o outro, como se tentasse se livrar de um mosquito importuno.

– O que foi? – pergunto, empurrando Sherlock de volta entre Agatha Christie e Dickens.

Ela resmunga algo incompreensível. Não vou deixar escapar.

– Vá buscar meu aparelho auditivo, está bem? E depois me conte tudo.

Ela faz uma careta, mas sai, voltando um pouco depois com o aparelho. Depois de tê-lo colocado, e nós duas estarmos acomodadas na sala cada uma com sua xícara de chá, ela confirma o que eu suspeitava o tempo todo: o problema é Mike.

– Por que não estou surpresa? – exclamo.

Ela franze a testa.

– Sei que ele é um pouco esquisito em relação a você, Verônica. Existem motivos para isso. Mas ele nunca tinha sido horrível comigo. Em geral, nós nos damos muito bem.

As implicações aqui não me passam despercebidas.

– Com licença, Terry, mas se existem "motivos" para ele ser "um pouco esquisito" em relação a mim, como você generosamente colocou, poderia fazer a gentileza de me explicar quais são?

– Bom – ela responde devagar. – Vou contar porque vai te ajudar a entender. Você se lembra de que nós tínhamos outro cientista conosco no ano passado e nos últimos anos?

Tenho uma vaga lembrança, mas eles nunca falam sobre esse quarto cientista.

– Ele se chamava Ryan – Terry me informa. – Era divertido e inteligente, cheio de ideias, e também prático. Foi quem consertou nosso encanamento quando estragou, instalou os geradores e a estação de osmose reversa. Mais importante ainda, era um grande comunicador, o grande contato, que acenava sua varinha mágica e conseguia fundos para o projeto. Foi obtida certa quantia com o Conselho de Pesquisa Anglo-Antártico, o suficiente para um projeto de seis anos, mas todos nós sabíamos que precisávamos de mais tempo. Naqueles seis anos, houve muitos altos e baixos significativos nos números dos adélias na ilha Locket, mais do que em qualquer outro lugar. Ryan prometeu-nos que estava cuidando disso. Quando o projeto começou a balançar, ele disse que não haveria problema, seus contatos pessoais aumentariam a contribuição. Na verdade, aconteceu o contrário. Eles retiraram completamente a contribuição. E o que Ryan fez? Ele nos deixou. Abandonou o projeto e pegou um trabalho confortável rastreando aves marinhas na Islândia.

Jamais acharia que rastrear aves marinhas na Islândia fosse um trabalho confortável, mas meu conhecimento sobre essas coisas é limitado.

– Foi uma época sombria para todos nós, mas atingiu o Mike do pior jeito. Ele era próximo de Ryan. Tinha posto toda a fé nele e teve uma imensa decepção. Então, sabe, quando você apareceu prometendo todo esse dinheiro extra, Mike não quis acreditar que isso aconteceria. Não suportou que todos nós tivéssemos novas esperanças, para depois acabarmos arrasados. É por isso que ele tem sido esquisito com você. Só por se preocupar tanto com o projeto dos adélias.

Terry insiste em acreditar no melhor das pessoas. Eu, no entanto, não estou impressionada com suas explicações. Limpo a garganta com ênfase.

– Acho que Eileen já transferiu vários milhares de libras do meu dinheiro para a Organização da ilha Locket, como pagamento das minhas três semanas de acomodações. Isso não basta para mostrar que estou falando sério?

Ela dá de ombros.

– Bom, acho que ele está começando a perceber. Mas não gosta que provem que está errado.

Ela não é idiota.

– Então, qual é o problema de Mike com você? – pergunto. – O que foi todo aquele bate-boca esta noite?

Diversas emoções cruzam pelo seu rosto. Então, ela parece ter se decidido. Mais revelações são iminentes. Fico bem satisfeita que ela me considere uma interlocutora adequada.

– Bom, o fato é que Dietrich está passando uma função... para mim – ela confidencia com certo orgulho. – Quer que eu assuma toda a comunicação com o Conselho de Pesquisa Anglo-Antártico. É uma enorme responsabilidade, em especial agora que o futuro do nosso projeto está em jogo. E se (é um grande "se") pudermos, de algum modo, continuar com nossa pesquisa, Deet disse que planeja dividir seu tempo de um jeito diferente, passando mais tempo com a família na Áustria. Como ele não vai estar tanto aqui, perguntou se posso assumir o comando daqui a dois meses. Pediu para eu ser a chefe da equipe da ilha Locket. É claro que eu disse sim.

– Ah! – Essa é, de fato, uma revelação. Pego sua mão com carinho.
– Parabéns! Você mais do que merece.

– Estou ansiosa pelo desafio disso tudo – ela reconhece com um amplo sorriso. – Mas acho, bom, sei que Mike está um pouco nervoso por não conseguir o trabalho.

– Sem dúvida – respondo. – Você tem o que ele quer. Chama-se inveja. Raramente senti isso, mas me lembro de estar no meio de pessoas bastante afetadas. Um dos sintomas é comportamento desagradável.

– É o que parece mesmo.

Deve haver um motivo adicional para o aborrecimento de Mike. Terry não faz ideia de que, apesar da aparência descuidada e falta de estilo, possui um encanto considerável. Na verdade, alguém de idade apropriada poderia achá-la uma probabilidade bem atraente. Levando-se em conta que ele tem uma namorada na Inglaterra, pode muito bem ser que Mike esteja em negação sobre o que sente por Terry.

– Agora Mike está achando defeito em tudo o que faço – ela diz, zangada.

Coloco a mão em seu braço.

– O problema é dele, não seu. Ele vai superar.

– Você tem razão, Verônica. Claro que vai.

Posso ouvir um bramido nas colinas. O ar adquiriu uma coloração cinzenta fantasmagórica. Nuvens, em uma desordem maluca, perseguem umas às outras no céu a uma velocidade alarmante. Os pinguins parecem inquietos, andando pesadamente em pequenos círculos e se amontoando.

Uma súbita lufada de vento derruba meu capuz e despenteia meu cabelo.

– Certo, agora chega. Vamos voltar para a base – Terry exclama, colocando uma ave atordoada no chão. Ela sai devagar e se joga de volta em seu ninho. Terry começa a guardar a balança de pinguim e a câmera.

Consulto meu relógio. Estou me acostumando com o fato de que aqui nunca escurece de vez, e o sol trafega para trás no céu. Mas ainda acho a escala de tempo antártica desconcertante.

– É só meio-dia! – protesto.

– Eu sei. Mas vem vindo uma tempestade.

Olho para as montanhas. Estão envoltas em uma névoa em torvelinho. O bramido está ficando mais alto a cada minuto.

Terry tira seu rádio e conversa brevemente com Dietrich e Mike.

– É, estamos todos de acordo. O mais rápido que você puder, Verônica.

Subimos a encosta. Quando chegamos ao topo, as partículas brancas estão voando em nosso rosto. Ambas estamos ofegantes. Estou grata que o resto do caminho até o centro de pesquisa seja só descida, mas tenho que ir com um cuidado razoável, por causa do risco de escorregar. As mukluks são boas, mas o chão é inclemente se você cai. Só me aconteceu uma vez aqui, mas ainda tenho os hematomas. Não tenho vontade de repetir a experiência.

Chegamos ao centro ilesas. Não demora para que Dietrich e Mike juntem-se a nós.

Dietrich agacha-se para acender o aquecedor.

– Vamos pôr esta coisa para funcionar e nos proteger.

– Um dia no laboratório para mim, então – declara Mike, indo naquela direção e deixando a porta aberta. Fecho-a.

– Boa ideia, Sra. McCreedy. Vai impedir qualquer corrente de vento – comenta Dietrich.

Terry dirige-se para a chaleira.

– Pode ser que a gente fique preso aqui por algum tempo, Verônica. É melhor achar um livro, ou alguma coisa.

Ignoro Sherlock Holmes mais uma vez e escolho algo mais pontual: A *expedição de Scott na Antártica: a pior jornada do mundo*. Depois de localizar meus óculos, aceito a caneca de chá de Terry e me acomodo na minha cadeira.

Dois dias depois, continuo sentada aqui. Não tivemos chance de nos aventurar ao ar livre. É de um tédio entorpecedor e de uma claustrofobia sufocante. Sinto falta da terra, do ar, do céu. Sinto falta dos pinguins. Não suporto mais Mike, não suporto Dietrich. Tem vezes que nem mesmo suporto Terry.

A *pior jornada do mundo* pouco contribui para que me sinta um pouco melhor.

VERÔNICA

◎ *Ilha Locket*

Quando Dietrich enfim declara que é seguro sair de novo, precipitamo-nos porta afora, os quatro ligeiramente histéricos de alívio. A paisagem mudou, os contornos da terra suavizaram-se com uma camada extra de plumas. Uma imaculada borda de renda amontoou-se por toda a volta do centro de pesquisas. O solo tornou-se uma série de ondulações profundas, como picos brancos de chantili.

Esticamo-nos e bebemos ao ar livre. Os três cientistas brincam e gritam na neve. Também me sinto muito empolgada, mas me abstenho de gritar e brincar.

Mike, é claro, aceitou que Terry será sua chefe no futuro próximo. Pelo menos, presumo que seja por isso que está pondo um punhado de neve na parte de trás do pescoço dela. Terry retalia, pegando o máximo de neve que consegue, e esfrega com força no rosto dele. Todos morrem de rir.

Mas já é hora de voltar ao trabalho. Parece que uma das coisinhas de eletricidade sofreu danos com a tempestade. Dietrich traz uma escada lá de trás e a encosta na menor das duas turbinas eólias.

– Então suba lá, Sra. McCreedy! – ele grita para mim. Concedo-lhe um sorriso. Embora em forma e apta como estou, nós dois sabemos que, no que me diz respeito, não haverá subidas de escadas.

– Eu vou – Mike se oferece, e em pouco tempo chega ao topo. Seu bom humor evapora-se no ato.

Enquanto ele despeja palavrões sobre nós, Terry e Dietrich pegam uma pá cada um e começam a cavar um caminho encosta acima. A neve está muito mais profunda em algumas áreas do que em outras.

– É perigoso quando não dá para ver o que é o quê – Terry comenta.

Estou impressionada com a maneira como os dois se empenham. Aquela menina não tem medo de trabalho pesado.

Uma visita ao viveiro está fora de questão até que os problemas tenham sido resolvidos, então volto para dentro e preparo um Darjeeling para mim. Noto que os cientistas mais uma vez deixaram todas as portas internas abertas. Fecho-as, diligentemente.

Meia hora depois, Mike surge na minha frente, descabelado e carrancudo.

– Temos um problema, Verônica. O gerador está quebrado e não dá para consertar. O que significa que temos que contar só com um.

– Que coisa mais cansativa! – comento.

Infelizmente, ele não tinha acabado.

– Acho que teremos que reduzir nosso uso de energia – ele explica. Assume uma expressão de autoridade. – Para começo de conversa, isso significa pôr menos a chaleira para ferver. De agora em diante, você está estritamente limitada a quatro canecas de chá por dia.

Empalideço. Isso, de fato, é uma tragédia.

– Não tem outra coisa...?

– Terry vai cortar o tempo no computador para o blog; Dietrich, seu tempo ouvindo CDs e eu trabalharei menos com a luz acesa no laboratório, no meio da noite. Não podemos fazer concessões com o aquecimento, ou com qualquer eletricidade necessária para a pesquisa de pinguins, mas precisamos ser econômicos com tudo mais. Está claro?

Que homem desagradável! Ele não conhece o significado da palavra "desculpa".

– Claro. Nesta época de viagem espacial, não existe algum meio de consertar um simples gerador?

– Não, não existe – ele diz, sem rodeios. – Não tenho as ferramentas certas.

Estou grandemente tentada a citar certo provérbio que diz respeito a um mau trabalhador e suas ferramentas, mas resisto. Em vez disso, contento-me em lhe dirigir um olhar duro.

Sempre sinto que estou com as penas eriçadas, depois de falar com Mike. O Darjeeling acalma meu ânimo. Preciso apreciar até a última gota, já que será racionado no futuro.

É maravilhoso rever os pinguins, mas devastador observar, em meio a eles, muitos corpinhos redondos mortos. A cena provoca uma torção aguda no meu peito, bem debaixo de onde está o medalhão.

Os pinguins sobreviventes continuam com suas atividades turbulentas, ignorando bravamente os aspectos de cemitério de sua comunidade. Apesar das perdas, uma nova vida floresce por todo lado. Cabeças minúsculas e oscilantes despontam de ovos por toda a colônia. Consigo recuperar minha tranquilidade, focando nas trapalhadas de um determinado filhote de adélia. Ele é bem charmoso. Gordo e felpudo, corre em círculos apertados, como se estivesse caçando uma borboleta imaginária. Está encantado consigo mesmo e com o mundo.

Uma enorme sombra alada plana pela neve. Levanto os olhos e sigo o caminho do pássaro, reconhecendo nele um mandrião. Ele mergulha na comunidade de pinguins, agarra o mesmo filhote que eu estava observando e volta a disparar para cima. Perco o fôlego de horror. O pobre bebê pinguim é uma silhueta que se debate contra o azul intenso do céu.

– Solte, solte, seu bruto! – grito com o mandrião, mas meus gritos são em vão. O filhote esperneia por um segundo, seu pescoço torcido de lado, depois ele pende como um trapo das garras do pássaro. Um outro mandrião chega, esvoaçando, e juntos rasgam a ave bebê, pedaço a pedaço.

Todo meu corpo treme com o choque. Meus olhos voltam-se para a colônia em busca dos parentes, consciente da sua dor. Não faço ideia de quais pinguins são, anônimos em meio à massa fervilhante de branco e preto.

A voz de Terry me desperta do meu devaneio. Tenho em mãos uma caneca de Darjeeling (agora ainda mais preciosa), enquanto ela passa o tempo com uma pilha de etiquetas de pinguins no outro lado da sala.

Ajusto meu aparelho auditivo.

– Você disse alguma coisa?

– Você parece triste. Algum problema, Verônica?

Não tinha me dado conta de que fosse tão óbvio.

– Problema? Não – respondo. De qualquer modo, não mais do que o normal.

Suas sobrancelhas estão juntas, os olhos perscrutando meu rosto.

– Sei que tem alguma coisa te perturbando. Você sabe que pode se abrir comigo, Verônica. Sobre qualquer coisa, em confiança. Sei que aqui as coisas podem te incomodar. Os sentimentos ficam à flor da pele, quase expostos. Mas falar ajuda.

– É mesmo? – Duvido muito.

– Não vou contar a ninguém se... se for algo pessoal. E, se servir para alguma coisa, não tenho o hábito de julgar pessoas.

Um ser humano que não julga outro ser humano? Seria o primeiro.

– Você não se abre muito – ela acrescenta. – Gostaria de saber um pouco mais sobre você.

Ela se acomoda na cadeira ao lado da minha, com ar de que não vai desistir. É uma atitude que me lembra alguém.

No entanto, no momento, a lendária fortaleza McCreedy parece estar se esfarelando. Meus membros estão me pesando, e tudo que tento fazer exige um esforço hercúleo. Meu cérebro também parece gasto. Tem horas em que parece que estou tentando realinhar coisas que não podem ser realinhadas. Pensei que, a esta altura, já teria me livrado do passado, mas, desde que li aqueles velhos diários, tenho andado profundamente consciente de tudo. Ainda está aqui, dentro de mim, mais forte do que tudo, uma presença crescente, como um cancro. Expande-se o tempo todo, pressionando meus órgãos vitais, envenenando minha corrente sanguínea.

Tinha me permitido acreditar que vir para cá poderia proporcionar algum tipo de cura ou antídoto. Não há dúvida de que tenho gostado de estar entre os pinguins. Mas não é o bastante. Estou começando a perceber que nada jamais será o bastante.

– É um grande desperdício – murmurei, mais para mim mesma do que para Terry. – Minha vida. Um enorme, doloroso, inexplicável, desperdício sem sentido.

– Tenho certeza de que não é verdade, Verônica – ela exclama, estendendo a mão para mim, enquanto finjo não ver. – Aposto que fez montanhas de coisas interessantes.

– Interessantes? Dificilmente.

Aconteceram coisas, e reagi a elas com rapidez e impulsividade à minha maneira, certa ou errada. Depois, o tempo passou, estendendo-se à frente, ano após ano, década após década, silêncio após silêncio. Como as camadas de terra, rocha e gelo que se formaram sobre a superfície da Terra. Quem saberia ou se preocuparia com um fogo queimando nas profundezas, bem no seu âmago?

– Tem algo a ver com Patrick? – Terry pergunta.

– Patrick?

– É o nome do seu neto, não é? – Ela tem boa memória.

– Suponho que, do ponto de vista biológico, ele seja meu neto – reconheço.

– Então... você deve ter filhos... teve filhos? Um filho?

Registro todos os padrões e filamentos azuis e cinza prateados em seus grandes olhos.

– Não. Na verdade, não. Não exatamente – conto a ela.

Ela parece ligeiramente espantada.

– Não sei o que quer dizer. Você é uma caixinha de surpresas, Verônica.

Ela tem sido gentil comigo. Talvez eu lhe deva uma explicação.

– Foi a guerra...

Paro. Não consigo reviver, dizer em voz alta, por mais que ela me persuada. A vida é um equilíbrio delicado entre o que você solta e o que você guarda. No meu caso, trata-se muito mais de guardar. Guardar é a única maneira de aguentar firme.

Em todo caso, por que deveria lhe contar alguma coisa? O que ela tem a ver com isto?

– Agora, eu gostaria de descansar. – Levanto-me e vou para o meu quarto. Fecho bem a porta depois de entrar.

PATRICK

⦿ *Bolton*

Pego uma Guinness antes de continuar lendo. Fico em dúvida se um baseado também poderia ajudar, mas decido que não. Estou tentando parar completamente de fumar. Poderia até devolver Zé da Erva e Tonho Bagulho para a Judith, e assim me livraria da tentação.

É tarde, mas e daí? Sirvo-me da Guinness, estico-me na cama e abro o diário mais uma vez.

Quarta-feira, 20 de novembro de 1940
Aggleworth
Deixei de escrever aqui por muito tempo. Não conseguia. Mesmo agora, tudo fica colidindo em círculos na minha cabeça. Detalhezinhos loucos. O letreiro de "Diretora" na porta. A pele granulosa de Srta. Harrison. Seus olhinhos inquietos. O coque apertado na base do pescoço, que ela fica cutucando e empurrando. E tia Margaret, branca como um fantasma, em pé ao lado da escrivaninha. Tão rígida!

Quando fui chamada, achei que tinham descoberto o meu roubo do giz de Srta. Melton. Até tive uma faísca de esperança de que, talvez, como castigo, fosse mandada de volta a Londres. Mas não. Em vez disso, veio a notícia, terrível, horrorosa, impensável.

Ah, mamãe, ah, papai. Vocês disseram que tudo ficaria bem. Vocês prometeram.

Quis gritar com Srta. Harrison e tia Margaret que elas estavam mentindo, que não era possível ser verdade. Papai e mamãe não estavam... não poderiam...

Eles me amam demais. Nunca fariam isto comigo. Nunca se deixariam matar, por mais bombas que caíssem do céu, por mais que todo o resto do mundo se arrebentasse, sangrasse e queimasse.

Srta. Harrison, cutucando seu coque estúpido de novo:

— Agora eles estão em paz, criança. Você precisa aceitar.

Detesto tia Margaret mais do que nunca, mas jamais esquecerei o que ela disse quando despenquei no chão:

— É egoísmo chorar, Verônica, porque eles estão com Nosso Senhor. Lágrimas são uma demonstração de fraqueza. Eles não iriam querer que você chorasse.

Ouvi um eco da voz de papai, sua voz gentil e firme. Suas palavras na última vez em que me viu.

— Seja forte.

Mordi o interior da boca, os dentes apertando tanto a carne que senti gosto de sangue.

Serei forte, papai. Por você. Não vou chorar.

Não. Não agora. Jamais.

Quarta-feira, 1º de janeiro de 1941
Fazenda Eastcott

Tanto tempo se passou! Ainda estou aqui. Verônica McCreedy, uma das centenas de órfãs de guerra, lutando contra o destino cruel, tentando dar sentido a isso tudo. Agora, preciso virar a página para um outro ano.

1941 encontra-me em Eastcott. Estou passando o Natal aqui porque Janet ofereceu (e quem iria querer passar o Natal com tia Margaret?). Os Dramwells têm sido gentis. Até me deram um presente, uma barra de sabonete. Janet disse que era para o caso de me sujar com os porcos de novo. Saio mesmo para visitá-los com frequência, além das vacas. Os animais são meus amigos. Mas o Natal não é Natal sem mamãe e papai.

Minha resolução de Ano-Novo é ser mais forte do que nunca.

Ontem acordei à meia-noite. Janet e Norah estavam dormindo. Saí da cama compartilhada por nós três quando estamos aqui e fui descalça, na ponta dos pés, até a janela. Abri o medalhão e tirei as duas mechas de cabelo com cuidado, os únicos fios que me ligam aos meus entes amados. Deixei-as na palma da minha mão, sob a faixa branca do luar, parecendo muito tranquilas. Ergui-as e rocei-as no rosto, tentando captar um sussurro de mamãe, um sussurro de papai. É difícil compreender a realidade da perda. Em geral, é como se estivesse lendo uma história impossível de acontecer. Então, a compreensão vem em uma explosão de estilhaços, aguda e cruel, e meu coração mais uma vez se parte.

Terça-feira, 28 de janeiro de 1941
Dunwick Hall

Está terrivelmente frio. Temos que levar em conta um tempo a mais para quebrar a camada de gelo na água, antes de podermos nos lavar todas as manhãs. Detesto a espera longa e trêmula, de camisola, com as outras meninas. As manhãs também são muito escuras. É difícil suportar a escuridão.

Para tentar reagir, faço-me muito, muito energética e intensa. "Maníaca" é como Janet e Norah me chamam. Não fico perturbando sem parar sobre a minha perda, e elas não fazem ideia de como dói por dentro. Tudo bem, porque não quero falar no assunto. Agarro a companhia das minhas duas amigas porque ajuda a encobrir todo o resto. Rio muito. Sou grosseira com os professores e quebro qualquer regra da escola que consigo.

Começamos a estudar *Hamlet*, na aula de inglês. Hamlet e eu temos muito em comum. Nós somos dois abandonados e um pouco loucos. Como ele, *assumo um comportamento excêntrico*. Entendo Hamlet, e ele me entende.

Passo vários fins de semana em Eastcott, mas em alguns deles volto para a casa de tia Margaret. Graças a Deus, tia M ainda me deixa ir à aula de dança, aos sábados. Música é uma tábua de salvação. Perco-me nas valsas majestosas e nos foxtrotes alegres. Os ritmos me animam, e os pensamentos lúgubres desaparecem em meio às harmonias ondulantes.

Mas o resto do meu tempo em Aggleworth é desolador. Assim como a igreja aos domingos, tia M me faz intermináveis e horrorosas preleções. Ela fala sem parar, em voz monótona, dizendo que mamãe e papai estão no Céu, agora, me olhando. Tenho que fazer o melhor para também chegar lá. A maneira como tia M diz sugere que vai ser difícil, e que o pobre e velho Deus terá que ser ultrapiedoso para me deixar entrar.

Quarta-feira, 23 de abril de 1941
Dunwick Hall

A luz do sol infiltra-se pelas janelas com painéis de vidro em losango, e nossas expedições escolares pelo campo recomeçaram. Enchemos nossas cestas com prímulas. Mais tarde, sentamos e forramos caixas com musgo, enchendo-as de flores para serem mandadas aos hospitais, para os feridos de guerra.

Passo muito tempo em Eastcott atualmente. Estou começando a conhecer o irmão de Janet, Harry. Não dá para dizer que seja bonito, mas tem um encanto rústico próprio. É grande, forte e pode ser bem divertido. Matou um coelho com um tiro, no sábado, e não gostei, mas mais tarde Sra. Dramwell serviu-o em uma torta, e tenho que reconhecer que comi um pouco. Hoje em dia, não se pode ser muito exigente com comida.

Refletindo, decidi que gosto mesmo de Harry. No fim das contas, o futuro pode valer a pena.

Domingo, 22 de junho de 1941
Fazenda Eastcott

Agora tenho 15 anos, mas me sinto muito mais velha. Quando olho no espelho, também acho que pareço bem mais velha. Pelo menos, mais velha do que Janet e Norah.

Não foi Harry quem veio nos buscar nos portões de Dunwick ontem, mas um homem alto e moreno, em um uniforme marrom com lampejos de amarelo.

– Oi, Giovanni – disse Janet. – Estas são minhas amigas Norah e Verônica.

– O-oi, Janet, o-oi, Norah, o-oi, Verônica – ele disse com um largo sorriso, exagerando no "O". Pronunciou meu nome sílaba por sílaba: Ve-rô-ni-ca.

Enquanto subíamos na charrete, Janet explicou:

– Giovanni é nosso novo prisioneiro de guerra. O antigo era uma droga, então pedimos outro. Você é da Itália, não é, Giovanni?

Ele concordou, com alegria.

Por detrás dos cochichos de Janet e do barulho do trote dos cavalos, pude ouvi-lo dizendo consigo mesmo "Ve-rô-ni-ca,

Ve-rô-ni-ca", repetidas vezes ao longo do caminho. Ao chegarmos à fazenda, ele pegou um punhado de mato fresco na beirada e ofereceu-o ao cavalo, falando com ele com delicadeza, em sua própria língua, agradando seu focinho. Gosto de Giovanni.

Quando chegamos, Sra. Dramwell disse que tínhamos direito a uma coisa gostosa, por causa do meu aniversário e em agradecimento por toda a nossa ajuda com as vacas e tudo mais. Um piquenique para nós, meninas. Harry veio conosco e pedalamos até um lugar com vista, no limite da fazenda Eastcott. De lá, dá para ver os rochedos do Distrito Peak. O clima estava agradável e havia inúmeras flores ao longo do caminho: campions rosa e um mar de espuma de cicutas dos prados.

Fizemos nosso piquenique à sombra de um antigo carvalho. Havia um pão recém-assado, torta de batata caseira, cebolas em conserva, maçãs e bolo de gengibre. Harry esticou-se aos meus pés e me passava tudo, ainda que fosse capaz de pegar sozinha.

Sempre que Harry falava, flagrei Norah voltando os olhos para mim, para ver a minha reação. Ela sabe que Harry me admira.

Devo dizer que é bom ser admirada. Será que seria capaz de me apaixonar? Poderia ser bem agradável.

Para ser sincera, acho que mereço um tanto de coisas agradáveis.

Preciso mesmo de algo que me faça ir em frente. Existe um buraco aberto na minha vida, e sinto como se minha alma fosse ser sugada para dentro dele, a não ser que possa tampá-lo com alguma coisa.

Sábado, 12 de julho de 1941
Fazenda Eastcott

Até que enfim, está acontecendo. Estou toda agitada e corada. O plano é irmos de bicicleta até a estação e depois pegarmos juntos o trem para a cidade. Só Harry e eu. O cinema fica a apenas uma breve caminhada de distância. Harry me garante que é uma coisa bastante imprópria de se fazer, então estou disposta.

– Será fácil guardar segredo da minha mãe – ele disse. – Vou dizer a ela que vou sair para encontrar meus amigos, e ela vai deduzir que você está no andar de cima com Jan e Nor.

Janet acha isso tudo hilário. Norah não está tão entusiasmada com a ideia (imagino por quê!). Elas arrumaram meu cabelo em longos cachos, presos com milhares de grampos. Estou usando meu vestido de algodão vermelho-papoula e peguei emprestada a melhor jaqueta bege de Janet para vestir por cima. Não temos meias de seda, mas Janet desenhou uma linha na parte de trás das minhas pernas, com tinta marrom, então parece que as estou usando.

Só estou escrevendo para passar os últimos dez minutos antes de ir. É muito excitante. Sra. Dramwell está costurando lá embaixo. Vou ter que me esgueirar pela porta de trás a qualquer minuto. Estou pronta.

Segunda-feira, 14 de julho de 1941
Dunwick Hall

Não sei com quem falar. Não tenho ninguém. Só você, como sempre, meu querido diário. Só você escuta minhas angústias e absorve-as em suas tristes páginas brancas.

Eis o que aconteceu na noite de sábado.

Encontrei Harry, como combinado, do lado de fora da porta dos fundos, em Eastcott. Ele tinha se esforçado para esticar o cabelo, mas, infelizmente, isso fez suas orelhas se projetarem para fora ainda mais. Tinha trazido apenas uma bicicleta. A outra estava quebrada, ele disse.

– Mas você pode se apertar atrás de mim, enquanto pedalo. Não está com medo, está?

Claro que não estava. Montei atrás dele, e saímos, logo ganhando velocidade. Minha saia cor de papoula voava com a brisa. Agarrei-me a ele e senti seus músculos ondulando através da camisa. E senti seu prazer com o meu corpo pressionando contra as suas costas.

– Se minha tia Margaret soubesse, teria um ataque! – gritei.

No trem, as pessoas nos olhavam com reprovação, tentando imaginar nossa idade, mas ninguém se dirigiu a nós. Diverti Harry com histórias sobre a mesquinhez de tia M.

– Quando te conheci, pensei que você fosse uma esnobe, Verônica – ele me contou. – Mas você não é. Você é uma boa companhia.

O filme era uma aventura estrelando Jimmy Cagney, mas Harry não parecia ter a menor vontade de assistir. Seu braço ficava querendo se insinuar ao redor dos meus ombros. No começo, bem que gostei, até me inclinei um pouco para o lado dele. Meu coração batia em novos ritmos. Dava para sentir meu medalhão pendurado junto a ele, tornando-me cada vez mais desesperada por amor. Harry ia se aninhando mais e mais.

Mas, então, ele colocou o rosto junto ao meu e começou a beijar meus lábios. Encolhi-me. Tinha o hálito pungente, como cebolas cozidas. Não consegui suportar sua pele com acne e áspera.

– Não! – disse entre dentes. – Quero ver o filme.

Ao sairmos, ele tentou novamente dar o bote. Suas mãos apalparam meu corpo. Pulei para longe.

– Não, Harry! Não gosto disso. Me deixe!

– O quê? Você me deixa fervendo, e de repente fica gelada? Isso não é muito simpático.

No trem de volta, estávamos silenciosos como pedras. Eu temia o caminho de bicicleta. Fiquei vasculhando o cérebro em busca de outra maneira de voltar para a fazenda ou a escola... E não havia nenhuma.

Sexta-feira, 18 de julho de 1941
Dunwick Hall

Oh, que esta carne por demais suja se dissolvesse, se derretesse e se reduzisse a orvalho...

Hamlet expressa tudo por completo.

É horrível. Janet não fala comigo. Nem ao menos olha para mim. Vira o rosto enfaticamente, sempre que me sento ao lado dela. Em vez de dividir os sanduíches de carne curada como costumávamos, ela os enfia goela abaixo. Norah, é claro, também me ignora.

Harry deve ter contado a elas que eu o seduzi, ou coisa assim, porque a escola está se agitando com boatos péssimos. Minhas colegas agora se deliciam em me rotular como puta.

Nem pensar que eu vá condescender em contar minha versão da história, se as pessoas que eu considerava minhas amigas nem mesmo vão ouvir.

Estou toda agitada por dentro e não sei o que fazer. Detesto Harry. Como ele pôde fazer isso comigo? Penso em todos os tipos de conversas imaginárias e maneiras de me vingar, mas nunca consigo pôr meus planos em ação, porque nunca o vejo. Não há mais convites para a fazenda Eastcott.

Às vezes acho que a injustiça está me deixando louca. Ninguém no mundo me defenderá. Como queria, queria, queria ainda ter papai e mamãe. À noite, mordo meu travesseiro com força. É a única maneira de não gritar de desespero.

Sábado, 19 de julho de 1941
Casa da tia M

Nesta manhã, fiquei do lado de fora dos portões da escola, esperando o carro de leite, separada do bando das outras meninas. Janet e Norah também esperavam, me ignorando.

Quando a charrete de Eastcott chacoalhou, dobrando a esquina, não pude deixar de olhar para o condutor. Mas não era Harry. Era o prisioneiro de guerra italiano, Giovanni. "Ve-rô-ni-caa!", ele gritou. Troquei um breve sorriso com ele. Foi meigo ele se lembrar do meu nome. Então, notei que Harry também estava lá, na charrete. Ajudou a irmã e Norah a subirem, com um cavalheirismo exagerado. O tempo todo, evitou virar a cabeça na minha direção. Empinei o nariz.

Peguei o final de uma frase de Janet: "...não tem o direito de agir de maneira tão soberba, aquela vaca sórdida...".

Fiquei furiosa. Quando Giovanni saiu com a charrete, vi Harry se colocar de propósito ao lado de Norah, passar o braço à volta dela e lhe dar um demorado beijo nos lábios. Os dois viraram-se para trás para ver a minha reação. Fiquei ali sozinha, tremendo de raiva.

Domingo, 20 de julho de 1941
Aggleworth

Ontem, quando saí para a aula de dança, estava exausta das fortes emoções desta última semana. O sol quente no meu rosto pareceu brutal, lembrando-me de que não se deve mais esperar calor dos meus companheiros humanos. Graças a Deus ainda existe a dança.

Eu ia apressada para chegar ao saguão quando vi duas pessoas caminhando à minha frente. Uma delas empurrava pela rua um carrinho de mão cheio de vegetais. Usava um uniforme marrom com lampejos amarelos. Como se percebesse meu olhar, virou-se e olhou em volta. Era Giovanni.

Reconheceu-me de imediato e se inclinou tanto que sua cabeleira encobriu seus olhos.

– Oi – cumprimentei, imitando seu estilo com uma reverência caricata.

– *Bella*! – ele exclamou. Seu colega instou-o a seguir em frente, mas ele parou por mais um momento para colher uma flor e deixá-la na rua, antes de continuar.

Os dois homens tinham virado a esquina e desaparecido quando cheguei à flor. Peguei-a. Era só um dente-de-leão, mas, ah, como gostei daquele dente-de-leão! Era de um amarelo luminoso e vibrante, desafiando qualquer um a abafar seu ardor. Acariciei suas pétalas e depois o coloquei com cuidado atrás da orelha.

A aula de dança prolongou-se muito mais do que o normal. Depois, em vez de ir direto para a casa de tia M, perambulei em direção à feira livre. Caminhei por entre as barracas, até que o vi atrás de uma montanha de vegetais.

Seu rosto iluminou-se. Não era de jeito nenhum o rosto de um prisioneiro desesperado e oprimido. Ele parecia alegre e animado. De repente, me dei conta de que era o homem mais bonito que já tinha visto.

Os olhos de Giovanni são castanho-escuros, vivos e ardentes. Seu nariz é nobre. O cabelo é despenteado e seu queixo tem uma barba incipiente, mas é bonita e lhe cai bem. Tem um belo físico, alto, fibroso e forte. Seja qual o ângulo que o olhe, é absolutamente encantador.

– Então, eles te deixam à solta, por conta própria, é? – perguntei-lhe, fascinada.

– Ah, é, agora sim. As pessoas nas barracas ao lado da minha prestam atenção para que não fuja com o dinheiro. – Ele se dirigiu ao velhote de avental listrado que vendia cortes de carne na barraca vizinha. – E não fujo com o dinheiro, não é, Sr. Howard?

– Não, não foge – respondeu Sr. Howard, com um sorriso. – É porque fico com todo o dinheiro dos seus vegetais. E entrego tal soma para Sra. Dramwell quando a encontro em Eastcott, na segunda-feira.

É incrível que um prisioneiro de guerra desfrute de tal liberdade. Sr. Howard e Giovanni parecem se dar muito bem.

– Você quer comprar algum vegetal? – perguntou Giovanni. – Veja, aqui tenho belas batatas. E magníficas beterrabas. E os tomates mais esplêndidos. Você gostaria de um tomate muito esplêndido?

– Com certeza, eu gostaria de um tomate muito esplêndido!

Coloquei as moedas em suas mãos, e imediatamente ele as passou para Sr. Howard.

Imaginei morder o tomate logo ali, mas decidi não o fazer. Um jato de sumo vermelho e sementes no meu rosto dificilmente pareceria muito atraente.

– Também gostaria... – refleti, examinando os produtos – de alguma coisa para minha tia Margaret. O que você recomenda, Giovanni?

– Que tipo de coisa ela gosta? – ele perguntou, olhando ora para mim, ora para os vegetais.

– Não sei do que ela gostaria. Mas sei o que eu gostaria de levar para ela. Alguma coisa bem, bem velha, e bem, bem sem graça – respondi. – Qual é seu vegetal mais velho e mais sem graça?

Ele riu abertamente e com alegria, embora com intimidade, como se fôssemos companheiros em um crime.

– Que tal este nabo velho e enrugado? – sugeriu.

– Absolutamente perfeito – sorri.

Domingo, 27 de julho de 1941
Aggleworth

Comecei a ansiar muito pelas tardes de sábado! Não por causa das aulas de dança, mas pelas idas à feira depois. Giovanni deve saber que vou só para encontrá-lo. Ontem ele tornou a colher flores; barba-de-bode, rosas silvestres e muitos, muitos dentes-de-leão. Fez um floreio do outro lado da banca de vegetais e ofereceu-me o buquê. Sr. Howard manteve-se ocupado, fingindo não ver.

Decidi conferir a Giovanni a maior das honras.

– Giovanni, sei que meu nome é difícil para você. No futuro, você faria o favor de me chamar de Very?

– Very? Ora, sim. Farei! *Very*, igual a *muito* em inglês. Muito simpática, muito bonita, muito querida você!

Deliciei-me. Muito querida eu! Se pelo menos nós pudéssemos ter algum tempo só para nós dois!

Domingo, 3 de agosto de 1941

Tenho muita coisa para contar.

Em primeiro lugar, estou apaixonada. Como seria possível não amar Giovanni, o homem mais educado e bonito do mundo? E, não, não dou a mínima se ele é considerado um inimigo. Seja como for, esta guerra é insanamente sem sentido.

Ontem, nem fui à aula. Só direto até a feira, para encontrá-lo.

– Você sabe que estou perdendo minha dança para ficar com você – contei a ele.

– Ah, é uma pena. Não quero impedir nenhuma menina de dançar. Muito menos você, Very. Ver você dançar, ah, isso seria realmente glorioso.

Fiz um leve rodopio na rua. Ele aplaudiu com entusiasmo.

– Será que a gente pode dançar juntos?

Ele se adiantou e me enlaçou para uma dança. Foi mais do que maravilhoso. Comecei a me dissolver em seus braços, logo ali, mas Sr. Howard interveio, batendo rapidamente em suas costas.

– Não, é melhor você parar por aí, Giovanni. Existem limites, meu rapaz.

Giovanni soltou-me. Cochichou em meu ouvido:

– Soube que tem uma dança no centro municipal esta noite.

– Podemos ir? – cochichei de volta, entusiasmada com a possibilidade.

– Não é fácil. Não me é permitido entrar porque sou o prisioneiro; mas, se eu sair da fazenda de fininho, é possível... Podemos nos encontrar atrás do centro? Poderíamos escutar a música e dançar juntos, então?

Adorei o fato de ser tão difícil e de ele estar disposto a tentar de qualquer jeito.

— Estarei lá – prometi.

À noite, disse a tia M que ia cedo para a cama por causa de uma dor de cabeça. Foi fácil sair na ponta dos pés, sem ser ouvida. O ar estava quente e inebriante, permeado pelos perfumes das rosas e das madressilvas silvestres. Corri o caminho todo.

Ele estava lá. No momento em que saiu das sombras, voei para cima dele e envolvi-o em um abraço. Não consegui me controlar. Chocado, deliciado, ele me cobriu de beijos arrebatadores. Foi o paraíso.

Do centro municipal veio uma música. Giovanni e eu dançamos juntos na poeira e ao crepúsculo, atrás da parede dos fundos, onde ninguém podia nos ver. Pareceu tão íntimo, tão apaixonante, tão gloriosamente destemido!

— Very! – ele cochichou. – Minha Very. Você faz me sentir tão vivo!

— Você também! – Respirei seu cheiro, terroso, masculino. Cada célula do meu corpo se comprazia na intimidade do momento.

Ele parecia ainda mais bonito no banho prateado de luar que nos envolvia.

— Eles podem encobrir todas as lâmpadas da Terra, mas não podem encobrir a lua e as estrelas! – cochichei.

— Não, não podem, Very – ele disse –, e não podem encobrir a luz que guardo em meu coração para você.

Mas, de repente, a banda começou a tocar uma música diferente. Fiquei paralisada.

— O que foi? – Giovanni perguntou. – Qual é o problema, Very? Esta música é boa. É alegre. Mas você... Você não está alegre.

Um suspiro foi brotando das minhas profundezas. Apoiei-me pesadamente no portão. Era a "Lambeth Walk".

Giovanni voltou a me envolver em seus braços.

— Você fica ainda mais linda quando está triste – disse.

Segurou-me por bastante tempo, beijando meus olhos, meu nariz, meu cabelo, minha boca. Eu estava rígida, represando meus sentimentos com firmeza, ah, muita firmeza!

Então contei a ele. Contei sobre mamãe e papai. Que mamãe costumava trançar meu cabelo e me contar histórias, e papai costumava pôr o tapete da lareira sobre si mesmo e rosnar, fingindo ser um urso, e ríamos juntos até as lágrimas rolarem. Que imaginávamos meu futuro juntos: mamãe dizia que eu seria escritora, e papai, que eu seria uma exploradora famosa. Que nos amontoávamos debaixo da escada quando soava a sirene de ataque aéreo, e que eles nunca tinham medo de nada. Que mamãe sempre saía para dirigir ambulâncias e ajudar feridos, mesmo quando era perigoso. Que papai tinha ficado muito triste com a perspectiva de outra guerra, quando por pouco tinha sobrevivido à primeira. Que os dois me amavam acima de tudo. E que agora ninguém, ninguém me tinha em alta conta.

Por fim, contei a Giovanni que os dois tinham morrido soterrados em nossa casa, que desmoronou por cima deles.

Giovanni escutou atônito, em silêncio.

Quando terminei, ele puxou meu cabelo para trás. Não queria que ele olhasse para mim. Achava que meu rosto estava feio e contorcido.

– E, mesmo assim, você não chora – ele disse.

– Se eu começar, nunca mais vou parar.

Ele colocou a boca sobre a minha. Foi um contato urgente, como se ele tentasse extrair toda a minha dor.

Desvencilhei-me. Olhei fixo nos seus olhos.

Eram olhos escuros, cheios de entendimento.

– Giovanni, eu te desejo.

– Eu também te desejo. – Foi um murmúrio, quase uma lamúria, como se ele estivesse tentando resistir a isso.

Olhei em volta e vi o telhado inclinado de um celeiro, em uma silhueta contra o céu.

Todos parecem pensar que sou uma puta mesmo, então, por que não?

– Agora – instiguei. – Temos que agarrar o momento.

Peguei Giovanni pela mão e puxei-o pelos campos enluarados, em direção ao celeiro.

Ele me perguntou se eu tinha certeza.

Sim.

Sim, nunca tive tanta certeza sobre algo na minha vida.

PATRICK

◉ *Bolton*
📅 *Dezembro de 2012*

Limpo a garganta.

– Diga, sinceramente, você acha que pareço um pouquinho mediterrâneo? – pergunto a Gav.

Convenci-o a vir tomar uma rápida cerveja depois do trabalho, no Dragon's Flagon. Ele me olha, curioso.

– Talvez um pouquinho italiano, por exemplo? – acrescento. – Talvez meu nariz?

– Vamos ver o seu perfil.

Viro a cabeça.

– Não, diria que não – ele diz. – Não é um nariz romano. Comprido, mas não romano. Mas sua pele é bem morena. Com certeza tem subtons cor de oliva.

– Ok. Certo. Obrigado.

– Você *quer* parecer italiano?

– Quero?

– Eu é que pergunto, cara!

Nossa, não faço a menor ideia.

– Acho que aqueles diários estão mexendo comigo – digo a ele, como resposta.

– Hã?

– Como cresci sem meus pais, essa coisa da vovó é meio que importante.

Dizer em voz alta faz com que perceba a verdade da coisa. E os diários são uma grande revelação. De certa maneira, a história se repetiu. Assim como a vó V, perdi meus pais muito cedo e tive que aprender a me virar. Mas a maioria dos meus pais adotivos era de boa. A jovem Verônica não teve ninguém assim, só aquela tia maluca, religiosa, horrenda. E não tinha drogas para se socorrer naquele tempo. Cara, deve ter sido sinistro. Não é de espantar que ela tenha se destrambelhado um pouco, tenha tentado encontrar amor onde quer que pudesse.

Nunca conheci meu pai, mas fica claro que Verônica amava o dela. Perdi minha mãe aos 6 anos, o que foi terrível, mas acho que, em alguns aspectos, é ainda pior aos 14 anos. Você acumula todo aquele amor com o passar dos anos, todos aqueles abraços, conversas e coisas que se fazem juntos, e então tudo isso é simplesmente arrancado. Dureza. Deve ter dado um troço na cabeça da pobre menina.

– Então você acha que poderia ter um pouco de sangue italiano? – Gav pergunta.

– Parece ser uma possibilidade. Mas aí...

Verônica só saiu com Harry aquela única vez, mas não ficou claro como terminou. No diário, ela não entrou em detalhes em relação à volta para casa de bicicleta, mas não estava saltitante, isso ficou óbvio. Ele não... Com certeza, ele não...? Merda. Não, ele não pode. Ela teria anotado... não teria? Andei dando uma lida por cima, pulando alguns trechos longos e entediantes sobre a escola, mas tenho certeza de que não perdi nada tão importante. Mesmo assim, agora que essa dúvida terrível entrou na minha cabeça dura, vou ter que disparar pelo resto dos diários, para descobrir o que for possível.

Engulo o resto da cerveja em um gole.

– Me desculpe, cara, tenho que correr.

Minha pulsação ficou para lá de maluca.

Estou sendo ridículo.

Meu avô *tem* que ser o Giovanni, não tem?

📅 *18 de dezembro de 2012*

Os pinguins-de-adélia são infinitamente curiosos e infinitamente atarefados.

Hoje, Verônica e eu fomos seguidas por um personagem particularmente inquisitivo enquanto registrávamos os ninhos. Como ele ainda não tinha idade para ter a própria família, parece que se interessou por nossas atividades.

Aqui está uma foto dele e Verônica se encarando. Como podem ver, ela está segurando a bolsa bem longe do alcance dele.

Em outra parte, a natureza segue seu curso, os casais copulam, botam ovos, e os primeiros filhotes começam a sair. Que comunidade animada temos aqui na ilha Locket! ■

VERÔNICA

⊙ *Ilha Locket*

Estendo a vista para o vasto e ondulante mar branco e preto de adélias. Para qualquer parte que olho, há interação entre um pinguim e outro. Todos parecem muito à vontade em sua comunidade. Eles se dão bem de uma maneira que nunca consegui com meus companheiros humanos. Mais uma vez, sinto-me consciente demais do meu passado.

Às vezes, as lembranças se empoeiram nas fendas do fundo da mente; às vezes, pairam como sombras; às vezes, elas nos perseguem com um porrete.

Agora, cismo com Giovanni. Ele ainda estará vivo em algum lugar? Mesmo depois de todos estes anos, posso vê-lo na minha mente com bastante clareza. Lembro-me das suas mãos, grandes e um tanto ásperas, mas com um toque muito sensível às minhas necessidades. Quase posso sentir de novo a leve barba em seu rosto, seus lábios nos meus, juventude contra juventude, milhares de terminações nervosas despertas, querendo mais.

À época, não podia ter imaginado uma força maior. Mas a biologia dita inúmeras coisas. Toda a minha personalidade não passa de um coquetel peculiar de substâncias químicas? Além disso, o amor é apenas uma série de biorritmos, uma coleção de impulsos elétricos para o cérebro? Um excesso de hormônios? Talvez, sob certas condições, esta alquimia a que chamamos de amor seja intensificada; intensificada, por exemplo, por coisas tais como um longo verão cheio de uma luminosa luz do sol, uma rebelião juvenil e as extremas tragédias da guerra. Pode ser isso.

O que teria acontecido se nos tivesse sido permitido ficar juntos, Giovanni e eu? Teria continuado a ser um magnetismo que encobre tudo? Ou foi apenas a loucura da época, o próprio fato de que um relacionamento entre nós seria proibido, o que fez me apaixonar tão perdidamente por ele? Sou velha o bastante, e cínica o bastante, para saber que essa pode ser a verdade da situação.

Ele poderia não ter sobrevivido à guerra. Ou poderia ter voltado para o próprio país, como fez a maioria dos prisioneiros de guerra. É concebível que, agora, ele seja um velho, encarquilhado, enrugado, talvez fumando um cachimbo, talvez vagando em um bosque mediterrâneo de oliveiras. Será que alguma vez ele pensa na garota inglesa que amou tanto tempo atrás? Mesmo em suas elucubrações mais loucas, não lhe ocorrerá que ela esteja na Antártica, com três jovens cientistas e cinco mil pinguins.

Quando voltar para a Grã-Bretanha, poderia contratar uma agência para procurá-lo, para encontrá-lo, como encontraram Patrick. Haverá também ali um dever há muito negligenciado?

Não. Se Giovanni tivesse sobrevivido à guerra, e se me quisesse, teria voltado para mim, teria descoberto um jeito. Já mexi em vespeiro, revisitando aqueles diários, procurando meu neto.

Meus pensamentos voltam-se para Patrick. Qual é a natureza do homem, por detrás das camadas de sujeira e do clima pesado das drogas? Será possível que o tenha julgado com excesso de dureza? Seu comportamento no aeroporto foi um contraste absoluto com nosso primeiro encontro. Se não estivesse tão preocupada com minha partida iminente nesta odisseia antártica, e não estivesse tão chocada com sua súbita aparição, teria me concentrado mais no garoto.

Agora, confiei meu passado a ele, na forma daqueles diários de adolescente. Eu não precisava mostrá-los jamais a outro ser humano, e estou um tanto surpresa com a minha decisão de agir assim. Na verdade, me contorço com a ideia de ele os ler. No entanto, em algum lugar debaixo das camadas de horror, há uma inegável sensação de alívio por, finalmente, compartilhar a minha história. Meu lado impulsivo deve ter reconhecido essa necessidade aqui dentro.

Ele lerá?, me pergunto. *Entenderá?*

– Você parece perdida em pensamentos, Verônica.

– Tem alguma lei contra isso? – pergunto secamente.

O céu está infiltrando azul em malva, malva em cinza-escuro. Terry e eu estamos fora há horas. Ainda há montinhos de carcaças de pinguins em intervalos regulares, mumificadas pelo gelo. Tento não olhar para elas.

Os pinguins sobreviventes não perdem tempo com luto ou autopiedade. Estão atarefados demais. Mais e mais filhotes aparecem todos os dias, criaturinhas cômicas, uma versão mais atarracada e penugenta dos pais. Os adultos revezam-se na ida ao mar, em busca de comida. Voltam com a barriga dilatada e alimentam o bebê com krill regurgitado enfiando bico no bico. Os primeiros filhotes estão maiores agora e se arriscam além dos seus ninhos. Andam pelas poças e lama, grasnando continuamente.

Espio uma figura minúscula, que ladeia vacilante a borda da comunidade. O filhote é cinza como fuligem e está sujo. Parece que perdeu a direção. Progride aos poucos, dando alguns passos, depois para e olha em volta. Arqueia a cabeça para cima, depois de lado, olhando os outros pinguins com ar miserável. Eles continuam com suas tarefas diárias: fofocando, discutindo, retorcendo-se em seus ninhos, oferecendo e aceitando peixe regurgitado. Mas aquele ali parece isolado e com medo.

– Onde estão os pais dele? – pergunto a Terry.

– Devem ter morrido, levados por uma foca ou presos em uma fenda de gelo ou coisa assim. Seja como for, não parece que vão voltar. Os dois não o teriam deixado, é novo demais. Pobrezinho!

O filhote cambaleia até um adulto que está sentado em um ninho. O adulto afasta-o com o bico.

– Ele não vai sobreviver muito tempo – Terry diz. – A fome ou o frio vão logo acabar com ele.

– Não podemos fazer nada? – perguntei, consternada.

– Sinto muito, Verônica, mas não. Nossa política é não interferir. A natureza, às vezes, é dura.

– Sua *política*? – pergunto, impregnando a palavra com desprezo. Detesto políticas. As pessoas vivem elaborando políticas para encobrir um propósito geral, depois se veem presas por essas políticas e se tornam escravas delas; sentem que devem lhes obedecer qualquer que seja a situação, ignorando cegamente o senso comum ou a generosidade. Esta política é um excelente exemplo de tal absurdo.

– É, nossa política – responde Terry. – A intervenção humana tem prejudicado a vida selvagem além do imaginável. É melhor deixar a natureza resolver as coisas, caso contrário, poderíamos causar mais mal do que bem.

Tento controlar minha exasperação.

– E conseguiríamos salvar este bebê se não fosse a preciosa política de vocês?

Ela sacode a cabeça com tristeza.

Não é exatamente uma resposta, e não vou deixar que ela se safe. Repito a pergunta.

– Bom, suponho que, se abrigássemos o filhote e o alimentássemos, haveria uma leve chance de ele sobreviver – ela concede. – Mas em teoria. Ele poderia crescer dependente de nós, e não é o que queremos. A ideia toda é apoiar os pinguins na natureza, em seu próprio hábitat, não os transformar em bichinhos de estimação.

Tento digerir a informação. Parece artificial, como tentar digerir um prego enferrujado.

Ela se afasta e começa a filmar um pai e uma mãe alimentando um bebê gorducho com peixe. Meus olhos permanecem presos no órfão.

Ele (já estou pensando como se fosse "ele") bamboleia primeiro em uma direção, depois em outra. Estou hipnotizada, como se tivesse uma ligação com o bebê pinguim. Sinto suas sensações: o frio, a confusão, a solidão, a perda. Ele presume que a ajuda deve vir logo de algum lugar... Mas não virá.

Vou até Terry. Minha voz é um grito estridente, ocultando o nó na minha garganta:

– Terry, se não fizermos alguma coisa para ajudar aquele filhotinho, recuso-me a continuar aparecendo no seu blog.

Terry abaixa a câmera. Ela olha para o meu rosto com ansiedade. Seus olhos vasculham, como se não me entendesse, como se eu tivesse feito algo sem sentido.

– Você está realmente preocupada, não é? – diz, finalmente. – Não é bom ser sentimental, Verônica. Falando sério, não dá para se preocupar com cada indivíduo. A natureza escolhe quais vivem e quais morrem. Sinto muito, mas é assim que funciona. Tente esquecer o filhote e se concentre em todos os pinguins felizes.

Ela me pediu para fazer o impossível. Neste momento, todos os pinguins felizes não me interessam. É esta alma perdida que exige toda a minha atenção. Agora ele está desfalecendo, desfalecendo de verdade. Suas nadadeiras pendem dos dois lados. O bico aponta para a terra gelada, que logo será seu túmulo.

Não acredito que Terry seja insensata. Ela só passou por uma lavagem cerebral de uma dupla de homens estúpidos. Talvez até eles vissem sentido se eu conseguisse abordar isto de outro ângulo, se achassem que poderiam conseguir mais dinheiro. Não me isento de explorar a ganância humana.

– Se você conseguir salvar este camaradinha e puser fotos dele no seu blog, com certeza todo mundo vai gostar dele. Ele é tão... – Limpo a garganta. – Você vai conseguir muito mais publicidade positiva do que se você o abandonar.

Terry está imóvel. Posso ver os pensamentos faiscando em sua consciência, as possibilidades começando a brilhar em seus olhos.

– Bom, no que diz respeito à publicidade, você tem razão. Não existem muitas coisas na vida que sejam tão fofas quanto um pinguim bebê. Acho que o público ficaria inclinado a se compadecer dele.

– Sem dúvida! – exclamo. – E ficariam muito mais inclinados a contribuir com dinheiro para o projeto se você tiver um mascotinho fofo. – Espero, enquanto ela continua a processar os prós e os contras.

– Duvido muito que a gente consiga convencer Mike e Dietrich. Mas imagino que seja vagamente possível. Acho que podemos tentar.

– Se podemos, então devemos.

Vou dizer uma coisa a meu favor: sou boa em conseguir o que quero.

Terry põe seus apetrechos no chão.

– Vou ver se consigo agarrar o sujeitinho.

Seguimos até o filhote. Ele vira a cabeça em nossa direção, sem demonstrar medo. Terry mergulha rapidamente, agarra-o pelos pés e pelo bico e enfia-o debaixo do braço. A ave solta um grasnado de nada e se agita debilmente, mas se submete quase que de imediato. Terry faz uma carícia delicada em seu pescoço. Parece acalmá-lo. Eu me aproximo e o acaricio também. Ele não é maior do que uma xícara de chá. Sua penugem é macia como algodão.

– Faremos todo o possível por você – digo-lhe com fervor. – Juro.

Terry olha-me de esguelha com um sorrisinho.

– É melhor a gente levar ele de volta para o acampamento – ela diz. – Vou mandar um rádio para Dietrich e Mike e pedir que nos encontrem ali. Não direi o motivo. Existe uma chance de ser mais fácil convencê-los se eles puserem os olhos nesta pobre criatura.

VERÔNICA

◎ *Ilha Locket*

Como Terry previu, o recalcitrante Mike é completamente avesso à ideia.

– Você trouxe a gente de volta para cá por causa disso? Ficou maluca de vez?

Dietrich é igualmente firme:

– Não, Terry, combinamos que não faríamos isso.

Terry empurra os óculos para cima do nariz e abre a parca só um pouco, revelando o pacotinho fofo que está aconchegado lá dentro.

– Eu sei, eu sei, mas olhem para ele, caras! Não faz mal tentar. E sei que milhares de pessoas concordariam, pessoas do mundo todo que leem o meu blog. Este filhotinho poderia, na verdade, se tornar o rosto do que estamos tentando fazer.

– Um pinguim manso? Um pinguim domesticado comendo na mão? Até parece! Somos cientistas, Terry, caso você tenha esquecido. Somos ambientalistas. Não acreditamos na interferência humana a qualquer custo. Não é verdade, Dietrich?

– Foi o nosso acordo – concorda Dietrich.

O bebê pinguim aponta o bico para fora, depois a cabeça toda. Alheio à situação, ele nos analisa com grandes olhos redondos. Seu bico se abre, mas não sai nenhum som. Tenta de novo e consegue uma espécie de pipilo queixoso.

Contra a vontade, Mike inclina a cabeça para olhar para o filhote. Contra a vontade, estica um dedo e acaricia sua cabeça.

Será concebível que Mike, o impiedoso, esteja cedendo?

– Terry, você é inacreditável! – ele diz em um tom que não é um elogio, mas também não é rígido. Torna a levantar os olhos. – Estou surpreso com você. Sabe que a resposta tem que ser não.

Abro a boca para dizer alguma coisa, depois penso melhor. Luto com sentimentos fortes, exatamente como costumava fazer no passado, quando ameaçavam me dominar. Sei que o autocontrole, se conseguir achá-lo, será meu melhor aliado nesta situação. É mais provável obter sucesso se conseguir atingir a invisibilidade. Observo Mike e Dietrich. Houve uma época em que eu poderia conseguir o que quisesse com a maior facilidade. Era só abrir um pouco mais os olhos, fazer beicinho, e qualquer homem estaria à minha disposição. Agora, o que quer que eu faça parece conseguir o efeito contrário. O único poder que me resta está na minha bolsa, e mesmo isso pode não funcionar neste caso específico.

Mas, Terry, ela pode convencê-los. Se pelo menos ela tirasse os óculos e batesse os cílios um pouquinho... Ela jamais vai dominar o confronto direto como eu fazia na idade dela, mas tenho certeza de que pode mobilizar sozinha uma tímida persuasão. Infelizmente, ela não faz ideia. Está enrugando a testa da maneira menos atraente.

– Vamos lá, Deet, pense! Vamos ter uma chance de estudar um filhote nos mínimos detalhes, de perto.

– Você não está sendo lógica, Terry – responde Dietrich. – Não precisamos desse tipo de informação. Estamos estudando a sobrevivência de toda a espécie. Não temos tempo de cuidar e prover as necessidades de um único pinguim.

– É, mas... – ela vai desanimando.

Ele sacode a cabeça.

– Sinto muito, Terry, temos coisas mais importantes a fazer.

O filhote pende a cabeça, como se entendesse sua própria falta de importância. Engulo com raiva. Apenas eu, Verônica McCreedy, a velha impopular, chata e metida, estou disposta a ajudar. Mais uma vez, sou tomada por uma sensação estranha e desesperada. É tão forte que quero gritar no rosto de Dietrich e Mike. Quero bater a cabeça de um no outro, fazer com que vejam que uma espécie é feita de seus indivíduos. Que o que importa são os indivíduos. São homens assim que provocam guerras, em que milhares de indivíduos amantes da paz são sacrificados para uma chamada causa "nobre". A história olha para trás e diz que este lado venceu e aquele perdeu, mas a realidade é que ninguém ganhou. E quanto aos milhares de homens, mulheres e crianças que são massacrados por conta dessa atitude? Ninguém se incomoda com eles? Cada um deles importa. Cada um e todos eles.

E este pinguim individual também importa. Pelo menos, importa para mim.

O filhote torna a levantar a cabeça. É tão novo, tão desamparado! Neste momento, nada no mundo é tão vital para mim quanto a sua segurança.

Terry suspira, claramente contrariada. Depois de trazê-lo para casa e compartilhar o calor do seu corpo com ele, começou a estabelecer um vínculo.

– *Por favor*, Dietrich.

Ele puxa a barba de um jeito tenso.

– Vou dizer uma coisa. Vamos pôr em votação.

Mike trata de resumir a situação com seu próprio jeito detestavelmente preconceituoso:

– E aí, a gente cria essa ave, passando metade da noite exaustos, emocionalmente ligados, tornando-a dependente de nós? Ou deixamos a natureza seguir seu curso?

– Nós deixamos o bebê morrer, é o que você quer dizer – intervenho.

– O *bebê*? Ele não é um humano, Verônica – Terry me lembra.

Dietrich ergue uma mão impaciente.

– OK. Chega! Conhecemos os fatos. Quem é a favor de cuidar do filhote aqui? – pergunta.

Ergo a mão no ato. Terry também levanta a dela. Ninguém mais o faz.

Mike olha feio.

– Verônica não é uma de nós. Não pode votar.

Dietrich ignora-o.

– E quem é a favor de colocá-lo de volta lá fora?

Mike levanta a mão. Nossos olhos voltam-se para Dietrich. Ele ergue a mão também, muito lentamente.

– Sinto muito, vocês duas. Sei que ele é um amor, mas nós não temos tempo mesmo, nem recursos.

– Exatamente! Eu não teria dito melhor – diz Mike.

Um lampejo de raiva cintila nos olhos de Terry.

– O que é isto, meninos contra meninas?

Ela se vira de repente e se dirige para a porta com o pinguim ainda apontando a cabeça para fora da sua parca.

Sigo-a para fora.

– Aonde você vai? O que vai fazer?

– Matá-lo.

Não posso acreditar no que acabei de ouvir.

– O quê?!

– Vou esmagar a cabeça dele com uma pedra. É a maneira mais bondosa e mais rápida. Melhor do que deixá-lo passar por uma morte longa e demorada por inanição.

Estou horrorizada.

– Você não pode fazer isso!

– Não é o que eu quero, acredite em mim, Verônica. *De jeito nenhum*. Mas não tenho uma porção de escolhas. Os homens decretaram – ela responde, amarga.

Puxo-a para trás.

– É, de fato, os homens decretaram, mas você precisa bater continência? Logo você vai ser a chefe dos procedimentos aqui. Por que não praticar um pouco de liderança e apenas insistir?

– Precisaríamos do apoio de todos para salvar este carinha – ela responde, em um tom resignado. – E até eu posso ver que, do ponto de vista científico, não é a coisa mais sensata a se fazer.

Ela está me escapando. Começa a se afastar.

– Não! – grito.

– Verônica, por favor, não torne isso ainda mais difícil. Sinto muito. Errei ao te deixar ter esperança.

– Você *não* estava errada. Não vou aceitar isso. Cientificamente sensato, é isso? Bom, a ciência que vá para o inferno. A ciência pode cortar fora seu próprio nariz para estragar sua cara e se desfigurar de qualquer outro modo que julgue apropriado, não dou a mínima. – Agora, estou ficando alterada. – Canalhas tristes, doentes, cruéis.

– Verônica!

Jogo meu bastão de lado e cambaleio de leve, depois recupero meu equilíbrio.

– Você pode ser uma cientista, mas *eu* não sou, como Mike observou acertadamente. Então, me dê o pinguim.

Ela me olha de um jeito idiota.

Minhas mãos estão esticadas em sua direção.

– Vamos lá. Dê ele aqui. Eu mesma vou cuidar dele.

– Verônica, você não pode fazer isso.

– Posso, Terry, posso, sim. Estou falando sério. Estou decidida. Farei o que for necessário, o que for preciso. – Ainda que seja a última coisa que eu faça nesta terra. – É claro que você pode me ajudar, se quiser – concedo. – Não como um dos cientistas, mas como amiga. – Surpreendi-me com esta última palavra.

Os óculos de Terry estão um pouco embaçados. A boca dela se contrai. Ela estica os dedos e acaricia a cabeça do filhote. Depois, no mais rápido dos gestos, agarra-o com as duas mãos e o joga para mim.

– Seu pinguim, sua responsabilidade?

– Quieta! – digo, aceitando o tiquinho e segurando-o junto a mim. Ele se move de leve, uma trouxinha minúscula feita de nadadeiras, pés e penugem. Apoia a cabeça no meu peito e parece relaxar comigo. Parece que meu coração se expande. Agora que o estou segurando, percebo (de maneira bem irracional, mas com uma força inegável) que seria totalmente impossível deixá-lo ir.

Terry observa. Pisca para afastar uma lágrima. Depois, apanha meu bastão, entrega-o para mim e se inclina na minha direção.

– Vou ajudar, claro que vou – ela cochicha. – Como *amiga*! – Sorri um sorriso travesso. – Verônica, como diabos você faz isso? Acabou de me fazer ir contra toda a minha lógica e toda a minha formação.

– E assumir toda a sua generosidade natural.

– Você é uma força a ser considerada.

– Eu sei.

Ela volta a acariciar o filhote.

– Por favor, não fique muito nervosa, caso ele não sobreviva.

– Se ele não sobreviver, pelo menos saberei que tentamos – respondo. – O que acho imperdoável é não tentar.

– Que nome vamos dar a ele? – ela pergunta.

Um nome atravessa a minha consciência, mas não consigo dizer esse nome. É outro nome que salta aos meus lábios, espontâneo, um nome que ficou aflorando à minha consciência ultimamente. Antes de poder me segurar, digo-o em voz alta:

– Patrick.

VERÔNICA

📍 *Ilha Locket*

– Ele pode ficar no meu quarto – digo a Terry, decidida, ao voltarmos para dentro. – Faremos um pequeno ninho para ele.

– Vá em frente e acomode-o, Verônica. Vou ver que peixe acho no depósito. Vamos precisar empurrar alguma comida dentro dele o mais rápido possível.

O bebê pinguim aninha-se em mim. Seus pés pendem soltos, a cabeça cai junto ao meu peito. Carrego-o de volta pela sala, sussurrando bobagens doces e ignorando o rosto descontente de Mike e Dietrich quando passo. Pouco antes de fechar a porta do meu quarto, ouço Dietrich dizer a Mike:

– Não se incomode com ela. É provável que a pobre ave acabe morrendo.

Aninho a "pobre ave" junto a mim.

– Você não vai morrer – tranquilizo-o. Ele não responde.

Onde posso colocá-lo? Coloco-o com delicadeza sobre a cama enquanto penso. Ele fica parado em uma posição meio reclinada, os olhos quase fechados. Minhas malas vazias estão empilhadas junto a uma parede do quarto. Inclino-me para a frente, fazendo minhas costas estalarem um pouco em protesto, levanto a menor das malas e coloco-a, aberta, sobre a cama, perto dos pés. Acolchoo-a com meu cardigã de lã turquesa com botões dourados. Coloco o órfão penugento dentro. Na mesma hora ele desmorona sobre sua barriga. Um rastro de fluido rosado pinga do seu traseiro.

– Não se preocupe com o cardigã – digo-lhe. – Tenho o mesmo em duas outras cores.

Ele não parece nem um pouco culpado. Se eu pudesse ler expressões de pinguim (e acredito que posso), diria que ele está manifestando puro espanto. Está mole como uma boneca de pano.

Na verdade, é difícil acreditar que não seja alguma espécie de bicho de pelúcia. Sento-me ao lado dele, na cama, acariciando sua penugem macia, tentando acalmá-lo. Mais tarde, vou lá fora pegar algumas pedras, conchas e liquens, para fazê-lo se sentir mais em casa.

Terry entra no meu quarto carregando uma vasilha de mingau rosado, de cheiro penetrante.

– Ah, vejo que você já sacrificou um cardigã – ela observa. – Poderíamos ter dado a ele um cobertor velho.

– Não tem a mínima importância. Que alimento você trouxe para ele?

– Atum em lata. Esquentei-o e amassei com água... Espero que ele goste. De qualquer modo, vai lhe fazer bem se conseguirmos, de algum modo, empurrar isso para dentro dele.

Ela se empoleira na cama, ao lado da mala, de modo que o temos entre nós. Tira do bolso uma pequena seringa.

– É do laboratório. Vamos fazer uma tentativa, então. – Enche a seringa e acena-a em frente ao bico do filhote. Ele demonstra pouco interesse. Ainda está em estado de colapso.

Será que, de fato, ele quer viver?, me pergunto. Assumi, desde o início, que ele queria, o que foi muito errado da minha parte.

– Como eu temia – Terry comenta. – Vamos ter que forçar a coisa.

Analiso o prato com o revoltante mingau.

– Espero que não tenhamos que regurgitar isso para ele. – A esta altura, começo a questionar onde estão os limites da minha afeição por esta criatura carente.

– Vamos lá, Patrick – Terry incentiva.

Mas o filhote não demonstra interesse pela comida e continua parecendo frágil.

– Vamos lá, Patrick! Patrick, vamos lá – incito.

Com delicadeza, Terry abre seu bico à força, usando o indicador e o polegar. Antes que ele tenha tempo para protestar, ela já soltou várias gotas da mistura goela abaixo. Fecha o bico e o segura fechado. O pequeno Patrick se retorce e se debate, depois engole. Vemos o volume descer pelo pescoço, o bolo de comida a salvo a caminho da barriga. Por um momento, ele parece revoltado que tenhamos tomado tal liberdade. Mas, de repente, parece entender: está com fome e isso é comestível, portanto toda a questão indigna deve ser classificada como uma coisa boa. Abre bem o bico, em uma clara indicação de que quer mais.

Terry volta-se para mim com um sorriso de triunfo.

– Bom, vencemos a primeira barreira.

Bato palmas de alegria.

– Incrível. Ah, Terry! Muito bem!

– Não foi nada – ela diz com modéstia, ao colocar a vasilha na cama. Passa-me a seringa. – O filhote é seu. Faz você.

Não preciso de mais incentivo. Pego uma quantidade generosa do mingau de peixe e solto-a dentro do bico aberto de Patrick. Desta vez, ele engole com mais vontade. Abre o bico de novo.

Nós nos revezamos para alimentá-lo. Depois que ele comeu bem, Terry e eu nos cumprimentamos.

– Obrigada, Terry.

– Obrigada, Verônica. Estou feliz que tenha insistido. Ele vale o trabalho. Não é, pequeno Patrick? – diz para nossa nova incumbência.

Ele já parece mais forte. Tenho certeza de que posso ver uma centelha de determinação iluminar-se em seus olhos brilhantes, uma força de vontade obstinada. Ele quer mesmo viver. Vai dedicar seus melhores esforços para isso. Está ávido para desafiar as probabilidades.

Não sou a única teimosa por aqui.

Ainda vou até a colônia de pinguins, para estar em meio às outras aves diariamente, mas apenas por um curto período. Patrick, o Pinguim, tornou-se minha principal preocupação. Agora conheço o lugar de todos os diversos tipos de peixe na base do campo. Além de atum, tem bacalhau congelado, arenque e filetes de peixe empanado. Depois de descongelados, tiro a pele, as espinhas ou a massa, aqueço-os no forno, amasso-os cuidadosamente com água e sirvo-os direto dentro do bico de Patrick, com a seringa. É uma sensação rara e agradável ser útil a outro ser vivo.

Terry também vai tentar pegar para ele um pouco de krill, porque é o que ele estaria comendo na natureza, sob a forma regurgitada. Existem indústrias da pesca em algumas das ilhas.

– Em geral, não faço negócio com eles – ela me informou. – Sinto-me um pouco ambivalente em relação a eles, porque a pesca predatória é uma das grandes ameaças ao futuro dos pinguins. Ainda assim, se pudermos ajudar nosso Patrick...

Patrick está ganhando força dia a dia. Passa muito tempo aconchegado no cardigã turquesa, dentro da mala, que agora está no chão. Gosta de brincar com os botões dourados do cardigã. Acho que fica entretido com o formato redondo e o brilho, como aconteceria com qualquer criança.

Ele consegue gingar pelo chão do meu quarto e fazer breves incursões na sala. É claro que é incapaz de abrir a porta sozinho e não entende o conceito de bater. Se quer sair, espera, encostado na porta. Isso me aflige porque corre o risco de ser espremido, caso alguém do outro lado abra a porta de repente. Quase aconteceu uma vez, com Dietrich. Sugeri que, para evitar isso, deveríamos sempre perguntar "Pinguim à vista?" antes de abrir. Mas não dá para confiar que as pessoas se lembrem.

Terry diz que é de importância vital que ele não desenvolva agorafobia, e que devemos deixá-lo vagar pelo centro de pesquisa. Por esse motivo, aceitei o fato de que a maioria das portas internas da casa terá que ficar aberta. No começo, achei difícil e estressante, mas estou me acostumando. O pinguim Patrick tira total vantagem da sua liberdade e perambula à vontade.

Infelizmente, como seu xará, ele não entende os princípios básicos de higiene. Acontecem pequenos acidentes o tempo todo, exigindo o uso de detergente potente e um esfregão. Se Eileen estivesse presente, a tarefa seria designada a ela, mas, como os três cientistas estão fora a maior parte do dia, a responsabilidade é minha. Não sinto prazer em ficar jogando baldes d'água, mas a necessidade exige. Com surpresa, descubro que enfrento o desafio sem o menor traço de ressentimento.

Mais surpreendente ainda é o fato de que meu bebê pinguim parece ter se afeiçoado a mim. Se o levo para a cama, ele se arrasta até a dobra do meu braço e se pressiona contra mim. Estou ciente de que qualquer filhotinho procurará alguma coisa quente para se aconchegar, mas não posso deixar de ficar profundamente encantada de que, neste caso, a coisa quente sou eu.

O querido animal nem mesmo se importa quando, se suas partes inferiores ficam sujas, eu o esfrego na pia. Parece achar que é uma brincadeira. Enfia e tira a cabeça da água, abre e fecha o bico de um jeito encantador. Depois, dá uma chacoalhada com o corpo todo, espalhando gotas pelo ar. Repreendo-o com delicadeza, por me molhar, mas é impossível ficar brava com ele.

Terry ainda divide comigo a função de alimentar, mas fica fora a maior parte do dia. Sempre corre para o meu quarto, quando volta, para ver como Patrick está. Às vezes, ela o mede e pesa. Com frequência, tira fotos de nós dois juntos para o blog.

– Você reparou que ele reconhece o próprio nome? – perguntei a ela durante o jantar, ontem à noite. – Ele estica as nadadeiras para fora e arregala os olhos sempre que dizemos a palavra "Patrick". E às vezes também abre o bico.

– É, reparei – ela respondeu. – Bom, nós usamos *muito* o nome dele.

– Às vezes você o chama de "salsichinha" – observo. – Mas isso não provoca reação. O que ele reconhece é o nome "Patrick".

– Ele não sabe que é o nome dele – Mike insiste com sua costumeira aspereza. – Já ouviu falar dos cachorros de Pavlov?

– Lembra-me alguma coisa – respondi.

– Rá, rá, muito engraçada.

Dietrich vê-se no dever de explicar:

– Como você se lembra, Verônica, Pavlov sempre tocava um sino antes de alimentar seus cachorros. Logo, os cachorros começaram a associar o som à comida, de modo que, depois de um tempo, o mero som do sino levava-os a salivar em expectativa. Provavelmente acontece coisa parecida com o seu Patrick. Os bebês pinguins têm uma audição muito refinada. Podem detectar o chamado dos pais em meio à agitação ensurdecedora do viveiro. Você é a mãe substituta de Patrick e diz o nome dele sempre que o alimenta. Não é de se surpreender que ele tenha passado a reconhecer a palavra tão rapidamente.

– Não passa de uma reação primitiva – concorda Mike.

Mike está decidido a apagar qualquer traço de fofura na personalidade de Patrick. Refere-se a ele como "a ave". Logo no começo, tinha certeza de que meu bebê pinguim morreria, e todos nós sabemos que Mike não gosta de estar errado. No entanto, às vezes, quando acha que ninguém está olhando, oferece um pedacinho de gulodice para nosso novo morador. E em seu rosto vejo a coisa mais rara: um sorriso carinhoso.

📅 *26 de dezembro de 2012*

Bom, foi um Natal especial este ano! Fizemos um gesto simbólico como celebração: um jantar de Natal bem decente e divertimentos à noite, com jogos de tabuleiro e algumas músicas natalinas, cortesia do aparelho de som de Dietrich. Mas a novidade mais importante é que agora temos nosso próprio bebê pinguim adotado! Ele perdeu os pais, infelizmente uma ocorrência normal aqui na ilha Locket. Embora, em outras circunstâncias, não cogitaríamos em cuidar por nossa conta de alguém tão novo, no momento temos um par extra de mãos, e Verônica estava muito ansiosa para ajudá-lo. Será interessante estudar o comportamento e monitorar o progresso do bebê pinguim.

O filhote (demos a ele o nome de Patrick) é um garoto determinado. Tinha apenas 510 gramas quando chegou, na semana passada, mas desde então quase dobrou de peso. Vocês o veem aqui com Verônica, sendo alimentado com seu próprio jantar de Natal: uma fórmula feita com krill e arenque. Está disposto a qualquer coisa e não se importou (pelo bem da câmera) de usar um chapéu festivo – ao contrário de Verônica!

Nossa regra é nunca interferir na vida dos adélias, mas Patrick, o Pinguim, é um caso excepcional e parece mais do que feliz em companhia de Verônica. Acho que vocês vão concordar que é um vínculo bem fora do comum. ▪

PATRICK

◉ *Bolton*

Certo, este sujeito Giovanni foi um caso passageiro? Será que foi ele que a engravidou? Acabou se revelando um canalha? E ela vai dar com a língua nos dentes sobre o que aconteceu com Harry? Agarro o diário e dou uma folheada, lendo os registros de vez em quando, procurando respostas.

Sexta-feira, 15 de agosto de 1941
Dunwick Hall

Algumas garotas ficaram aqui nas férias, e sou uma delas. Só volto para a casa da tia M nos fins de semana, e só porque ela sente que precisa fazer algum gesto em relação a tomar conta de mim, ou Deus ficará zangado. Srta. Philpotts e Srta. Long, duas professoras muito cansativas, estão o tempo todo aqui, em Dunwick Hall, supervisionando-nos, mas descobri maneiras de enganá-las. Porque preciso enganá-las, se quiser me encontrar com o meu Giovanni. Os encontros de sábado, às escondidas, no mercado, já não bastam. Jogo uma professora contra a outra, dizendo a uma que estou doente, e à outra que minha tia requisitou minha presença em Aggleworth. Deixo uma trilha de confusão por onde passo. Elas são muito preguiçosas e estúpidas para imaginar que, na verdade, estou me esgueirando para encontrar meu amante.

Este novo episódio da vida é diferente de tudo que já vivi. Estou nadando em um oceano louco e luminoso de magia. Estou gloriosa, excitante e profundamente imersa em amor!

Por sorte, na fazenda Eastcott, eles confiam em Giovanni para sair sozinho com a charrete. Ele é bom para arrumar pretextos de modo a poder me encontrar em lugares e horários pré-combinados. Depois de passar pelos portões da escola, ando quilômetros pelas estradinhas do campo para chegar ao lugar secreto do encontro. Escolho apenas os lugares mais românticos, mapeados a partir das minhas viagens no carro de leite. Às vezes é debaixo de um carvalho amplo, às vezes dentro de um celeiro cheirando a feno, às vezes ao lado das margens de um riacho, cobertas de margaridas. Tem vezes em que só podemos nos encontrar por poucos minutos, para trocar beijos e cochichar palavras sobre uma cerca. Se nos desencontramos, deixamos cartas de amor debaixo de pedras, marcando-as com um único dente-de-leão.

Quanto mais difícil é chegar até Giovanni, mais parece aumentar o meu desejo por ele. Sonho e me inquieto durante o tricô, as tarefas de limpeza e os estudos entediantes que Srta. Philpotts prepara para nós. Durante as refeições, nem ao menos tento conversar com as outras meninas. Só vivo para a próxima vez em que verei Giovanni.

Na última vez em que nos encontramos, me escondi atrás de uma árvore para ver a reação dele quando pensasse que eu não viria. Pareceu bem desapontado... até eu começar a cantar. Ah, como seus olhos faiscaram!

– Very, você veio! Que esplêndido! – exclamou, envolvendo-me em seus braços.

Adoro seu uso engraçado do inglês, especialmente o constante uso da palavra "esplêndido". Eu mesma comecei a usá-la obsessivamente.

– Seria muito esplêndido se você me beijasse de novo.

– Seria muito esplêndido se você desabotoasse a minha blusa.

– Seria muito esplêndido se você pusesse as mãos aqui e aqui, devagar, mas firme.

Ele está sempre feliz em obedecer.

Quando sinto a pele de Giovanni na minha, a guerra, a dor e a raiva, tudo se dissolve. Estamos juntos, e nada mais importa.

Segunda-feira, 25 de agosto de 1941
Dunwick Hall

Giovanni e eu conseguimos ficar juntos durante uma tarde inteira ontem, enquanto tia M estava em uma reunião na igreja.

Vagamos por uma campina relvosa, pontilhada com dentes-de-leão, nossa flor. Algumas eram de um amarelo resplandecente, mas muitas tinham virado um pompom. Enquanto caminhávamos de mãos dadas, milhares de sementes felpudas voavam na brisa como confetes, no jorro da luz do sol. Aproveitei a oportunidade para perguntar a Giovanni sobre sua vida.

Ele nasceu em 1923, o que o faz ter 18 anos, três a mais do que eu (embora ele ache que a diferença é menor porque disse a ele que tenho 17). É apegado a toda sua família, em especial à mãe.

– Quando fui convocado, minha mãe chorou em altos gritos, com lágrimas como o mar! Fez com que sair de casa fosse ainda mais difícil para mim.

Isso me fez lembrar minha retirada de Londres, e a visão dos olhos vermelhos e inchados de mamãe. Afastei a lembrança da cabeça e perguntei a Giovanni se ele gostava do exército.

Ele disse que, depois de se acostumar com sua nova vida, gostava de se divertir com seus companheiros soldados. Mas tinha se sentido muito ignorante a respeito da guerra. Recebera um treinamento mínimo no exército, antes de ser mandado para a Líbia com seu batalhão.

Tentei imaginar isso. Não faço ideia de onde fica a Líbia.

– Você teve medo?

– Tive. – Ele arrancou um dente-de-leão e soprou os tufos brancos no ar. – Tive medo de matar alguém e medo de alguém me matar.

Mas o exército britânico atacou e capturou todo o batalhão antes que ele tivesse a chance de disparar um único tiro. Foram mandados juntos primeiro para o campo de prisioneiros de guerra no Egito, dali para Londres e depois espalhados pela Grã-Bretanha. A base do campo onde ele foi parar fica em uma cabana pré-fabricada com chapas de metal, a cerca de 25 quilômetros da fazenda Eastcott. Abriga duzentos prisioneiros de diferentes partes da Itália.

– Pensei que a vida como prisioneiro seria ruim, ruim, ruim, mas não é tão difícil. Seu país perdeu muitos homens, muitos trabalhadores. Para o trabalho, eles usam as mulheres muito mais do que antes, mas ainda assim não basta. A Inglaterra precisa de mãos extras. Então, veja! Nós, italianos, somos prisioneiros, mas, se trabalharmos, eles concordam em nos pagar. Em cigarros, em cupons para comida, em pequenas amostras de liberdade. Então, o que você acha que dissemos, quando eles perguntaram se iríamos cooperar?

– Disseram que sim.

– Alguns dos meus amigos italianos acham que Mussolini um dia vai atirar neles, caso concordem, então disseram não. Mas, mesmo assim, esses homens são mandados para trabalhar em grupos supervisionados. Eu disse sim, então agora posso ficar na fazenda Eastcott e ter alguma liberdade... E tenho estes extras muito esplêndidos. – Ele acariciou o meu rosto com um dedo suave. – Seu rosto – disse, maravilhado. – Seu lindo, lindo rosto.

Foi ridículo demais, mesmo assim fiquei ronronando.

Quando paramos de nos beijar, pedi-lhe uma mecha de cabelo. Tinha trazido tesoura para isso. Cortei o cabelo e enfiei-o com cuidado no meu medalhão, juntamente com os cabelos de mamãe e papai.

Giovanni pareceu bem comovido e sensibilizado com o meu gesto.

– Você vem viver comigo na Itália, Very, depois da guerra?

Olhei para ele ali parado, as sementes penugentas do dente-de-leão flutuando à sua volta como fadas dançando.

– Vou, com certeza – respondi.

– Ah, Very, minha querida adorada! – ele exclamou, erguendo-me em seus braços. – Mas talvez você queira ficar em seu próprio país.

Fiz uma careta.

– Nem um pouco. Ah, não. Longe disso.

– Então, te mostrarei as *piazzas* e as fontes esplêndidas. Vamos passear à sombra das oliveiras...

– O que são oliveiras? – perguntei. Precisava ficar mais bem informada, se for viver na Itália um dia.

– Oliveiras? Claro que são as árvores onde crescem as azeitonas!

– Mas o que é uma azeitona?

– Ah, Very, minha linda, existem muitos e muitos tipos de azeitonas. São verdes, ou pretas, ou roxas, deste tamanho – ele me mostrou – e são doces e amargas ao mesmo tempo. Têm gosto da luz do sol e de terra e... – Ele parou por um momento. – Têm gosto de juventude.

Dei um tapa no peito dele.

– Te amo esplendidamente mesmo – disse.

Quinta-feira, 4 de setembro de 1941
Dunwick Hall

As aulas voltaram. Não importa. Continuo apta a escapar de Dunwick Hall. Mas estou preocupada. Hoje faltei à aula de Geografia para ficar com Giovanni. Disparei pela estradinha até a beira do bosque, onde tínhamos combinado de nos encontrar, e não havia sinal dele. Esperei, no mínimo, meia hora. Nenhum recado também. Olhei debaixo de todas as pedras para ter certeza. Sei que nem sempre é fácil para ele, mas fiquei irritada mesmo assim. Chovia, e quando voltei, meu cabelo estava grudado no rosto. Fiquei muito cansada e nervosa.

Terça-feira, 30 de setembro de 1941
Dunwick Hall

Medo. Só sinto medo. Medo, como um líquido rançoso subindo mais e mais a cada dia, enchendo todos os meus pensamentos. Não o vejo há semanas. Ele não está mais na feira aos sábados. Sr. Howard também não, então nem posso perguntar a ele. Giovanni sabe onde moro, sabe onde fica a casa de tia M. Com certeza acharia um jeito de entrar em contato comigo, se tentasse de verdade. Será que não me ama mais? Conheceu outra pessoa? Apaixonou-se por uma das camponesas da fazenda Eastcott? Nunca me preocupei com elas, mas acho que uma delas era bem bonita. Conheço tão pouco sobre os homens!

Não, não posso, não vou acreditar que meu amado Giovanni me tenha sido infiel. Então, será que sofreu algum acidente? Estará, pode estar, morto? Meu coração grita só com a possibilidade. Mas me obriguei a imaginar sua morte em todos os detalhes sangrentos, para me preparar para o pior. O mais difícil é não saber. Poderia tentar perguntar a Janet, mas agora ela me odeia e tenho certeza de que não me contaria.

Giovanni, onde está você, onde está você, meu amor? Sinto tanto a sua falta que me sinto doente.

Sábado, 11 de outubro de 1941
Aggleworth
Quando as tristezas vêm, elas não vêm como simples espiões, mas em batalhões.

Finalmente, encontrei Sr. Howard na feira nesta tarde. Ele me contou que o acampamento de Giovanni foi requisitado para outro trabalho de guerra, e todos os prisioneiros foram realocados.

– Sinto muito, senhorita. Não sei para onde eles foram.

Não sei o que fazer com esta desgraça. Não faço ideia se algum dia voltarei a ver o meu Giovanni.

Estou muito cansada. Totalmente exausta e esgotada.

Sexta-feira, 31 de outubro de 1941
Dunwick Hall
Reparei em uma coisa e fiquei assustada. Embora mal tenha comido, minha barriga começou a crescer.

Agora sou uma mulher. Devia ter percebido antes.

O que mamãe e papai pensariam de mim? Ficariam horrorizados e envergonhados? Ainda assim, a culpa é deles que isso tenha acontecido. Por que tiveram que me deixar? Por quê? E agora Giovanni também me deixou. Todos me deixam.

Hoje, abri meu medalhão para jogar fora as três mechas de cabelo. Quase joguei-as pela janela do dormitório, mas agarrei-as de volta bem a tempo. Assim que voltaram a estar seguras lá dentro, tive que correr para a pia. Estava violentamente enjoada.

Soube que o que se tem a fazer é sentar-se em uma banheira quente e tomar gim, mas não há banheiras quentes disponíveis na escola, nem na casa de tia Margaret, e com certeza não há gim. No sábado, planejei roubar o vinho de comunhão da igreja de Aggleworth, esperando que funcionasse, mas as garrafas estavam trancadas, e a chave, na sacristia.

A única outra maneira deve ser me machucar. Todas as manhãs e noites, tranco-me no banheiro e esmurro meu estômago até não aguentar mais de dor. Até agora, não adiantou. O bebê está decidido a ficar grudado dentro de mim.

Quarta-feira, 10 de dezembro de 1941
Aggleworth

O que vai ser de mim? Não consigo imaginar. Sou uma prisioneira aqui no meu quarto, e na casa de tia M. Só posso aliviar meus medos escrevendo, então escrevo o que aconteceu hoje.

Tudo começou nesta manhã, quando, literalmente, dei um encontrão em Norah a caminho da aula de Matemática. Conforme nos desequilibramos, agarrei minha barriga por instinto. Ela olhou para baixo, depois para o meu rosto e em um instante soube. Cheia de fúria, voou para cima de mim como um gato selvagem.

– Harry disse que você tentou com ele, mas que ele não fez. Está mentindo, não está? Não está? – Ela me empurrou contra a parede. – Você e ele fizeram juntos, não foi, sua à toa? E agora tem o bastardo dele dentro de você.

Fiquei tão chocada com o veneno dela que não respondi.

Norah enfiou um dedo no meu rosto.

– Não conseguiu se segurar, não é?

Suas sardas pareciam fervilhar em sua pele afogueada. Minha recusa em responder deixou-a ainda mais louca.

– Não vai mais ser tão bonita quando eu tiver acabado com você! – ela gritou, esticando os punhos.

Reagi. Em meio aos tapas e arranhões violentos que se seguiram, pude ouvir o barulho de sapatos vindo pelo corredor. Depois, a voz de Srta. Philpotts:

– Meninas, meninas, parem com isto! Parem com isto já!

Ela nos separou. Encaramo-nos ofegantes. O nariz de Norah sangrava, e seu cabelo tinha se soltado da redinha. Podia sentir arranhões profundos na minha face esquerda.

Srta. Philpotts nos levou escada acima até a sala da diretora. Srta. Harrison ergueu os olhos da mesa, escandalizada com nossa aparência.

– Estou chocada, meninas. O que vocês têm a dizer a seu favor?

– Sinto muito, diretora – Norah gemeu, enquanto apertava um

lenço avermelhado sobre o nariz. – Não consegui ficar sem fazer nada. Fiquei brava por causa do... – ela fez uma pausa cheia de acusação e arrogância – do que ela fez com o meu namorado.

A diretora virou-se para mim.

– Isso não está soando bem. Verônica, o que você tem a dizer em sua defesa?

Mantive a cabeça erguida, ignorando minha face que ardia. Decidi me ater à estratégia de não dizer nada.

Norah interveio:

– Com o devido respeito, diretora, olhe para ela. Ela não sabe o que dizer, e posso contar por quê. Porque ela está grávida.

A voz da diretora ficou mais alta e mais aguda.

– É verdade, Verônica?

Não podia negar.

– Você tem 15 anos! Não passa de uma menina! Como é que isso pôde acontecer? É inacreditável, absurdo. – Ela passou a gritar. – Grávida aos 15 anos! Quinze! Você me dá repulsa, Verônica McCreedy. Fizemos o máximo por você, sob circunstâncias muito difíceis. Sim, você sofreu uma perda terrível, e os tempos estão difíceis, mas isso não é maneira de uma menina decente se comportar. Onde está seu senso de lealdade para com esta escola, com a memória dos seus pais, com sua pobre tia idosa que teve que cuidar de você?

Eu devia estar cheia de remorso e humildade, mas não estava. Sentia-me desafiadora.

– É impossível você continuar nesta escola – ela prosseguiu. – Você envergonhou todas nós. Vou telefonar para sua boa tia e pedir que venha buscá-la imediatamente.

– Como quiser.

Norah olhou para mim com olhos cintilando de raiva.

Elas telefonaram para tia M, mas ela não veio me buscar. Em vez disso, recebi a ordem de ir para a casa dela por minha conta. Tive que caminhar quarenta minutos até o ponto de ônibus, depois esperar uma hora pelo transporte e então caminhar toda a distância até Aggleworth.

Quando cheguei, minha tia-avó estava à porta.

– Não pise dentro desta casa.

– Por favor, tia Margaret. Estou cansada.

– Cansada? Cansada? E de quem é a culpa? No minuto em que pus os olhos em você, sabia que não dava para confiar. Menina desprezível, ingrata, obscena, odiosa, imoral, fazer uma coisa dessas, envergonhar a memória dos seus pobres pais, me cobrir de vergonha.

Ela enveredou por um longo discurso. Ao que parece, telefonou para a fazenda Eastcott, tentando forçar Harry a se casar comigo, o que, é claro, ele não faria.

– Também não tenho intenção de me casar com ele – declarei. – Ninguém pensou em pedir a minha opinião?

– Ele jura que o bebê que você está carregando não é dele. Contou-me de um jeito dos mais grosseiros que se recusa a criar a criança de outro homem e usou outra palavra que não vou me dar ao trabalho de repetir. Jura que nunca encostou em você. Olhe nos meus olhos e me diga: o pai é Harry Dramwell?

– Não.

Se não tivesse me desvencilhado das suas garras e cuspido no rosto dele naquela noite, poderia ter sido. Mas não era Harry e fico feliz por isso.

– Deus te perdoe, menina! Com quantos homens você andou saindo? Se não foi ele, então quem é?

Joguei as palavras na cara dela:

– Um homem dez vezes melhor do que Harry. Um homem que eu amo com todo o meu coração. E não precisa se preocupar, tia, porque, depois que a guerra acabar, nós vamos morar em outro país e levar nosso bebê para longe daqui.

Nosso bebê. Nunca tinha dito isso antes. As palavras ficaram gravadas no meu coração.

Começou a chover forte no meu cabelo e nos meus ombros. Tia M, contra a vontade, se afastou para me deixar entrar.

– Quem é ele? – perguntou.

– Um soldado.

– Mas como você pôde conhecer um soldado?

Despenquei em uma cadeira.

– *Não há nada que seja bom ou mau, mas o pensamento faz com que seja* – murmurei, mas a citação lhe passou despercebida.

– Você não vai comer nada, Verônica, nem uma migalha, até me contar.

Eu já tinha perdido demais. Parecia não restar mais nada que eu pudesse perder.

– Meu amor é um homem bom, nobre – respondi, com a voz contundente como agulhas. – Ele estava lutando pelo próprio país.

– Um alemão? – ela perguntou, com um susto.

– Um italiano.

Seus traços distorceram-se em um campo de batalha de reações. Nunca tinha visto uma raiva tão silenciosa.

Senti falta de Giovanni. Se pelo menos pudesse falar com ele, sentir novamente seus braços à minha volta, tudo ficaria bem.

Quinta-feira, 11 de dezembro de 1941
No convento

Enquanto eu escrevia, ontem, minha tia fazia telefonemas no andar de baixo. Uma hora depois, um Austin 7 estacionou em frente à casa.

Permitiram que eu levasse algumas coisas: meu diário, meu medalhão e minhas roupas. Quando entrei no carro, a motorista (uma mulher baixa e rechonchuda, vestindo roupas de lã sóbrias) me olhou de cima a baixo.

– Sorte sua que tínhamos gasolina – comentou, ao ligar o motor.

– Sorte minha? – perguntei, baixinho.

Tia M não saiu para se despedir de mim.

Minha nova casa é uma prisão de imaculadas paredes brancas, cadeiras duras, crucifixos e relógios barulhentos. Aparentemente, não há lares para mãe-e-bebê na região, então tia M consultou seus contatos na igreja c descobriu este convento, onde as freiras estão dispostas a cuidar de mim, por enquanto. Perfeito para tia M. Ela sentirá que fez a coisa certa. Sua consciência não vai pesar por minha causa, e ela pode continuar a levar sua vida monótona em paz.

Quinta-feira, 1º de janeiro de 1942

Mais um ano começa. Quem iria imaginar que eu estaria grávida e morando em um convento?

Não gosto daqui.

Na escola, eu era tratada como criança. Aqui sou tratada como um cachorro. As freiras me veem com repulsa. Evitam falar comigo quando estão na mesma sala, e evitam qualquer contato físico, como se fossem se conspurcar ao tocar em mim. Era para eu sentir vergonha, mas meu ânimo se ergue e se rebela. Só sinto raiva.

Toda manhã, sou obrigada a assistir à missa na capelinha. Levanto-me quando devo me levantar, sento-me quando devo me sentar e me ajoelho quando devo me ajoelhar. Mas ninguém controla o que se passa na minha cabeça. Só rezo por uma coisa: que meu Giovanni volte, me encontre e me leve com ele para a Itália.

A missa é monótona, mas pelo menos é um alívio para as horas incansáveis de trabalho. Mandam-me esfregar o chão e trabalhar na lavanderia, lavando, torcendo e pendurando os hábitos das freiras. O trabalho deixa minhas mãos vermelhas e esfoladas. Estou constantemente exausta. Uma mulher esquelética, de rosto amargo, chamada irmã Amélia foi designada para tomar conta de mim. Ela pouco faz para disfarçar seu desgosto pela função.

– Por que tenho que fazer isto para vocês? – perguntei ontem, com espuma de sabão até os cotovelos.

Ela juntou as mãos com ar de quem está perdendo a paciência.

– A madre superiora, que é sábia e generosa, decidiu o que é mais benéfico para você. Ela sabe que, com frequência, o mundo material reflete o mundo espiritual. O trabalho de limpeza ajudará a purificar a sua alma.

– Não tenho alma – retorqui.

– Nunca mais me faça escutar você dizer tal coisa!

– Não tenho alma. Não tenho alma, não tenho alma – cantei no ritmo com que batia as roupas molhadas na tábua de lavar roupa.

Fiz mais uma inimiga.

Não sinto falta de tia Margaret, nem das minhas colegas ou das minhas lições. Mas sinto falta do pouco de liberdade que tinha antes. Sinto falta do espaço aberto do campo. Ainda sinto falta dos meus encontros secretos com Giovanni e, mais do que nunca, sinto falta de mamãe e papai.

Sexta-feira, 24 de abril de 1942

Já não escrevo muito aqui, não é? Para que serve? Só estou escrevendo agora porque estou entediada e queria que tudo tivesse terminado.

Não tenho mais que lavar roupa. Estou confinada em um quarto pequeno e escuro. Um trio alternado de freiras me visita para ter certeza de que continuo viva. Trazem uma dieta de pão branco, ovos em pó, cozido e caldo escuro. Mantêm uma vigilância constante e verificam que eu não saia da cama. Tentei abrir a janela, mas está trancada e a chave foi levada. Elas parecem dispostas a manter fora do quarto o ar fresco e a luz do dia.

Meu corpo já não me pertence. É um veículo para uma nova força que ninguém pode deter. Minha pele estica-se ao redor da criatura bulbosa que se expande dentro de mim. Para onde quer que me vire, não consigo ficar confortável. Quando consigo dormir, sonho com papai e mamãe e com meu amado Giovanni, e eles estão escapando de mim em um grande desabamento de terra. Acordo gritando por eles. Mas não vou fraquejar. Não vou chorar.

Fora dos muros fechados da minha vida atual, a guerra continua. Nunca há qualquer recado de tia Margaret.

Não me sinto mais eu mesma. Não me sinto nem um pouco um ser humano. A presença crescente em minha barriga suga toda a minha vida. Tento imaginar o calombo como uma pessoinha com um futuro que se estende adiante, cheio de promessas, mas não consigo. Só a quero fora de mim, uma entidade separada, e então eu poderia voltar a pensar.

Segunda-feira, 4 de maio de 1942

Não estou mais sozinha neste mundo. Sou mãe! Tenho um bebê minúsculo e lindo para amar. Se pelo menos minha própria mãe estivesse aqui para vê-lo! E papai. Papai o teria adorado. E Giovanni. Posso imaginá-lo segurando nosso filhinho no alto, seus olhos brilhando de orgulho. Como gostaria que ele estivesse aqui!

O sangue e a dor foram realmente terríveis. De abalar a terra. Mas não quero me lembrar disso agora, porque tudo está diferente. Ele está aqui, uma vida nova, meu próprio filho. De rosto vermelho, contorcendo-se, mas perfeito em todos os sentidos. Fico encantada com os dedos minúsculos dos pés e das mãos. Cada vez que olho para ele, sou tomada por um ataque de amor extremo. É um tipo de amor diferente de qualquer um que já tenha sentido. É violento em sua intensidade... e, no entanto, tão terno que quase dói.

– Você é... você parece meio de borracha... e é muito estranho... mas é delicioso! – sussurro para meu bebê. Ele gorgoleja de volta para mim.

Decidi lhe dar um nome italiano, mas só conheço dois: o de Giovanni e o do pai de Giovanni.

– Enzo. Você tem cara de Enzo? – acabei de perguntar a ele. Suas mãos socam o ar de excitação. Acho que ele gosta do som *staccato* da palavra.

Consegui achar a tesoura que irmã Molly usou para cortar o cordão umbilical. Com cuidado, cortei algumas mechas do cabelo escuro de Enzo para o meu medalhão.

Ali, logo ao lado do cabelo do seu pai, pequeno Enzo. Um dia você vai conhecê-lo, meu querido menino italiano. Tenho certeza disto.

Sexta-feira, 1º de janeiro de 1943

Mais um ano terminou, outro ano começou. Tenho 16 anos e ainda moro no convento. Enzo e eu nos damos bem. Cuidamos um do outro. Mais do que isso, temos prazer um com o outro. Agora nunca estou sozinha.

– Somos eu e você contra o mundo, meu queridinho – cochicho para ele. – Até seu pai vir. Só até seu pai vir...

As freiras não reparam muito em Enzo. Voltei a trabalhar na lavanderia e o mantenho por perto. Na maior parte do tempo ele se retorce e dá risadinhas em seu berço, ou levanta os bracinhos e faz movimentos no ar como se tocasse um violino imaginário. Sempre que posso, coloco-o no chão e o vejo engatinhar, explorando tudo. Quando ele ri, rio com ele; quando chora, seguro-o junto ao coração até que volte a ficar feliz. Quando se suja, uso chumaços de panos limpos e úmidos para limpá-lo e deixá-lo impecável. Suas fraldas me dão um trabalho extra de lavagem, mas fico muito mais feliz em servi-lo do que àquelas freiras estúpidas.

Com frequência, largo a roupa e corro para pegar Enzo em meus braços e embalá-lo. Canto "You Are My Sunshine" ou qualquer música que me venha à cabeça, e ele adora. Coloca os dedinhos em volta do meu polegar e segura com força, ou agarra os anéis soltos do meu cabelo. Só completo metade do trabalho que fazia antes.

O pobre Enzo não tinha nenhum brinquedo, mas agora peguei uma meia velha e fiz um fantoche para ele. Em uma noite, fiquei acordada até tarde, costurando uma cara de gato nela, uma cara com um grande sorriso e bigodes de lã. Sempre que enfio o fantoche na mão e faço-o miar, Enzo grita de alegria.

Também descobri que tem uma biblioteca no convento. Em grande parte, são só livros religiosos, mas também há alguns romances clássicos, que eu amo. À noite, leio *Ivanhoé* em voz alta, embalando meu filho no colo. Ele olha com seus olhos grandes e escuros e se aconchega, tranquilizado pela minha voz. Então conto a ele tudo sobre seu lindo pai e como um dia nós três vamos viver juntos na Itália e comer azeitonas esplêndidas.

PATRICK

O quê? Acabou? Não tem mais nada. Só um monte de páginas em branco.

Não acredito. Por que ela parou de repente? Estou completamente confuso. Parece que ela amava aquele bebê, parece que era louca por ele. Mas sei que, a certa altura, ela o deu em adoção. Que diabos...?

Fica tudo girando e girando na minha cabeça. Vou ter que encontrar vó V quando ela voltar da Antártica e ver se consigo fazer com que ela me conte mais. Não faço a menor ideia de quem é essa mulher.

VERÔNICA

◎ *Ilha Locket*

Está acontecendo alguma coisa com meu coração velho e ressecado. Após sete décadas inativo, parece estar voltando a acordar. Só posso atribuir isso à presença constante de um pequeno pinguim, redondo e fofo.

Na verdade, adoro o pinguim Patrick muito mais do que deveria e muito mais do que estou preparada para admitir. O fato de cuidarmos dele em conjunto também parece ter me aproximado mais de Terry.

É a noite depois do Natal e só tenho poucos dias a mais na ilha Locket, antes de precisar partir para a Escócia e deixar os dois. Terry está sentada ao meu lado, na minha cama, e Patrick está jogado sobre os meus joelhos, com as duas nadadeiras abertas. Acabamos de dar para ele um jantar de purê de filetes de peixe empanados, e sua expressão é de puro êxtase.

Terry pega o prato vazio.

– Acho melhor ir fazer alguma coisa útil.

– Não, não vá ainda!

Ela pousa o prato e me olha com curiosidade.

Estou vivenciando uma sensação completamente nova, um desejo de me abrir, tanto para Terry quanto para o pinguim. Decido me satisfazer. Afinal, o que tenho a perder?

Começo em tom lento e calculado, com frases estruturadas com cuidado. Falo de coisas que nunca imaginei que fossem passar pelos meus lábios. Conto à minha plateia de dois tudo sobre a minha retirada de Derbyshire para Dunwick Hall; conto sobre tia Margaret, sobre as minhas supostas amigas, Janet e Norah, sobre a morte terrível dos meus pais. Conto sobre Harry e Giovanni. Revelo minha gravidez de adolescente e meu consequente banimento para o convento.

Patrick se agita, intrigado por eu estar falando tanto. É um estado de coisas muito incomum. Rola de lado, para me ver com um só olho. Seus pés deslizam do meu colo, e Terry, que chegou mais perto sem perceber, levanta-os com delicadeza e os coloca sobre seus joelhos, de modo que ele fica como uma ponte entre nós duas.

Não olho para Terry enquanto falo. É mais fácil assim. Em vez disso, fixo os olhos em meu filhotinho de pinguim, agradando vagamente seu peito com um dedo. Extraio algum conforto da sua cara, tão jovem e ansiosa.

A próxima parte é difícil.

Nunca pensei que fosse compartilhar com alguém o que aconteceu com meu bebê. No entanto, de algum modo, agora, neste centro de pesquisa de campo na ilha Locket, península Antártica, em companhia de uma cientista de óculos e de um pinguim minúsculo, é o que faço. Como se a narrativa fosse independente de mim, como se tivesse adquirido seu próprio fluxo, sem poder ser interrompida até chegar à sua conclusão.

Falo sobre Enzo. Em palavras gélidas, fragmentadas, curtas, palavras que não podem expressar uma mínima fração do que ele representou para mim. O que ainda representa para mim.

– Em 24 de fevereiro de 1943, Enzo estava em seu berço, dormindo profundamente. Eu estava ocupada fervendo roupas sujas, quando ouvi vozes joviais, fortes, com um sotaque estrangeiro. Falavam sobre olhar umas plantas, antes de terminar a visita. Irmã Amélia levava-os pelo corredor até o jardim do pátio. Eu tinha deixado a porta da lavanderia aberta para que o vapor saísse. Fui estúpida, estúpida, de deixar a porta aberta... deixar que o vissem... Se eu tivesse fechado aquela porta...

Crio coragem e continuo:

– O rosto deles, espiando dentro. Um homem e uma mulher, muito mais velhos do que eu. Manifestações de surpresa e encantamento, ao verem meu pequeno Enzo, ali dormindo aconchegado em seu cobertor. Perguntaram se poderiam segurá-lo. Eu, de má vontade, disse que sim. Como poderia saber? Como era ingênua, então! Eles o pegaram e falaram baixinho com ele. Sua boca abriu um sorriso, um lindo sorriso, um sorriso que eles olharam tempo demais. Então, duas semanas depois...

Estou exatamente ali, de volta ao passado. 11 de março de 1943: uma mãe de 16 anos, traumatizada, mas forte, ainda cheia de esperança e sonhos, apesar de tudo que aconteceu. Fogo corria pelas minhas veias. Porém, um pouco cansada nesta tarde. Ocupada em pôr os hábitos das freiras na calandra, girando a manivela devagar, observando os tambores girarem, a água escorrer para dentro do balde. Minha mente está em Enzo. Irmã Amélia levou-o para o escritório porque um médico está aqui para examinar seus primeiros dentes. Por algum motivo, estou inquieta. Abaixo a roldana do varal e estendo um hábito para secar. Faço o mesmo com um segundo hábito, depois com o terceiro, o quarto. Uma série de sombras negras e úmidas pende à minha frente. No quinto, começo a me preocupar de que nem tudo possa estar bem com os dentes de Enzo. Quando chego ao nono, ele ainda não voltou para mim. Começo a entrar em pânico. Abandono a pilha de hábitos encharcados, a calandra, o varal. Disparo pelo convento e subo a escada correndo, até o escritório. Silêncio, uma mesa vazia e paredes em branco. Disparo de volta para baixo, meus pés soando na escada. Dou um encontrão em irmã Amélia, no saguão.

– Onde está o Enzo? – escuto-me perguntar em uma voz tensa, aguda.

Ela sacode a cabeça lentamente. Seus dedos fecham-se ao redor da cruz de prata que pende no seu peito.

Olho para ela, enlouquecida.

– O que vocês fizeram com ele?!

Então, ela me conta.

Meus gritos ecoam pelo corredor.

Meu bebê. Meu bebê.

VERÔNICA

◉ *Ilha Locket*

– Ah...! Ah, Verônica!

Abalado com o lamento de Terry, Patrick, o Pinguim, desliza para o chão. Aterrissa com elegância sobre os pés e começa a gingar, enfiando o bico nas coisas.

– Como você pôde suportar isso? – Terry pergunta. – Seu próprio bebê levado embora desse jeito?

Como alguém suporta alguma coisa?

– Eu não tinha escolha – respondo. – As freiras disseram que era melhor assim. Elas acreditavam estar fazendo o certo. Aos olhos delas, o fato de o casal visitante querer desesperadamente um filho era uma oportunidade enviada por Deus. De todo modo, elas andavam pensando sobre o que fazer conosco; não poderiam cuidar de nós pelo resto da vida, e eu não estava em condição de cuidar de um bebê sozinha. Não tinha dinheiro, trabalho, marido nem perspectivas. Elas me garantiram que meu filho tinha ido para uma boa família cristã e que teria uma vida muito, muito melhor do que jamais teria comigo, uma adolescente desgraçada. Até onde sei, era possível que estivessem certas. Naquele tempo, tudo era muito diferente. Mais diferente do que você possa imaginar.

Terry não faz ideia do que significava, na década de 1940, uma menina ter um bebê sem ter marido. A vida dela ficava arruinada em todos os níveis. A vergonha grudava de um jeito que nunca mais conseguia se livrar. Tornava-se parte de você, como lepra. As pessoas não iriam querer te tocar. Prefeririam atravessar a rua a ter que falar com você.

– Mas aquelas freiras te enganaram! – ela grita, indignada.

– Porque sabiam que eu jamais, jamais, nem que me matassem, deixaria meu bebê ir embora.

Estou ciente do meu medalhão pendendo pesado junto a minha pele. Nas cavernas das minhas profundezas, algo luta como lava liquefeita, tentando arrumar uma saída.

Terry escuta, estarrecida, enquanto esboço minha vida depois que Enzo foi levado. Como consegui me libertar do convento e seguir em frente aos trancos e barrancos, arrumando um emprego em um banco local, batalhando para subir na vida. Como lamentei em silêncio por anos a fio. Mantive meu passado bem escondido. Ninguém tinha ideia do que havia acontecido comigo. Afastei qualquer contato com pessoas que conhecera antes da guerra, ou durante. Nunca mais vi tia Margaret.

Com o passar dos anos, tentei inúmeras vezes localizar meu filho, mas, naquele tempo, a legislação sobre adoção impossibilitava que uma mãe biológica rastreasse sua criança. Além disso, os novos pais de Enzo tinham mudado o nome dele e feito um acordo com as freiras de manter sua identidade em segredo. Acredito que havia dinheiro envolvido, mas, seja como for, as freiras recusaram-se, categoricamente, a compartilhar qualquer informação comigo. Mesmo quando recorri ao mesmo convento dez anos depois, elas afirmaram ter perdido os detalhes da família. Eu acalentava a esperança de que o próprio Enzo, depois de crescido, conseguisse descobrir uma maneira de me contatar, mas nunca aconteceu. Minha outra esperança era de que Giovanni voltasse para mim um dia. Se ainda estivesse vivo, e ainda me amasse, com certeza viria me encontrar, não? Como um casal casado, nossas chances de localizar Enzo seriam muito maiores. Mas os anos se passaram, e as duas esperanças, famintas por informação, murcharam e morreram.

No entanto, a palidez e a magreza pareceram me convir tanto quanto o entusiasmo de faces rosadas da juventude. Eu atraía uma grande quantidade de atenção masculina. Recuei de todas. Não ganhei nada, a não ser a reputação de ser um bloco de gelo.

Houve, contudo, um homem que não desistiu. Um orgulhoso conquistador de muitas mulheres. Voltou sua atenção para mim desde o primeiro momento em que me viu. Era óbvio por toda sua atitude ao entrar no banco naquele dia, e ele arrumou desculpas para voltar e flertar em todos os dias subsequentes. Em todos os meus anos no banco, nunca tinha visto tantas transações financeiras sem sentido.

– Hugh Gilford-Chart era um homem sedutor, vigoroso e bonito – conto a Terry. – Era poderoso em vários sentidos, um magnata imobiliário. E lisonjeou minha vaidade. Não dava a menor importância para meu comportamento brusco e minhas recusas constantes. Na verdade, parecia até gostar. De qualquer modo, cobria-me de elogios. E os elogios são sempre agradáveis.

Eu não estava imune. Ter um homem tão interessado em mim, apesar da minha indiferença pelos seus sentimentos, era inegavelmente gratificante. Àquela altura, fazia doze anos desde a última vez que vira Giovanni. Sabia que ele nunca mais voltaria para me buscar.

– Eu não estava apaixonada por Hugh, mas atraída por ele. Quando me pediu em casamento, acompanhado de champanhe, diamantes e a proposta de uma viagem imediata para um hotel sofisticado em Paris, bom, não foi difícil decidir. Aceitei. É claro, não esperava um casamento perfeito, mas valorizava a segurança que ele oferecia.

"Ele melhorou a minha vida em inúmeros aspectos práticos. Passei a ter um estilo de vida luxuoso, uma vasta equipe de empregados, férias em lugares exóticos. Também me interessei pelo trabalho do meu marido. Consegui me educar, lendo sobre dinheiro, investimentos e propriedades. Ao ver que eu tinha uma perspicácia profissional aguçada, meu marido me tornou responsável pelo setor rural da companhia. Minha principal função era comprar casas de campo e alugá-las.

"Infelizmente, meu marido amava todas as mulheres, não só a mim. Depois de um ano de casados, ele teve seu primeiro caso. Eu logo soube. Era desleixado para disfarçar seus passos, e ela deixava manchas de batom e cintas-ligas de renda por toda parte. Era a secretária dele. Tremendo clichê. Fiquei doente com isso, mas não totalmente surpresa. Depois de se cansar da secretária, os casos do meu marido foram tão numerosos quanto larvas em pau podre. Fui ficando farta e, depois de oito anos tolerando suas mentiras e infidelidade, acabei pedindo o divórcio. Com minha experiência no banco, sabia de cada detalhe dos seus assuntos financeiros e me saí bem. Consegui ficar com muitas das propriedades rurais."

– Desde então, vendi a maioria delas. Foi assim que cheguei aos meus milhões. Investi bem o dinheiro ao longo dos anos e gastei muito pouco comigo mesma – informo a Terry. Quer dizer, classifico como pouco, embora gaste muito mais do que, digamos, Eileen. Ou Terry. – Nunca fiquei tentada a me casar de novo.

Os olhos de Terry são duas lagoas claras, transbordando simpatia.

– Não posso dizer que te culpo.

– Anos depois, recebi notícias do meu filho. Uma prima da família adotiva me descobriu. Mas foi só para me informar sobre a sua morte.

Lembro-me muito bem do dia. Verificar a correspondência. Receber aquela carta de três páginas que resumia a vida de Enzo, ou a vida de Joe Fuller, que era quem ele tinha se tornado. Ficar sabendo que ele tinha morrido em um acidente de alpinismo e que não haveria possibilidade de um dia vir a conhecê-lo.

Terry está enxugando os olhos com a ponta da manga.

– Meu coração está com você. Você passou por muita coisa! Mas você, você nunca chora, Verônica.

– Não.

É bem verdade. Não verti uma lágrima desde o dia em que tia Margaret me disse que chorar era uma fraqueza. Não queria ser fraca. Ainda não quero. Sempre desprezei a fraqueza.

– Mas não chorar *nunca*! Acharia isso impossível. Como você consegue? – Terry pergunta, fungando alto.

– Anos de prática. Anos e anos. – Abrevio a história. – A carta informava que Enzo não tinha filhos, e não tive motivo para duvidar. Mas, recentemente, ocorreu-me que uma prima adotiva não poderia saber com certeza. Decidi verificar. E foi assim que descobri meu neto, Patrick.

O outro Patrick para na mesma hora e se vira para mim, reconhecendo seu nome. Estendo a mão para ele. Ele se aproxima e esfrega a cabeça nos meus dedos. Gosto do toque, gosto do biquinho pontiagudo e da penugem despenteada de bebê.

– Você deve ter ficado muito empolgada ao descobrir um neto, depois de todo esse tempo – Terry exclama, determinada a encontrar um raio de luz no final da minha história de infortúnio. Ela quer muito acreditar que meu neto e eu estamos na terra do "felizes para sempre".

Não reajo a seu comentário. Uma estranha viscosidade está serpenteando por baixo da minha pele. Provoca calafrios como uma névoa de inverno.

Preciso ficar sozinha.

Patrick, o Pinguim, dorme sossegado. Um pé está erguido e apoiado na lateral da mala. Seu peito sobe e desce a cada respiração, um delicado ressonar pinguinalesco ressoa em seu bico ligeiramente aberto.

Endireito-me devagar. Tudo mudou. O passado veio à tona. Lembranças do meu pai, da minha mãe, de Giovanni e do meu precioso bebê Enzo brotam dolorosamente na minha consciência. Meu bebê menino, que nunca voltei a ver, que foi levado antes de aprender a dizer o meu nome, que morreu antes mesmo de saber que eu o queria.

Como sofro por eles, pelo que poderia ter sido. Cada um deles arrancado também de mim, cedo demais. Sinto-me como se estivesse sendo estrangulada por dentro.

O quarto é pequeno demais. Claustrofóbico. Opressivo.

Não muito longe há uma vasta comunidade de adélias esperando por mim, sob uma imensidão de céu polar. Os pinguins podem ajudar, tenho certeza. Eles têm um tipo de sabedoria antiga que transcende os empenhos confusos da raça humana. Preciso sair e ficar com eles. Só eu, Verônica McCreedy, a natureza e cinco mil pinguins. Ninguém mais.

Dietrich está na sala de computação. Posso escutar Terry e Mike conversando na cozinha. Visto minha jaqueta e calço as mukluks com esforço. Pego meu bastão. Desta vez, não posso me preocupar com uma bolsa. Pisando com a maior leveza, saio na surdina.

Um vento gelado fustiga fragmentos de neve no meu rosto. Caminho o mais rápido que posso, para me afastar da base do campo. Não olho para trás. Minha respiração está curta. Baforadas de vapor sobem no ar gelado. Forço-me a seguir em frente, subir a encosta, a cada passo apoiando-me pesadamente no meu bastão.

Meu rosto está entorpecido. Faz mais frio do que jamais senti. O céu está baixo, fervilhando com motivos sombrios. O vento fica cada vez mais forte e mais violento, à medida que caminho. Bate contra mim, assobiando ao redor dos meus ouvidos. Mas estou tomada por uma força interior que é igualmente enérgica. Preciso ver os pinguins, ficar, finalmente, sozinha com os pinguins. Dou um passo na frente do outro. De novo, de novo e de novo. De algum modo, apesar do protesto dos meus pulmões, chego ao topo da encosta.

E lá estão eles, dispostos na minha frente, uma enorme massa ondulante de vida, um universo branco e preto de mães, pais, casais e bebês.

Desço e ando em meio a eles, nas lufadas sombrias de neve. Alguns erguem a cabeça para me olhar, mas em geral continuam cuidando da própria vida, abrigando-se juntos, alimentando-se juntos, discutindo juntos, dormindo juntos.

É isso, percebo. É isso que dá sentido à vida deles. Esse "juntos" que tanto tem faltado na minha própria vida. Tudo que possuo está encerrado em prata e pendurado na ponta de uma corrente, sob minhas roupas térmicas, pressionado contra a minha pele. Quatro mechas de cabelo.

Um furacão de pesar passa por mim. E, de repente, estou gritando com o vento e jorrando lágrimas quentes de tristeza. Elas explodem das minhas profundezas em uma torrente violenta, descontrolada. Nunca imaginei que tivesse tantas lágrimas guardadas.

Ficou difícil respirar. Dentro do meu peito está acontecendo algo estranho. Uma friagem, como uma imensa montanha de gelo começa a se mexer. Então, sem aviso, o bloco interno estala e se parte bem ao longo do centro. Uma dor me ceifa por dentro. Solto um grito agudo. A dor ganha força e não para. Sinto o gelo se estilhaçar em milhares de cacos, como se fossem agulhas. Retorcendo meu corpo à força.

Desmorono no chão.

PATRICK

⊙ *Bolton*

Normalmente, não ligaria o computador em uma manhã de segunda-feira, antes de ir trabalhar. Não às 6h30. Mas meus padrões de sono enlouqueceram. O casal no apartamento abaixo está gritando um com o outro e batendo o pé, o que não é exatamente ideal para um bom descanso. Além disso, não consigo parar de pensar na vó V.

Pensei que houvesse alguma coisa a mais naquele diário. Alguma coisa sobre o que aconteceu com o bebê Enzo, *meu pai*, bebê Enzo. O cara de quem herdei o tom de pele e sabe-se lá que outros traços. Sei que Verônica o entregou para adoção, mas não faz sentido. Pelo diário, parece que era louca por ele, e ela não é o tipo de garota fracote, que seria convencida a fazer isso por aquelas freiras ou qualquer outra pessoa.

Toda essa desgraça fica martelando no meu cérebro e, com todo o barulho do andar de baixo, o sono não é uma opção. Então, me sento na cama e tento me distrair na internet. Explorei alguns sites interessantes sobre circuitos elétricos e luzes de *led* e assisti a uns dois vídeos no YouTube sobre a estrutura de pontes. Está quase na hora de me levantar.

Dou uma olhada nos e-mails antes de desligar e, você não vai acreditar, tem um do penggroup4Ant. Eu me pergunto se tem havido mais ataques de pinguins a bolsas. Ou talvez algo sobre a última missão da vó V, o pinguinzinho que ela adotou. Mas é algo que eu não estava esperando de jeito nenhum, e de repente sinto um pouco de náusea.

✳

– Qual é o problema, cara?

Aqui estou eu, pensando que estou sorrindo e parecendo

descontraído, mas não dá para esconder muito de Gav. Conto a ele sobre a vó V.

– Mal?

– É. Muito mal. Tipo, nas últimas.

Ele põe a mão no meu ombro.

– Sinto muito, cara. Que dureza! Logo agora que vocês estavam se conhecendo.

Isso é forçar um pouco. Mal comecei a conhecê-la. No total, encontrei-a duas vezes. Mas entrei bem dentro da sua cabeça de adolescente, lendo aqueles diários.

– Ela está presa em regiões polares com três cientistas e cinco mil drogas de pinguins como companhia. Que maneira de se despedir! – Estou tentando fazer piada, mas nem Gav nem eu estamos rindo.

– Dureza – ele diz.

Arrasto a placa sanduíche para fora da loja e armo-a; depois volto para ver o que tem na lista de consertos hoje.

– Você vai até lá? – Gav pergunta.

Olho para ele sem expressão.

– O quê?

– Você vai até lá? Até a Antártica, se despedir dela?

– A gente mal se falou – observo. Que ideia maluca. Eu, na Antártica.

– Bom, não é uma ideia tão maluca – ele diz, lendo meus pensamentos. – É a sua avó. Seu único parente vivo.

– Tem dó, cara. Nem chega a ser viável. Três motivos: (a) ela não ia me querer lá; (b) provavelmente ela não vai durar até eu chegar lá; (c) o fluxo de caixa não permite e (d) não suporto o frio.

– Aí são quatro motivos, cara.

Passamos a manhã da maneira normal. Uma família de cinco pessoas entra, querendo saber se haverá uma promoção de bicicletas elétricas em um futuro próximo (não haverá). Vendemos algumas coisas. Um sujeito que perdeu a chave do cadeado da bicicleta quer uma nova chave que sirva, em vez de comprar um novo sistema de tranca. Levo um longo tempo tentando explicar a ele que a finalidade de cadeados e chaves é segurança, então não, a mesma marca de chave não entrará no cadeado velho. Mesmo que entrasse, nós não vendemos os dois separados. Estou começando a perder a vontade de viver, então Gav intervém. Muito diplomático, o Gav.

Oscilo entre ficar concentrado e desconcentrado, a maior parte do tempo desconcentrado, para ser sincero. Gostaria de ter dito alguma coisa para a vovó, de tê-la encontrado mais uma vez pessoalmente, só para dizer... Bom, não sei o que diria, mas diria alguma coisa.

– Ainda está pensando na sua avó? – Gav pergunta, enquanto levo meus sanduíches para os fundos, no meu intervalo de almoço.

– É, acho que sim. Queria ter sabido antes toda essa parada sobre a vó V. E ter um pouco mais de respostas, agora que sei quais seriam as perguntas. E que ela estivesse mais perto, assim eu poderia meio que consertar as coisas entre a gente, antes que... você sabe.

– Então, você *quer* se despedir?

– Eu ia querer, se pudesse – admito. – Mas, como disse, o fluxo de caixa e todo o resto. Mal consigo pagar o aluguel. A ida até lá deve ser, no mínimo, mil libras.

– Mas você iria até a Antártica se tivesse dinheiro? Mesmo detestando o frio?

– Reconheço que iria, sabe? Como você disse, ela é minha única família. Acabei de descobri-la e estou prestes a perdê-la. Tem uma porrada de coisas a mais nela do que pensei. E eu meio que sinto como se tivéssemos questões pendentes.

Gav me olha por um bom tempo.

– Patrick, cara, me desculpe por ser insensível, mas tem um lado bom nisso tudo. Parece que você está prestes a se tornar um milionário.

Não vou dizer que a ideia não tenha passado pela minha cabeça. Mas eu a tinha expulsado porque, bom, para ser sincero, parecia bem improvável. De qualquer modo, eu não contaria com os ovos.

– Você acha que a vó vai me deixar os seus milhões?

– Sim.

– Deixa disso, cara, ela me detesta.

Ele sacode a cabeça.

– Não acho. Você fez o esforço de ir vê-la no aeroporto, não foi? Aposto que ela ficou comovida, mesmo que não tenha demonstrado. E ela te mandou aqueles diários. Eles estavam todos trancados, você disse, com cadeado e segredo, então está na cara que não eram uma coisa que ela carregava por toda parte. Aí ela te mandou o código. Ninguém mais leu esses diários, cara, nem mesmo a leal cuidadora, você me disse. Tenha dó, Patrick, é óbvio que ela vai te deixar o dinheiro.

Acho que, quando ele coloca assim, faz sentido. Puta merda! Eu, um milionário, é ainda mais bizarro do que eu na Antártica. Dou um grande salto no ar com a excitação da coisa. Gav levanta a mão para que eu bata, e lhe dou um *high five*.

Mas o momento não dura muito tempo. Detesto pensar na vó V morrendo lá, no frio.

– Escute, Gav. Eu meio que quero mesmo ver ela. Será que existe algum jeito de você estar preparado pra...

– O quê, cara? Desembucha...

O dinheiro é um saco. Não posso ter certeza de nada. A vovó V é excêntrica e impulsiva, disso eu sei. É possível que ela me deixe a grana, mas, por outro lado, pode ter deixado para um orfanato ou coisa assim.

As palavras saem rolando da minha boca.

– Você não, hã, consideraria me emprestar o suficiente para a passagem de avião, né?

Ele me dá um tapa nas costas.

– Claro, cara. Pensei que nunca fosse pedir!

Nossa, no que estou me metendo? Sou um perfeito idiota? Se os órfãos ficarem com a herança da vovó, como vou conseguir pagar o Gav?

– Talvez você queira pensar melhor na sua resposta – vejo-me dizendo.

Gav não vai entrar nessa.

– Não, você está certo, cara. Na verdade, a hora não poderia ser melhor. A herança da minha mãe acabou de entrar. Gostaria de fazer um bom uso dela.

Discutimos o assunto. Falando sério, não quero ficar devendo para o Gav, no caso da vó V não me deixar um centavo. Mas ele é uma força imbatível. Diz que posso pagá-lo de volta quando der, nos próximos vinte anos. Em parcelas ou sei lá. Diz que, no grande esquema de coisas, não é tanto assim. Diz que, de qualquer modo, estava em dívida comigo, porque a loja de bicicletas não teria sobrevivido sem mim. Aqui, ele está exagerando.

Enquanto ele fala, estou quase comprando a ideia de me mandar para a Antártica. Começando a me ver como herói. Eu, Patrick, o Bravo, embarcando em uma valorosa missão para trazer paz e harmonia à alma atormentada de uma velha. Mas aí me lembro de uma coisa.

– Espere aí, cara, e a Daisy? Você não deveria gastar esse dinheiro nos tratamentos dela? Se tem algo que possa ser feito para ela ficar melhor, é muito mais importante do que me mandar para o outro lado do planeta.

Mas ele não quer nem saber. Parece que não existe outro tratamento para Daisy além do que ela já está fazendo.

Continuo me sentindo mal.

– Se não um *tratamento*, que tal uns mimos? – Detesto pensar em Daisy ficando de fora por minha causa.

– A Daisy tem toneladas de mimos. E tem muito dinheiro para comprar mais. Agora cale a boca e reserve esse voo!

Não vou discutir mais. Vou acertar as coisas com a vó Verônica.

Antártica, aqui vou eu!

VERÔNICA

◎ *Ilha Locket*

Sou uma coleção disforme de pontinhos. Cada pontinho dói e queima, inflamado e ferido. Estou debaixo de uma grande pilha de cobertores, mas estou gelada, muito gelada. Uma respiração rouca vem em arfadas rasas, lutando para encontrar o caminho de entrada e saída deste corpo.

Uma mulher agita-se por perto.

– Veja, Verônica, nosso filhote de pinguim veio aqui te ver. Parece que cada vez que ponho os olhos nele, fica maior e mais ativo. Está se saindo muitíssimo bem.

Tento forçar meus olhos a se abrirem. Pela diminuta abertura, a luz arde com um brilho torturante. Posso discernir formas, mas tudo tem contornos borrados. Uma figurinha cinza e penugenta vaga pelo quarto. Quero me esticar e tocá-la, mas não consigo. Minhas pálpebras também não permanecem abertas. As persianas voltam a descer sobre a luminosidade.

– E você também está se saindo muitíssimo bem, Verônica. – Minhas pálpebras pestanejam por tempo suficiente para registrar a mulher. Ela parece familiar. Tem cabelos loiros, sem volume, que caem sobre os ombros, e óculos que aumentam seus tristes olhos azuis.

É uma mentirosa. Não estou me saindo muitíssimo bem.

Ela volta a falar com uma alegria forçada:

– Temos uma surpresa pra você, Verônica. Seu neto está vindo! Lá de longe até a Antártica, só para te ver.

As palavras flutuam ao redor, circulando devagar. Então, de uma hora para outra, cristalizam-se em algo sólido e consigo entender o que significa.

Sei onde estou e do que se trata. Esta é uma moça que tem nome de homem, uma mulher de quem gosto, que passei a considerar uma amiga. Terry. É, Terry. Cientista na ilha Locket, Antártica. O que ela disse? O eco das palavras ainda está no meu cérebro. Ela disse que meu neto está vindo me visitar.

Meu neto! Deus do céu! Devo estar pior ainda do que pensava. Abro os lábios e tento dizer: "Diga a ele para não se incomodar", mas as palavras estão presas no fundo da garganta e se recusam a sair.

Então, isto é que é morrer. Quem pensaria que seria tão frustrante e enfadonho? Gostaria que terminasse, mas não há dúvida de que vai se arrastar tanto quanto possível, tal como a vida. Que tédio extremo!

Algo geme. Sou eu.

Sinto uma mão tirar meu cabelo de cima da testa. Ela fala baixinho, junto ao meu ouvido, sentenças curtas e espaçadas, seguindo uma trilha de pensamentos desarticulados.

— Ele deve chegar logo. Teremos que arrumar outra cama. Espero que ele não se incomode com condições exíguas. Vamos ter que nos arranjar de algum modo. Mas será ótimo conhecê-lo. Estou ansiosa... acho. Me pergunto o que ele vai pensar disso tudo.

Gostaria que ela parasse de falar. Gostaria que, em vez disso, ela pegasse meu bebê do chão e me deixasse acarinhar sua cabeça macia. Adoraria tocá-lo mais uma vez antes de morrer.

— Você precisa tentar melhorar, Verônica. Pelo seu neto.

Meu neto? Ah, ele. Acho que tenho alguma lembrança. Em um capricho maluco, fiz Eileen mandar meus diários para ele. Teria sido uma insensatez terrível? Meu cérebro dói, quando tento separar as linhas de pensamento. Alguém não disse que ele estava vindo? Se ele vier mesmo, vou ficar boquiaberta. Estou boquiaberta só de ele pensar nisso. Vai ver que é algum mal-entendido.

Uma voz divaga ao fundo.

— Estava pensando que vai ser confuso ter dois Patricks no acampamento. Imagino que poderíamos chamá-los de Patrick Um e Patrick Dois. Mas talvez nossa salsichinha fofa devesse mudar de nome. O que você acha, Verônica?

Não ligo a mínima, mas estou completamente incapaz de dizer isso.

— Como poderemos chamar você, salsicha?

Ela faz uma pausa, refletindo. Estou começando a flutuar no vazio. Todos esses Patricks, números e salsichas são um tanto penosos.

Terry recomeça a falar, excitada.

– Já sei! Descobri. O livro na sua mesa de cabeceira é *Grandes esperanças*, e nós temos grandes esperanças para o nosso salsichinha. Então, deveríamos lhe dar o nome do personagem principal do livro. Deveríamos chamá-lo Pip! – A voz dela muda quando ela vira a cabeça e se dirige à figura entroncada no chão. – Você se incomodaria se te chamássemos de Pip de agora em diante?

Há uma resposta do canto do quarto, um som breve e agudo de flauta, que é quase, em si mesmo, como a palavra "pip".

– Vou considerar isso como um sim! – Posso perceber afeto em suas palavras.

Isso voltou a deixar as coisas no foco. Salsicha é um pinguim. Patrick é um pinguim. Pip é um pinguim. Todos são um. Todos me são queridos. Espero de coração que as pessoas daqui cuidem dele quando me for. Acho que cuidarão. Em todo caso, Terry cuidará. Os outros são homens, acho. No momento, não consigo me lembrar do nome deles. Acho que me lembro que eles também têm uma queda por Patrick, o bebê salsicha, ou Pip, como parece ser seu nome agora. Pip, macio, todo penugem, com os olhos e pés grandes, de quem escuto pequenos passos se me concentro bastante.

– Não, Pip, deixe os chinelos da Verônica em paz!

O que ele está fazendo com os meus chinelos? Quero ver, mas é difícil demais abrir os olhos, e virar a cabeça seria impossível.

Um suspiro tenta passar pelos meus pulmões, mas não consegue. Mesmo uma respiração rasa é como arrastar uma serra pelas minhas entranhas.

É uma grande pena eu nunca ter resolvido aquela coisa do legado para os adélias. Devia ter cuidado disso antes. Mais uma vez, errei. Imagino que, agora, toda a minha herança acabará indo para o meu neto. Não é de jeito nenhum o que eu queria. Queria que fosse para uma causa que valesse a pena.

Palavras chegam até mim de novo, infiltrando-se pela nuvem de arrependimentos.

– Verônica, sinto muito por tudo. – A voz dela soa irregular e miserável. – Sinto muito que você tenha vindo até aqui, e que nós tenhamos sido tão... tão do jeito que fomos. Você parecia tão inabalável, tão forte, simplesmente não percebi... Não fazia ideia de que pudesse dar nisso. Você foi um desafio para nós, é claro, mas também foi uma lufada de ar fresco, e é possível que eu fale só por mim, mas... gostei de você. Gostei demais de você e queria que ficasse.

Gostaria que ela parasse de falar de mim no passado. Não é nada delicado.

– E depois, quando você ficou tão ligada aos pinguins, senti que, apesar das nossas diferenças, tinha encontrado uma alma gêmea.

Ela está ficando sentimental, entupida de lágrimas. Agora entendo algo que não tinha percebido antes: Terry é solitária.

– E, quando você me contou a sua história, quase partiu meu coração – ela continua. – Queria voltar ao passado e ser sua amiga, quando você mais precisava, tantos anos atrás. Todas aquelas pessoas que foram horríveis com você, mesmo quando estava sofrendo pelos seus pais. Foi cruel, cruel, cruel. E você era muito jovem. E levarem embora o seu bebê. É... É muito... muito errado, em todos os sentidos.

Não tenho certeza de que consiga aguentar isso muito mais tempo.

De repente, há um barulho na extremidade do quarto.

– Ah, Patrick! – Terry grita. – Quero dizer, Pip! Que diabos você está aprontando? Ah, Verônica, você devia ver! Ele entrou no cesto de papéis e está só com a cabeça de fora. Tão engraçado!

PATRICK

◎ *Ilha Locket*

Cheguei.

Eu, Patrick. Aqui, Antártica. Inacreditável.

Foi uma baita jornada. Consegui pegar um voo de última hora, mas era espremido e chato, e parecia que ia durar para todo o sempre. Mas a última parte, a parte do navio, foi épica. Todos aqueles icebergs flutuantes, de formatos e tamanhos diferentes. Alguns eram como nacos de *cream cheese*, outros pareciam fatias de pão branco. Alguns eram afiados como dentes, outros granulosos e lascados como vidro quebrado, captando raios de luz solar. A vida selvagem também era louca. Focas largadas nas pedras, aves imensas rodando no alto, pinguins atirando-se para dentro e fora d'água, ou parados em grupos ao longo das beiradas. Uma vez, baleias jubarte gigantes também. Ainda estou me beliscando.

E agora, enfim, estou nesta base de campo. Vó V está se aguentando, ainda bem. É deprimente vê-la desse jeito. Ela meio que se deu conta da minha presença através do olhar, mas não consegue falar, nem nada. Não sei se ela me reconhece ou não. Difícil dizer.

Descobri com os cientistas um pouco mais do que aconteceu. Ela saiu sozinha, de fininho, eles disseram, algo que nunca a teriam deixado fazer se soubessem, ainda mais sabendo que havia uma nevasca ao largo. Não aquele tipo de nevasca que ceifa tudo pelo caminho, que às vezes tem aqui, mas uma bem ruim. Ruim o bastante para que eles ficassem em pânico e corressem para fora na mesma hora, com kits de primeiros socorros. Ruim o bastante para que, quando a encontraram, caída no chão, ficassem preocupados de não conseguirem levá-la viva de volta para a base. Ruim o bastante para que o helicóptero e o médico não pudessem vir por mais quatro horas.

Mas eles conseguiram levá-la de volta para a base, e fizeram o certo, mantendo-a aquecida e tudo o mais. Quando enfim o médico chegou, fez o diagnóstico de hipotermia e infecção pulmonar. Ela recebeu uma dose maciça de penicilina e uma prescrição de antibióticos. Falaram em tentar levá-la de volta em um voo até um hospital na Argentina, mas ela berrou quando tentaram removê-la. O médico, então, decidiu que seria melhor deixá-la descansar. Sugerindo o tipo "descanse em paz"? Pediu que, por garantia, tentassem contatar a família da vovó. Então, aqui estou eu.

Aposto que esses cientistas estão irritados. Primeiro, eles recebem uma mulher de 86 anos que é ardida feito pimenta e teimosa como um bode selvagem. Depois, ela vai lá e fica gravemente doente. Em seguida, em vez de o navio levá-la de volta, traz a mim, o neto mais lunático do planeta.

Veja bem, eles mesmos são um bando um pouco esquisito, esses três mosqueteiros das neves. Na ordem de preferência para mim estão Terry, Dietrich e Mike. Terry é uma gracinha de óculos. Cabelo loiro desgrenhado, enfiado debaixo do capuz. Umas covinhas, sempre que ri. Olhos brilhantes, também.

— Ah, pelo nome Terry, pensei que você fosse um cara — eu disse assim que ela se apresentou.

— Todo mundo pensa — ela respondeu, com um sorriso. — Ah, eu bem que poderia ser — acrescentou, mais consigo mesma do que para mim. Não era autopiedade, só uma espécie de observação objetiva. Mas nem pensar que, olhando para ela, daria para confundi-la com um cara. Não mesmo!

— Sinto muito, muito, pela sua avó — ela disse, toda sincera, corando, como se a culpa fosse dela.

— Fique fria — respondi. Soou como se eu estivesse pouco ligando, então acrescentei: — Ela é uma mulher forte. Vai saber, talvez ela fique tinindo. — Soou leviano, então soltei: — Você se saiu ótima. Obrigado por cuidar dela! — Soou idiota, mas não consegui pensar em mais nada para dizer, então calei a boca.

Depois de darmos uma olhada na vovó, todos eles me levaram para dar uma volta e me mostrar a sede, o centro de pesquisas de campo. Na verdade, é bem grande, pelo menos, maior dentro do que quando se olha por fora. Eles têm uma sala de computação (na verdade, parece mais um armário), uma espécie de banheiro com vaso sanitário e pia, uma cozinha contígua a um cômodo que eles chamam de sala de visitas, o que sugere luxo, mas não é. E, bem curioso se for pensar, um quarto para cada um. Tem até um quarto para mim. Bom, costumava ser um depósito, mas eles o esvaziaram e me arrumaram uma cama de armar. Cara, estou feliz por não ter que dividir o quarto com a vovó. De qualquer modo, a vovó já tem um companheiro de quarto.

É esquisito, mas tem esse filhote de pinguim, a criatura mais curiosa e fofa que alguém já viu, uma pequena bola felpuda, com pés grandes e uma personalidade intensa. Eles o chamam de Pip. Parece que faz uma semana e meia que ele vive no centro. Os cientistas aceitam sua presença como se fosse completamente normal. Devo dizer que estou achando isso tudo um pouco surreal. É difícil entender a maneira como eles vivem.

– Qual foi o principal motivo para você vir para cá? – perguntei a Dietrich, enquanto tomava um café forte, depois de ter me acomodado um pouco. Dietrich é o chefe, mas é simpático na função. Meio que me lembra o Gav, mas mais cabeludo e mais estrangeiro. (Mike é o "quero ser o chefe". Não pega leve. Não me lembra muito ninguém, um Piers Morgan mais jovem, talvez?)

Dietrich acariciou a barba, enquanto refletia sobre a minha pergunta.

– Ah, você sabe. A emoção da descoberta científica. Fascinação pelos extremos da vida, a maneira como os animais podem funcionar neste nível. Depois, tem a possibilidade de prestar um mínimo de ajuda à vida selvagem e ao meio ambiente...

– E você? – perguntei a Mike.

Ele deu um gole prolongado no café e me olhou, calculando a resposta.

– Sou extremamente qualificado para este trabalho. Seria um desperdício não fazer uso desta capacidade. – Cara modesto. Só que não.

Terry revirou os olhos e soltou um suspiro impetuoso.

– E você, Terry? – perguntei. – Por que você veio para a ilha Locket?

– Era o trabalho dos meus sonhos. Eu simplesmente amo pinguins – ela resumiu, empurrando os óculos para cima do nariz.

Passei o resto da tarde ao lado da cama da vó V. Estava pensando nos diários, e que eu deveria dizer alguma coisa logo, no caso de ela bater as botas de repente. Tive tempo para pensar nisso durante a viagem, mas as palavras não vêm. Gav saberia o que dizer e diria exatamente do jeito certo, mas fico constrangido com esse tipo de coisa. Então, só fiquei ali sentado, como um idiota. Talvez o fato de ter me dado ao trabalho de vir até aqui seja o suficiente para fazê-la se sentir um pouco melhor. Espero que sim.

Durante o jantar, Mike me fez uma enxurrada de perguntas.

– Então, Patrick, o que você faz da vida?

Retorci-me na cadeira. Percebo que Mike não gosta muito de mim. Terry me disse que ele é um pouco resistente a qualquer pessoa nova que atrapalhe o equilíbrio do centro. Ele tinha acabado de se acostumar com a vovó e agora está tendo que lidar com este que vos fala. Ah, difícil, cara!

– Trabalho em uma loja de bicicletas às segundas-feiras e recebo auxílio-desemprego – respondi.

– Auxílio-desemprego? Então a loja é seu único trabalho?

– Acertou.

– Então, o Estado paga o seu aluguel?

Como fazer Patrick se sentir desconfortável em um único passo.

– Mike! – Terry exclamou. – Não seja grosseiro!

Mike girou o garfo, enrolando o espaguete com precisão.

– Me desculpe, não pretendia ser grosseiro. Estou curioso sobre nosso mais novo visitante, só isso. Não que a gente receba muitos.

– É coberto pelo benefício, sim – informo.

– Imagino que você não tenha uma família ou esposa para sustentar?

– Não.

Mike curvou o lábio. Suponho que fosse uma espécie de sorriso.

– Então, o que você faz o dia todo na sua quitinete?

– Ah, uma coisa ou outra. TV. Gibis. Cuido das plantas. Nada de especial.

Depois da comida, Terry veio comigo até o quarto da vó V.

– Sinto muito pelo interrogatório – ela cochichou no meu ouvido.

– Aquele Mike é um pouquinho nervoso, não é? – sorri.

– Ah, pode parecer, mas ele é legal, depois que você o conhece.

– Vocês dois são um casal?

– Nossa, não! Ele tem uma namorada em Londres. Ela é bem poderosa. Trabalha organizando conferências para o mundo corporativo, acho.

– Ah... Estou surpreso. Me pareceu que ele é bem ligado em você.

Ela pareceu achar graça.

– Mike? Ligado em mim? Não seja bobo!

– Bom, ele não tira os olhos de você.

Ela me lançou um olhar de total descrença e desapareceu rapidamente para dentro do quarto de Verônica. Fui atrás. Pip, o Pinguim, estava em sua cama na mala, no chão. Olhou para nós. Pareceu registrar quem estava lá e dar permissão para cuidarmos da paciente. Depois, deitou de volta a cabeça.

Vovó parecia a mesma de horas antes, deitada de costas, completamente estacionária. Sua pele estava coberta de pústulas e despencando por todo lado. O cabelo destacava-se em mechas ralas sobre o travesseiro. Tinha círculos cinza em volta dos olhos. Cara, ela parecia doente para danar.

Terry colocou a mão na testa da vovó.

– Ela está muito quente. Vamos ver se a gente consegue que ela beba um pouco de água. Você poderia...

Passei o braço por debaixo da cabeça da vovó e ergui-a com cuidado. Dei-me conta de que era a primeira vez que tocava nela. Nossa, foi triste, ela estando tão frágil e tudo mais. Seus olhos tremeram um pouco. Minha mão tocou em alguma coisa, uma corrente ao redor do pescoço.

– O que é isto?

– Ah, é um medalhão que ela usa – Terry respondeu. – Achei que pudesse estar incomodando e tentei tirá-lo, mas ela bateu na minha mão. Deixou bem claro que não ia aceitar. Deve ter algum valor sentimental.

– Acho que sim. – Não deixei escapar que tinha lido a respeito nos diários.

Terry segurou o copo d'água junto aos lábios da vovó, e a vimos tomar um ou dois goles, um bolo descendo lentamente pela garganta.

Fez um ligeiro movimento, como que para dizer que bastava. Tornei a deitar sua cabeça no travesseiro e apertei de levinho a sua mão. Pode ser minha imaginação, difícil saber, mas acho que ela apertou de volta.

– É isso aí, vó V. Está melhor agora? – Claro que ela não respondeu.

Eu me perguntei o quanto daquilo ela estava registrando.

Não está parecendo boa coisa. Nem um pouco.

VERÔNICA

◉ *Ilha Locket*

Os encantos da morte são múltiplos. Não há mais dor, não há mais estresse, não há mais lembranças. Não é mais preciso tomar decisões. *Esta é uma consumação*, como disse Hamlet (você notará que me lembro, com certa precisão, meu Shakespeare do tempo de escola), *a ser desejada com devoção*. Morrer. Dormir. É muito tentador. Relaxar. E tem o bônus de não haver mais dor – já disse isso?

Porque, neste momento há dor, intensa e impiedosa. Ela se infiltra por dentro e por fora dos poros do meu corpo, crava-se nos pulmões e queima como ácido em cada câmara do meu coração. Sinceramente, espero que a morte chegue logo.

Meus companheiros da Antártica terão o trabalho de mandar meu corpo de volta para Ayrshire para um funeral decente. Ou talvez nem se incomodem com isso. Pode ser que eu seja enterrada aqui, debaixo da neve. Pode ser que grupos de pinguins perambulem sobre a minha tumba. Em seu inimitável jeito de pinguim, eles ignorarão minha presença se decompondo e continuarão com o ciclo de fornicação, reprodução e defecação. Eles mesmos morrerão à minha volta em grandes números. Minha alma pode se alçar e se misturar com a deles. Partindo do princípio, é claro, de que eu tenha uma alma (o que é discutível) e que eles também a tenham (o que também é improvável).

Faço uma rápida revisão da minha vida. A esta altura, imagina-se que haja profundas revelações, não é? Mas não parecem se materializar em nenhum aspecto. Minha história não transmite grande sabedoria, não existem últimas palavras boas o suficiente para perdurar na posteridade. Só posso pensar: "Bom, para que serviu tudo *isto*?".

Patrick está aqui. Patrick, meu neto, uma presença grande e desajeitada ao lado da minha cama. Terry colocou meu aparelho auditivo para o caso de ele soltar alguma pérola de sabedoria. Patrick me disse, na verdade, "Oi vovó", mas quase nada mais. Não pude responder, mas consegui pestanejar para que soubesse que estou ciente da sua presença. Ele parece incrivelmente atrapalhado. Está sentado em uma cadeira ao lado da cama, segurando alguma coisa. Acho que é um jornal ou uma revista; farfalha como se fosse. Ele também suspira muito.

Estou perplexa com o fato de ele ter vindo. Deveria saber que estou doente demais para tomar qualquer providência testamentária.

Depois de um longo período de silêncio, ouço alguém entrar no quarto.

– Vocês dois estão bem?

A voz de Terry é leve e calorosa, destinada a ser acolhedora. A resposta do meu neto vem rápido:

– Sim, estamos bem. Só, você sabe... em silêncio.

– Pip está comigo há uma hora, me vendo fazer um pouco de arrumação, mas trouxe-o de volta por um tempinho. Achei que Verônica poderia gostar que ele ficasse aqui. Ela parece achar a presença dele calmante. Você não se importa, não é?

– Ah, não. Ele é uma gracinha.

– Preciso sacudir a cama dele. Você poderia segurá-lo por um segundo?

– Hã...

Há um leve som de pés se arrastando, depois um "Ai!", vindo de Patrick.

– Talvez não – diz Terry. – Ele ainda não te conhece. Espere um pouco. Se eu o segurar e você agradá-lo com delicadeza, deste jeito...

– Tem certeza de que não vai me atacar de novo? Esse bico é afiado!

– Você o assustou porque foi com muita sede ao pote. Está vendo? Agora ele está feliz. Fica todo meloso quando acariciam seu pescoço. Não é, Pip? – Há uma breve pausa, e então ela ri. – Tome, ele gosta mesmo de você.

Escuto o breve piado de Pip e sinto que está pedindo para ser posto no chão.

– Vamos deixar que ele perambule por aqui um pouco, está bem?

– Ele não vai fazer uma bagunça no chão?

– Não, mas, se fizer, arrumo em um piscar de olhos. Sem problema.

– Não, bom... Alguma coisa anti-higiênica, ou algo parecido?

– Ah, eu diria que, se ele deixa Verônica feliz, deveria visitar todas as vezes que quiser, você não acha?

– É, você tem razão. Hã, Terry, é. Toda a razão.

Pela voz, Patrick parece constrangido. Era de se pensar que ele nunca tinha visto uma moça segurando um bebê pinguim.

Terry volta a falar.

– Você poderia dar uma olhada nele por um instante? Vou buscar uma xícara de chá para mim. Quer uma?

– Ah, sim. Perfeito. Obrigado.

Percebo que ele volta a se sentar e ouço algumas páginas da revista sendo viradas. Depois, os passos de Terry à porta.

– Aqui está. Chá para nós. E trouxe isto para o Pip. É hora do jantar.

Um cheiro forte de peixe percorre o quarto, juntamente com vários estalidos, pios e barulhos de sucção.

A alimentação de um pinguim na presença de uma moribunda de 86 anos. Se não fosse eu que estivesse morrendo, cairia na gargalhada.

PATRICK

O ano velho se foi e o novo já começou. Não que faça diferença. Ninguém estava no clima para celebrar. Estou aqui há quatro dias, e durante esse tempo vó V não comeu nadinha de nada. Fica só ali deitada, parecendo zangada. Deduzo que não seja um bom sinal.

Sinto-me como uma peça sobressalente aqui. Não tem nada que possa fazer por ela, a não ser me sentar junto a sua cama, torcendo para que ela saiba que estou aqui. Fazendo comentários imbecis para os quais ela destilaria seu desprezo se pudesse escutá-los, o que duvido. Os cientistas me deixam bastante à vontade. De qualquer modo, estão muito ocupados. Parece de vital importância que saiam todos os dias, contem os pinguins, etiquetem os pinguins, pesem os pinguins e façam outras coisas pinguinescas. Mas são gentis comigo. Bom, pelo menos Terry e Dietrich. Mike me tolera. Aquele cara tem problemas. Olha com superioridade qualquer um que não tenha doutorado em estudos de pinguins.

Fico satisfeito por ter a companhia de Pip, o Pinguim. Ele está totalmente de boa, aqui. Dorme bastante, come bastante, corre bastante por aqui em círculos e fica bastante no nosso pé. E, tudo bem, reconheço, às vezes falo com ele. Pode me chamar de louco, mas na verdade acho um alívio conversar com um pinguim. É mais fácil do que falar com uma comatosa de 86 anos.

Segundo Terry, Pip chamava-se Patrick, antes de eu chegar.

— Verônica deu o nome a ele por sua causa — explicou.

Você poderia ter me derrubado com uma pena. Vovó é uma pessoa esquisita, não há dúvida. Uma pessoa especialmente esquisita.

O médico do helicóptero esteve aqui, o mesmo que tinha vindo antes. Receitou mais antibióticos e disse que ela está confortável e que não há nada que possamos fazer por ela, a não ser estar por perto. Disse que ela saberá, mesmo que não demonstre. Muito em breve, poderá ter uma melhora, ou uma piora. Insinuou que, qualquer que fosse o caso, não gostaria de ser chamado de novo. Só devemos mantê-la aquecida e hidratada.

Existe um penico de plástico debaixo da cama, para emergências. Terry é ótima e lida com as questões de higiene. Eu me ofereci (senti que tinha que me oferecer), mas, uau, fiquei feliz quando Terry insistiu! Ela diz que Verônica detestaria que qualquer homem fizesse isso, e acho que ela está certa. Minha opinião é que a vovó detesta tudo que diga respeito à situação em que está. Situação dura, estar velha e doente desse jeito, em especial a milhões de quilômetros de casa.

*

— Você não pode ficar à cabeceira de Verônica o tempo todo — Terry me disse ontem. — Vai ficar maluco. Ela está estável, por enquanto. Pode te dispensar uma ou duas horas para ver os adélias.

Tenho que admitir, estava muito interessado em visitar a colônia.

— Bom, se você tem certeza... — Rapidamente, enfiei meu casaco forrado de lã.

— Você vai ficar agasalhado com isso?

— Estou com dois moletons por baixo, mas não, provavelmente não. Não fico muito entusiasmado com um frio como este.

Por que as palavras erradas sempre saltam da minha boca? Me fez soar como um idiota.

— Temos uma parca de reserva. Vai ajudar. — E me entregou uma jaqueta dez vezes mais grossa do que a que estava usando.

— Obrigado.

Ela olhou para os meus tênis.

— Você não está nem um pouco preparado para tudo isto, como a sua avó estava. Acho melhor você pegar emprestado as mukluks reservas de Mike.

— Ele não vai ficar puto da vida?

— Não, ele vai entender.

As mukluks couberam e, para ser sincero, ajudaram de fato.

A neve! Quase tinha me esquecido. A luminosidade me atinge assim que coloco o pé para fora. A paisagem engole você. A claridade.

A agudez de cada respirada, quando o ar chega aos pulmões. Cara, é um arraso!

Subimos, transpassamos uma grande ribanceira reluzente e lá estávamos nós: no mundo dos pinguins. Aquelas aves eram incríveis. Milhares a mais do que eu estava esperando, de modo que mal se podia ver o chão entre elas. Fazendo uma boa algazarra, também. Selvagem, bamboleante e intencional. Como os humanos, mas menores, com mais bico, mais preto e branco e mais engraçados. Juro, impossível não gostar daqueles caras.

Fiquei dizendo coisas imbecis como "Uau", "Demais" e "Olha só". Algumas das aves ficaram curiosas com a nossa presença e formaram um grupinho em volta. Nós olhando para eles, eles olhando para nós. Não sei o que deu em mim, mas me inclinei, peguei uma bola de neve em miniatura e joguei-a na direção de um deles, não com força, nem nada, só de brincadeira. Aterrissou bem nos pés dele. O pinguim olhou para baixo, surpreso, depois olhou para mim. Não de um jeito hostil, mas intrigado.

— Me desculpe, cara — gritei. — Não quis te agredir. Foi só um experimento científico, para ver se te irritava ou não. Você se saiu bem, cara. Nota máxima em não irritação.

Virei-me para Terry e apontei para o seu caderno.

— É melhor registrar isso.

Ela riu.

— Você é engraçado.

Conforme continuamos, meio que esperei que o pinguim atirasse uma bola de neve nas minhas costas, mas ele não atirou.

Um pouco depois, Terry disse:

— Patrick, eu estava pensando...

— Sim, Terry?

— Na sua avó, na Verônica. Imagino que você goste muito dela, né?

— Ah... Por causa da personalidade solar e calorosa que ela tem?

Terry deu uma gargalhada. Ela me entende.

— Bom, você de fato fez toda esta viagem.

— É. Mas é porque... Bom, é complicado.

Terry tinha esse olhar como se não conseguisse decidir que

palavras usar, então, simplesmente resolveu dizer aquilo de qualquer maneira.

– Imagino que ela tenha contado sobre o dinheiro dela?

– Que tem um montão?

– É – ela disse. – Uma breve pausa. Terry contemplou o horizonte. – E ela te contou os planos que tinha para o testamento? Sua herança?

– Não mesmo.

A voz dela ficou muito baixa, e foi difícil escutar o que ela disse a seguir.

– Pelo que me disse, na verdade, Verônica nunca fez um testamento. Planejava cuidar disso quando voltasse para casa.

Fiquei um pouco surpreso que Terry estivesse insistindo naquele assunto. Ela não me parece alguém que pensa em dinheiro acima de tudo. Dei de ombros.

– Acho que nunca saberemos qual era o plano dela.

Terry saiu andando e declarou para o ar congelado:

– Acho que não.

Terry é a primeira a voltar da colônia de adélias, hoje.

– Oi, Patrick – ela exclama e depois se dirige para o escritório.

Quando sai, vinte minutos depois, estou parado na "sala de visitas", com o olhar perdido. Você sabe como é. Às vezes é preciso fazer uma pequena pausa na alegria que é ficar na cabeceira da vó Verônica.

– Nossa, não consigo pensar em nada para dizer no blog – Terry confessa. – Verônica passou a ser parte integrante dele, mas não quero contar que ela está doente.

Deve existir alguma grande pérola de sabedoria que pudesse lhe oferecer, mas não consigo encontrá-la.

– Complicado – respondo.

– Talvez seja melhor não a mencionar de jeito nenhum. Não quero mentir e... É tudo muito triste.

Ela engole em seco e parece estar um pouco chorosa. Fico pensando em qual seria a melhor maneira de consolá-la. Será que um abraço cairia bem? Pode ser, considerando as circunstâncias. Mas, antes que possa me decidir, Mike e Dietrich entram, sacudindo a neve das botas. O momento passou.

Depois de termos as inevitáveis conversas de "como foi o seu dia", "como está Verônica" e "como estão os pinguins", abordo algo em que ando pensando há algum tempo.

– Posso cozinhar para vocês? Gostaria de fazer alguma coisa, sabem, como agradecimento por cuidarem da vovó. – Afinal de contas, não tenho como contribuir com grana. Não existe grana para dar.

– Ah, isto é muita bondade sua! – diz Terry, sorridente.

– Você sabe cozinhar? – pergunta Mike, sarcástico.

– Até que levo jeito – respondo, irritado. Ele claramente deduz que sou um completo desperdício de espaço. – Não sou nada mal.

– Ah, ótima notícia! – exclama Dietrich. – Ainda mais se você inventar alguma coisa que normalmente não fazemos. Estamos um pouco empacados na rotina de salsichas, feijões em lata e macarrão. *Gott*, estamos enjoados disso tudo.

– Posso ver o armário de mantimentos?

– Claro! Seja bem-vindo, meu amigo. Me acompanhe.

Ele me leva até o quarto dos fundos. Parece que eles se limitam aos enlatados e pacotes de macarrão seco, arroz e molhos instantâneos. A única outra coisa que foi aberta é um enorme engradado de manteiga de amendoim.

– Nós também temos os congelados – Dietrich diz, levando-me até um alpendre lá atrás. – Um pouco de carne, um pouco de vegetais, aqueles que ficam bem congelados. Se fosse você, ficaria longe da couve-flor. Está podre.

Consigo muito bem imaginar que aquela couve-flor congelada grudaria na garganta. Mas noto alguns cortes de carne.

– Esses não são ruins. São da Argentina – Dietrich me conta.

Tem também uma caixa de pimentões vermelhos e amarelos congelados. Começo a planejar na minha cabeça.

Uma hora depois, o aroma de comida de verdade flutua pela casa: meu *goulash* de carne e pimentão. Ele atrai para o fogão cada um dos cientistas de seus vários cantos da casa.

Coloco na travessa, empilhando a comida. Gostaria de decorá-la com folhas frescas, mas as folhas frescas estão fora de cogitação aqui. Cozinhei uma boa quantidade, portanto todos podem repetir.

Eles comem como abutres. Fico orgulhoso e não me incomodo de admitir isso.

– Haverá bastante para amanhã também, se vocês não se incomodarem de comer a mesma coisa duas vezes – digo a eles.

– Incomodar! – exclama Terry de boca cheia.

– Você pode voltar! – diz Dietrich.

Mike não diz uma palavra sobre a comida, mas reparo que ele a devora.

– Gostou? – pergunto de propósito.

– Gostei. Muito boa. Muito boa mesmo. Obrigado – ele responde, rígido.

📅 *3 de janeiro de 2013*

Aqui estão as fotos mais recentes de Pip, o Pinguim. Sim, resolvemos mudar o nome dele porque atualmente temos outro Patrick (um humano) na ilha conosco.

Pip encorpou muito, como vocês podem ver, e agora pesa 1.700 gramas. É um explorador aguçado e gosta de descobrir lugares novos para dormir. O último é um cesto de papel usado...

No momento, a vida anda atarefada no centro de pesquisa, e estou com pouco tempo disponível, então vou deixá-los com algumas outras adoráveis fotos de pinguins. ▪

VERÔNICA

📍 *Ilha Locket*

Papai e mamãe estão aqui, dançando juntos a "Lambeth Walk" na cozinha. Seus passos ressoam alto no assoalho. A janela está aberta e um vasto céu safira estende-se ao longe, enevoado, flutuando ligeiramente. Uma lufada de vento sopra e ergue os dois do chão, como se fossem minúsculos papéis retorcidos. Tento agarrá-los, apanhá-los, mas eles escapam como fitas por entre meus dedos e saem de novo pela janela, sombras dançantes sugadas no azul infinito.

Ouço uma voz chamando: "Ve-rô-ni-ca!". Primeiro, parece que o som vem de um lugar à minha frente, depois de um lugar atrás. Giro, giro e giro. Então troveja sobre mim vindo lá de cima: *Arrumei um convento para você, vá!*

Agora vejo Janet, Norah e Harry. Eles não são muito reais, parecem imensas versões de bonecos deles mesmos, revirando os olhos para mim, apontando dedos de escárnio para minha barriga crescida. Circulam feito lobos. Norah investe contra mim. Estou sangrando. Mas não é sangue que jorra das minhas veias, é geleia de morango.

De repente, há freiras, um rio de freiras em branco e preto, fluindo por mim. Estendem um bebê para que eu o examine, mas tornam a arrancá-lo antes que eu possa ver se é o meu Enzo. Não suporto mais. Atiro-me no rio aos berros. O fluxo branco e preto fecha-se sobre mim. Espero ser pisada pelos pés das freiras, mas... não são pés humanos. São pés palmados, macios e leves. E percebo que as freiras têm penas lustrosas, bem comprimidas, e rabinhos curtos. Não são freiras. São os pinguins-de-adélia.

❄

Giovanni está aqui comigo? Não consigo enxergar bem, mas acho que ele está se curvando sobre a cama. Está prestes a me beijar.

Tento falar seu nome, mas minha boca está seca demais. Ele recua. Não há beijo nem toque. E não, agora vejo que não é Giovanni. É um rapaz desajeitado, com barba por fazer e cabelo despenteado, que murmura e cheira a peixe. Não o conheço de jeito nenhum. Ou conheço?

– Patrick! – alguém chama. É uma voz de mulher, clara, mas revestida de gentileza. – Estou indo para o viveiro. Você vai ficar bem?

– Vou, sem problema – responde o homem que tem o rosto acima de mim. Sinto uma mão sobre a minha testa por um momento. Depois um "Puxa vida, você está quente!".

É Giovanni? O cabelo tem uma cor parecida, e tem algo em relação aos olhos... Mas, não. Tenho certeza de que não é ele, pelo menos, não como me lembro dele. E minha memória é tão boa quanto... tão boa quanto a de Hamlet.

Movo novamente os lábios e tento falar, mas é inútil.

Patrick. O nome está ecoando na minha cabeça. Acho que tinha um garoto chamado Patrick. Um garoto que eu esperava ser um oásis, mas que acabou sendo só mais uma miragem no deserto sedento da minha alma. Mais uma vez enfrento o medo. Tenho essa sensação desagradável de que alguém em quem eu, certa vez, depositei minhas esperanças acabou se revelando um estúpido horroroso e sujo que fumava droga. A imagem na minha cabeça parece combinar com este homem que está aqui agora.

Não consigo focar muito bem. Tento colocar meus pensamentos em ordem, mas são um emaranhado. Espere... algo me ocorre. As palavras *Patrick* e *neto* têm ligação. Mas isso é ridículo! Patrick é uma ave, um pinguinzinho fofo. Tenho certeza disso. Meu neto não pode ser um pinguim.

PATRICK

◎ *Ilha Locket*

Ai, Jesus! Ah não! Acabou? Ela parece lúgubre. Seu rosto está amassado como um velho pedaço de papel de seda. A boca está retorcida de um jeito estranho. Uma expirada áspera sai, depois há um intervalo terrivelmente longo antes da próxima. Inclino-me e acaricio sua testa. Está queimando, mas as mãos estão frias como gelo. Os olhos remelentos olham para mim, embaçados e confusos. Implorando. Mas o que posso fazer?

Cara, estou acabado. Não quero ficar sozinho, testemunhando este sofrimento.

Corro para a porta da cabana e abro-a rapidamente, esperando que Terry tenha se atrasado, mas só há luminosidade e silêncio. Terry sumiu de vista. Está com os pinguins e demorará horas para voltar. Os outros saíram logo cedo para a colônia. Pip está cochilando no cesto de papel usado. Parece que seremos só eu e o pinguim com a vovó, no final.

Corro de volta para o quarto dela. Ela está se debatendo como um peixe fora d'água. Pego uma flanela úmida e fria e pressiono-a em seu rosto. Seu corpo estremece. Depois, cai para trás, largado.

– Vovó, vovó, não! – Engulo em seco. Estou tão sufocado que é como se algum tipo de réptil estivesse entalado na minha garganta.

Não quero que vovó morra. Estou tendo sentimentos que não tinha havia anos. A violenta necessidade de uma ligação familiar. O desejo de saber mais sobre ela. Vergonha pelo meu comportamento na primeira vez em que nos encontramos. Tristeza por não ter conseguido que ela percebesse o quanto eu queria compensar isso. Depois, tem o fato de ela ter vindo para a Antártica. Ela veio para a *Antártica*, para este lugar estranho, selvagem, nos confins da terra. Acho comovente em sua bizarrice. Além disso, minha mente está girando com as imagens dos diários: a jovem Verônica, toda ativa e impetuosa, pronta para enfrentar tudo e todos. Muito diferente de agora.

Suas sobrancelhas se juntam, como se ela estivesse tentando entender alguma coisa. Sua boca se movimenta. Aproximo meu ouvido, desesperado para entender suas palavras.

Sua respiração retoma uma série de arfadas superficiais. Por fim, há uma única palavra, um sussurro rouco, áspero. É meu próprio nome: "Patrick".

Com o som, Pip, que, segundo Terry me disse, vem sofrendo uma crise de identidade desde que seu nome foi mudado, levanta-se. Sai do cesto de papéis e se estatela no chão. Então, com surpreendente força e energia, ele se catapulta no ar e aterrissa bem em cima da cama. É óbvio que pensa que vovó o está chamando para alimentá-lo. Carinha ansioso. Ele tomba para a frente sobre as roupas de cama e depois se retorce de barriga em direção ao rosto dela. Perplexa, seus olhos se abrem e focam nele. Os dois estão quase nariz com bico, bico com nariz. É como se estivessem presos em um diálogo mudo, e sou um mero espectador, assistindo.

Juro que posso ver vovó mudar, passando por uma espécie de transformação logo ali, na minha frente.

VERÔNICA

Estou cansada de tudo e pronta para partir. *Pois quem suportaria as fustigadas e os menosprezos da vida... a mágoa e os milhares de impactos naturais dos quais a carne é herdeira?*

Eu não. Não mais. Ninguém poderia dizer que a minha vida foi um sucesso. Por que então me esforçar para me apegar a ela um pouco mais?

E no entanto...

Quando uma bala de canhão na figura de um jovem pinguim se impulsiona em direção ao seu corpo prostrado e olha fixo para o seu rosto com olhos brilhantes, por um momento, você para o que quer que esteja fazendo, mesmo que o que esteja fazendo seja morrer.

O corpo dele é quente, pequeno e arredondado, estendido na horizontal sobre os cobertores, só com peso suficiente para pressionar com delicadeza o meu peito. Bem em cima do meu coração.

O mundo tem oscilado loucamente por algum tempo. Neste momento, ele se estabiliza e fica imóvel. O quarto parece mais nítido, mais claro e bem definido, como se alguém tivesse contornado tudo com caneta. Minha mente está clara. Além disso, toda a minha dor sumiu. Sinto-me leve e despreocupada de uma maneira positiva.

Pip. A ave bebê é Pip, sei disso sem sombra de dúvida. Pip, meu amado pinguim. E o homem despenteado que está em pé atrás é Patrick, meu próprio amado neto.

Amado neto? Enlouqueci de vez?

Devo estar tendo alucinações porque agora vejo lágrimas grandes e gordas escorrendo pelo rosto do homem. Olho novamente para Pip, buscando comprovação.

Toda essa tristeza é por minha causa?

– É, é sim – Pip responde.

Tenho certeza de que ele falou. Ou, talvez, não tenha falado? Não, não houve palavras de verdade em voz alta. Talvez tenha falado com os olhos. É, acho que foi isso. Que coisa mais curiosa... Estou começando a perceber que os olhos de um pinguim podem dizer muitas coisas; basta querer escutar.

Pensamentos voltam a subir borbulhando lá do meu subconsciente, mas mais uma vez parecem me ser transmitidos através de Pip. Ele sorri com o corpo todo.

– Então, você vai ficar com a gente! Não vai morrer agora, vai?

– Não vou? – Parece uma dedução bem apressada.

– Não – ele responde, sem hesitação. – Quer dizer, espero que não.

Estou lisonjeada. Encantada, na verdade.

– Você espera que não?

É um dom raro conseguir se comunicar desse jeito inaudível, sem mexer meus os lábios.

– Olhe por este lado – ele sugere. Estou intrigada em ouvir o que ele tem a dizer. – Algum tempo atrás, você me salvou de morte certa. Decidiu que a minha vida valia a pena, mesmo eu sendo apenas um pinguim. Então nada mais justo que eu decida se a sua vida vale a pena. E sabe o que acho? *Com certeza* vale.

É bem agradável ouvir um pinguim lhe dizer isso.

– Você teve uma escolha – ele continua, sem mexer o olhar, mas arrastando de leve uma nadadeira, de modo que roce o meu rosto. – Estou te pedindo, delicadamente, que você faça o possível para se recuperar. Porque, de minha parte, gostaria muito que continuasse viva.

– Gostaria? – pergunto, perplexa.

– Gostaria! E este homem aqui também, seu amado neto, Patrick.

– Ainda falando sobre Patrick?

– Não é esse o objetivo?

Foco em Patrick. Seus olhos ainda estão marejados de lágrimas. Agora estou muito confusa sobre o que é real ou não. Desloco meu olhar de novo para Pip.

– Está vendo? – ele diz. – É perfeitamente possível que alguém te ame, mesmo que você insista em dificultar isso para eles. Não precisa ser tão sozinha.

Foi minha imaginação, ou um raio de sol acaba de atravessar o quarto?

– Por favor – ele diz –, viva um pouco mais e você vai ver.

Agora ele está sumindo, escurecendo e perdendo a definição dos contornos. Parece que o episódio extraordinário chegou ao fim. A realidade retomou seu curso, e posso sentir a dor voltando através das minhas veias, mas aquelas palavras ficam reverberando na minha cabeça.

Viva um pouco mais e você vai ver...

VERÔNICA

– Juro, o rosto dela mudou completamente. – É a voz de Patrick.
– Ela parecia radiante de verdade. E não conseguia tirar os olhos deste sujeitinho.

– Que interessante – escuto Terry responder. – Pode ser que ela estivesse vivenciando aquele fenômeno que, às vezes, acontece quando a pessoa está perto da morte. Uma espécie de euforia. Para alguns, é como um túnel de luz. Para outros... Bom, acho que Verônica tem uma grande obsessão por Pip. Pode ter se manifestado de outro jeito.

– O que quer que tenha sido, foi absolutamente bizarro.

– Mas ela parece ter se recuperado um pouco, né?

Estou, de fato, conseguindo reunir algumas partículas de força. É possível que eu viva por mais alguns dias... possível até que viva por mais alguns anos.

No momento, não estou em situação de apreciar demais a vida, mas, levando-se em conta o que Pip disse (ou não disse?), estou preparada para fazer mais uma tentativa.

A presença de Pip é um bálsamo. Mesmo quando meus olhos estão fechados, ou ele está fora da minha vista, consigo sentir quando está perto. Às vezes, Terry coloca-o na cama, e ele se aninha na dobra do meu braço, aproveitando o calor. Ele me encoraja a seguir em frente com este jogo de sobrevivência, e de algum modo mantém vivo meu velho coração.

Meus pulmões parecem um balão cansado e flácido, que se desintegrará se qualquer quantidade razoável de ar for puxada para dentro. Meus músculos doem. Minha garganta está arranhando como lixa. Falar não é uma opção. Nem me sentar. Meus dias são exageradamente tediosos. A única maneira com que posso me entreter é escutar o que está acontecendo à minha volta. É justo dizer que estou escutando mais do que fiz em toda minha vida. Nunca me concentrei nos outros com tantos detalhes.

Acho a bondade desconcertante. Não estou acostumada a confiar nela. Sempre parti do princípio de que se as pessoas são boas comigo é porque querem algo em troca. Em geral, nos dias que correm, é dinheiro.

Mas agora questiono isso. As pessoas aqui à minha volta, na ilha Locket, têm sido bondosas de uma maneira que não esperava. Eu supunha que todas elas tinham uma prioridade, mas talvez estejam sendo bondosas só porque faz parte da natureza delas.

Dietrich vem ao meu quarto com bastante frequência. Ele não perde tempo com conversa fiada, nem pergunta como estou. Sabe que não posso responder.

– Sra. McCreedy – exclama em um tom de ansiedade –, vou ler para a senhora mais um capítulo de *Grandes esperanças*. Tenho certeza de que vai gostar.

Ele limpa a garganta e começa sem mais preâmbulos. Sou lançada na história de um menino cheio de esperança e sonhos. A narrativa me entretém. Também me faz refletir sobre a juventude e a rapidez com que ela é consumida; e sobre como mudamos com nossas experiências. Que tipo de pessoa eu teria sido se minha juventude tivesse sido diferente? Se meus pais tivessem sobrevivido. Se a guerra não tivesse me apresentado a Giovanni, ou nos separado? Se tivessem me permitido ficar com o meu bebê?

A pressão vai crescendo lentamente atrás dos meus olhos, um líquido subindo à superfície. Ela se junta em duas poças quentes, depois começa a escorrer pelo meu rosto até o travesseiro. Não tento impedi-la. Estou impotente.

Dietrich continua lendo. Agora, gosto da voz dele. O sotaque austríaco é suave. Gosto da maneira como sua voz acaricia as palavras, conforme ele lê. Às vezes, quando a história aborda o amor, ele para, como se também estivesse pensando. Tem uma esposa e filhos na Áustria. Descubro que tenho uma noção profunda do quanto ele sente a falta deles.

O tempo passa, minutos, horas, dias. É impossível acompanhá-los. Mike, Patrick e Terry são visitas ainda mais frequentes do que

Dietrich. Aparecem em diferentes combinações, cada um com sua própria dinâmica.

O que mais me surpreende são as visitas de Mike. Sei que ele não gosta de mim, então deve haver outro motivo para isso. Será que se sente culpado pela frieza com que me tratou no começo? Ou está tentando provar algo a alguém?

– Verônica, oi, passei pra ver como você está – é como ele começa ao se instalar na beira da cadeira ao lado da minha cama. – Hoje o dia está um pouco mais quente, quase 1,8 °C. – Isso não significa nada para mim. Só entendo Fahrenheit. – Mas não fez sol. Daqui a pouco vou até o viveiro.

Ele me põe a par das novidades mais recentes da colônia de pinguins, limitando-se aos fatos. O pinguim chamado Fuligem continua miserável, sentado em seu ninho. A cada dia surgem mais filhotes. Muitos deles morrem de fome ou são arrebatados por predadores. Outros estão se desenvolvendo. Visualizo-os na minha mente, e espero que um dia eu fique bem o bastante para revê-los.

Sempre que Mike coincide com Patrick, há diálogos curtos e tensos. Comentários e alfinetadas de Mike; resistência e teimosia de Patrick. Várias tentativas de mostrar superioridade. No entanto, quando Mike coincide com Terry, notei que ele assume um tom mais suave, muito mais gentil.

Como suspeitei previamente, Mike está em negação.

É claro que Terry não faz ideia. Ela acha que não é atraente, quase assexuada, porque não tem um estilo de beleza típico de revista. Ela se vê como uma espécie de *geek*. Despende sua energia cuidando de Pip e de mim. ("Por favor, tente comer alguma coisa, Verônica. Tenho sopa de cogumelos. Pip, seja paciente. Daqui a um minuto é sua vez.") Ela gosta de se sentir útil. Parece nem se importar com o trabalho desagradável de esvaziar o penico e garantir minha higiene por meio de esponjas e flanelas. Eu me submeto segundo as necessidades, agradecida à garota por sua sensibilidade e discrição. Se ela tiver um mínimo de revolta, como eu tenho, pelas peripécias do meu corpo, deve sentir bem pouco prazer com a tarefa. Felizmente, é habilidosa em ocultar o fato.

Meu neto fica aqui a maior parte do tempo. É óbvio que ele não tem mais nada a fazer. Realmente não consigo compreender por que ele está na Antártica. Acho difícil acreditar que ele faria tal viagem só por minha causa e, no entanto, parece que foi o caso. Embora, no começo, sua companhia me fosse penosa, estou começando a me acostumar com ela. Ele fala muito mais do que antes. Às vezes, não fica claro com quem ele está falando, se com Pip ou comigo. Ele fica falando sobre suas tentativas de preparar uma comida decente com as provisões básicas daqui. Conta-nos sobre a loja de bicicletas de lá, onde mora. Fala sobre o seu amigo ("cara"), chamado Gavin ("Gav"), e sobre uma garotinha de nome Daisy, que tem câncer. Quando acha que estou dormindo, fala até sobre suas famílias adotivas e ex-namoradas. Aos poucos, vão se desdobrando mais trechos da sua vida.

Mantenho os olhos bem fechados e escuto. Alucinação ou não, não consigo me esquecer de Pip conversando comigo enquanto estava morrendo. Lembro-me do que ele disse sobre Patrick e de uma palavra que escapou de mim e pareceu ser reiterada por ele: "amado".

Pode ser que seja só uma breve trégua, mas, se eu realmente viver um pouco mais, não há dúvida sobre uma coisa: vou rever minha opinião sobre tudo.

PATRICK

⊙ *Ilha Locket*

Eu e vovó temos pelo menos uma coisa em comum: nós dois somos loucos por pinguins. Para ser sincero, os pinguins não costumavam fazer parte dos meus pensamentos, mas tudo isso mudou. O que é que os pinguins têm? Não sei se são suas características humanas ou sua "avezice" peculiar, mas observá-los é uma terapia absoluta. Eles me fazem rir. Eles me deixam meio que mole por dentro. São muito pequenos, mas transbordam vida. São uma coisa linda.

Os cientistas passam muito tempo na base, fazendo anotações. Não tem TV, e com frequência eles usam a internet superlenta, então comecei a explorar as prateleiras de livros. A maioria dos romances parece ser clássicos chatos, como Dickens e *Jane Eyre*. Não tem policiais nem livros de ação, a não ser alguma chatice da velha Agatha Christie e de Sherlock Holmes. Mas tem uma tonelada de livros sobre pinguins. Comecei um deles. É muito interessante, de fato.

— Sua avó também gosta que leiam para ela, sabia? — disse Dietrich um dia, vendo-me virar as páginas.

— Está de brincadeira?

— Bom, parece que ela gosta de *Grandes esperanças*. Você pode experimentar com *Tudo que você sempre quis saber sobre pinguins*, caso ache que tem mais o jeito dela.

— Obrigado, cara. Talvez eu faça isso.

Então, eu faço. Todos os dias, leio para a vovó fatos sobre pinguins do livro grande. Largo Pip na cama, e ele se acomoda conosco, bem feliz. Parece que está fascinado em aprender mais sobre sua espécie. Às vezes, ele parece cínico, como se dissesse: "Bom, esse trecho é bem preciso, mas aquele outro, cara, é uma bobagem completa". Outras vezes, ele puxa as páginas com o bico, experimentando seu gosto e sua textura.

Uma levíssima insinuação de cor voltou às faces da vovó. Hoje, ela conseguiu engolir um pouco de sopa, uma ou duas colheradas de minestrone. Ela não fala muito, mas chegou a dizer, em tom de grande espanto:

– Você é um bom *chef*, Patrick.

Fiquei entusiasmado.

– Nossa, obrigado, vó!

Ela murmurou mais alguma coisa, mas tão rouca que não consegui entender.

– O que foi, vó? O que disse?

– Eu disse... – Ela limpou o catarro da garganta. – Deve ser seu sangue italiano.

Claro! O meu sangue italiano! Nunca tinha pensado nisso.

Terry e eu estamos novamente observando pinguins. A neve está leve e pulverulenta, como açúcar de confeiteiro peneirado. O mar tem um brilho azul-prateado, todo enfeitado com sua volumosa pedraria de gelo flutuante.

– Então, você está feliz por ter vindo para a ilha Locket? – Terry pergunta, enquanto as botas rangem em nossa caminhada.

– Não – respondo, enfiando as mãos nos bolsos, curvando os cantos da boca para baixo. – Tem sido muito desagradável.

Ela começa a se desculpar, falando do transtorno todo que deve ser para mim. Interrompo-a com uma risada.

– Terry, pare! Não é como se eu estivesse agoniado para valer. – Conto a ela que, na verdade, só tinha encontrado a vovó em duas ocasiões, o fiasco que elas tinham sido. – Mas comecei a gostar dela. Nunca pensei que diria isso.

– Estou muito feliz em saber, Patrick.

Tem algo em relação a Terry; você sente que pode contar qualquer coisa para ela, qualquer coisa mesmo. Ela vai entender.

– Só vim para cá por um motivo – admito. – Ela me mandou seus diários da adolescência. Aquele gesto teve algum significado. E ela teve um maldito passado miserável. Então, pareceu que a coisa decente a fazer era vir ficar com ela em seu minuto final.

– Que minuto final?

Damos uma risadinha, felizes. No fim das contas, parece que a vovó ainda vai ficar por aqui por algum tempo.

Chegamos à colônia. Olho para a extensão de pinguinice e respiro o inebriante fedor de guano.

— Quer me ajudar com a pesagem hoje? — Terry pergunta. E me mostra como mergulhar e agarrar um pinguim, evitando ser espetado pelo bico e surrado pelas nadadeiras; como colocá-lo no saco de pesagem, antes que ele tenha tempo de pensar; como pesá-lo e soltá-lo de novo. Existe uma arte nisso. Sou bicado um pouco, e algumas aves escapam das minhas garras e fogem, antes que eu possa controlá-las. Mas tudo bem. Na verdade, mais do que tudo bem. Cara, adoro isso!

Terry faz a pesagem e as anotações, enquanto assumo o papel de Senhor Supremo dos vaqueiros de pinguins. Estou ficando bem habilidoso nisso, digo comigo mesmo. Nós rimos, como rimos.

Depois de pesarmos nove ou dez pinguins, Terry diz:

— Andei pensando em Verônica.

— Sim? — É o que Gav diz quando quer me incentivar a dar uma opinião. Quero ver se funciona com Terry. Funciona.

— Ela me contou sobre a infância dela. Sobre a guerra. E sobre os pais, Giovanni e o bebê.

— A vovó se abriu com você?

Terry dá de ombros.

— Verônica passou um tempão sem falar dela. Mas um dia veio tudo aos borbotões.

— Vai ver que estes indivíduos ajudaram — comento, passando para Terry um pinguim gordo, com cara de confuso.

— É, acho que sim. — Ela agarra o pinguim e o enfia no saco de pesagem. Faz a leitura e anota no caderno. — Verônica foi magoada repetidas vezes. Todo mundo que ela amava desapareceu. Acho que, ao longo dos anos, ela aprendeu a ver o pior das pessoas, a fazer questão de não estabelecer um vínculo. Simplesmente porque ela não consegue suportar nenhuma outra perda.

— Pode ser que você tenha razão, Terry.

Ela suspira.

— Não posso imaginar a dor de, de repente, descobrir que seu bebê foi levado embora!

— Levado embora?

— É, foi o que aconteceu com Verônica. Quando as freiras levaram o bebê às pressas e o deram para aquele casal canadense. Ela nem ao menos pôde se despedir.

Olho boquiaberto para Terry, pois o que ela diz faz total sentido.

— Você quer dizer... quer dizer que ela *não teve escolha*?

— Ela não te contou? Não estava nos diários? — Os olhos de Terry arregalam-se de surpresa. Depois, seu queixo cai, ao perceber que eu não tinha ideia do que havia acontecido.

— Pensei que ela tinha dado o bebê para adoção, ainda que parecesse que ela gostava dele. Agora entendo. Nossa, pobre Verônica! Pobre criança!

Dividimos um momento de reflexão.

— Acho que tudo bem você saber — Terry diz, por fim. — Afinal de contas, ele era seu pai. Você sabe que ele morreu, não sabe? — ela acrescentou, ansiosa.

— Sei, sei. Estava na casa dos 40, acidente de alpinismo.

Ela volta a suspirar, e seu rosto assume uma expressão filosófica.

— A vida é cruel, não é? Justo quando você supera uma coisa, acontece outra. Muitas pessoas morrem.

— Hã... Sem querer ser pessimista ou coisa assim, mas meio que acho que todos nós morreremos — observo.

Ela sorri. É um sorriso atrevido e surpreendentemente bonito.

— Mas a gente não precisa fazer isso ainda, precisa?

— Não — concordo. — Precisamos aproveitar ao máximo o tempo que temos.

— Epa! Pinguim! — Estávamos tão entretidos na conversa que fomos em frente e deixamos o pinguim gordo no saco de pesagem. Ela o retira e o vemos vacilar um pouco, antes de sair às pressas para se juntar aos companheiros.

Ficamos um pouco mais ali, pesando, no mínimo, trinta pinguins, e aproveito cada minuto. Fazer toda essa coisa de pinguim é pra lá de fantástico. Entendo totalmente por que Terry, Mike e Dietrich estão obcecados. Seria uma tragédia eles terem que interromper o projeto.

Minha cabeça dura finalmente compreende. Era isso que Terry tentava me dizer quando mencionou o dinheiro naquela vez, mas foi delicada demais para dizer com todas as letras. A vovó deve ter dito a ela que planejava deixar seus milhões para o projeto dos pinguins, e não para a minha pessoa. Aposto que Terry se sentiu culpada, precisando desesperadamente do dinheiro para seus amados pinguins, mas sentindo que era meu direito ficar com ele. Ela viu os dois lados, porque o jeito dela é esse. Deduzindo que eu me importo com a grana.

E será que me importo? Bom, veja por este lado. Até alguns meses atrás, nem sabia que tinha uma avó. E a não ser para pagar o Gav por financiar minha viagem até aqui (o que me preocupa), na verdade, não saberia o que fazer com essa montanha de dinheiro. Provavelmente, seria desperdiçado em coisas inúteis: videogames, inscrição em academias de ginástica, cerveja, bicicletas, equipamento chique para cozinhar etc.

É, a vó V deve mesmo deixar seus milhões para os adélias. Eles precisam disso muito mais do que eu.

VERÔNICA

– Você tem sido bom comigo.

– Não fique tão surpresa, vovó.

Costumava achar a palavra "vovó" terrivelmente embaraçosa, sobretudo quando aplicada a mim mesma, em especial por ele. Contudo, estou me acostumando. O menino tem sido generoso em seus cuidados, gentil em toda a sua assistência.

– Confesso que sinto certa surpresa – digo a ele.

Estou encolhida na cama, recostando meus ombros e a cabeça em uma montanha de travesseiros. Minha saúde está se recuperando. Ainda não estou grande coisa, é claro, mas é um imenso alívio mais uma vez respirar e comer de forma adequada. Patrick está na cadeira ao meu lado. Acabou de me trazer chá. Terry está no outro lado do quarto, prendendo uma etiqueta laranja vivo na nadadeira de Pip. Agora que ele começou a ir para fora, é importante saber sua localização. Fico morta de preocupação com a sua segurança. Vi inúmeros pinguins morrerem, e aquela primeira vez em que vi o filhote pendurado nas garras do mandrião ficou gravada na minha memória. Não suportaria se alguma coisa acontecesse ao nosso querido Pip. Tento tirar o pensamento da cabeça. Faz mal para a minha pressão.

É melhor ter amado e perdido do que nunca ter amado. A frase passa pela minha cabeça. De onde vem? Não consigo saber. Não é *Hamlet*.

Quando Pip estiver um pouco maior, terá que ir embora e viver no meio dos seus companheiros pinguins. Terry ressaltou que não podemos continuar alimentando-o para sempre, sem falar que seria errado. Ele não é um de nós; é um pinguim. Precisa poder desenvolver seu potencial como pinguim. Precisa levar vida própria, longe de nós, humanos. No devido tempo, toda a colônia se dirigirá para o mar. Os adélias passam o inverno nos blocos de gelo, onde a temperatura do ar é mais alta do que na terra. Eles acham fendas no gelo por onde pescam. Isso é algo que nós, humanos, não podemos ensinar a Pip. Ele precisa aprender com seus compatriotas.

Volto a atenção para meu neto. Se analisar com cuidado o rosto de Patrick, posso perceber algo de Giovanni nos olhos dele.

– Vou admitir que minhas primeiras impressões sobre você não foram boas – conto a ele. – Fiquei bem desanimada com a sua falta de higiene na ocasião. Fico feliz em notar que desde então ela melhorou.

Ele inclina a cabeça, reconhecendo esta verdade.

– Muito grato.

– Mas, para mim, o problema principal foi o fato de você tomar droga. – Gostaria de saber onde eu me coloco a esta altura. – Você parecia estar fumando maconha quando cheguei à quitinete. Deduzi que fosse viciado. – Não notei nem sinal disso desde que ele chegou aqui, mas pode ser que tenha preferido usufruir desse hábito repulsivo ao ar livre.

– Bom, acho que era meio viciado, sim, se é que me entende – ele reflete. – Agora estou bem, caso esteja se perguntando. Só voltei para as drogas porque... às vezes as coisas me afetam. Quando você decidiu entrar na minha vida, minha namorada tinha acabado de ir embora com outro cara, e a vida estava bem puxada, vovó.

– Sei. – Dou um gole no Darjeeling. Estou impressionada. Ele o preparou exatamente com a cor correta, nem forte nem fraco demais.

Olho para Terry que puxa de leve a etiqueta de Pip, para verificar se está firme. Ao mesmo tempo, ela entreouve a conversa.

– Desde que cheguei aqui, revi minha opinião sobre aqueles que fazem uso da maconha, graças à Terry. – Se a certa altura da minha vida, tivessem me oferecido tal droga, sem dúvida agarraria a chance. – O vício é um negócio sério, mas tem horas em que ficamos vulneráveis. Eu mesma sou viciada em chá de boa qualidade.

Patrick sorri.

– Ah, mas esse vício é bem melhor.

– Mas tem algum vício que possa ser bom? – Terry intervém.

– Estou começando a desconfiar que alguns não são tão ruins – respondo. – Por exemplo, o seu próprio vício, Terry.

Ela ergue as sobrancelhas, surpresa.

– Que vício?

– Seu vício em pinguins.

– Bom, não posso negar – ela reconhece. – Eles de fato ocupam bastante os meus pensamentos e energias. – Ela puxa o bico do Pip, brincando. Nós três olhamos para ele com carinho. Ele abre a nadadeira com a nova etiqueta e abana-a um pouco, testando se ainda funciona. Depois, bem satisfeito, dobra a cabeça despreocupadamente para o outro lado e começa a se alisar com o bico.

Terry levanta-se.

– Bom, é isto aí. É melhor eu levá-lo até a colônia e apresentá-lo aos outros filhotes.

– Tem mesmo que fazer isso? Já?

– Vou trazê-lo de volta, é claro, mas está na hora de ver como ele se dá com sua própria espécie. Não devemos deixar que cresça pensando ser um humano. E agora ele já está grande o bastante para ir lá fora e dar uma volta de verdade.

– Posso ir também? – pergunta Patrick, também se levantando.

– Claro.

Começo a tentar sair da cama.

– O que você está fazendo, vovó?

– Vou com vocês.

– Não vai, não! – Patrick e Terry entoam juntos.

– Você fica aqui e se mantenha aquecida – Terry acrescenta.

Começo a protestar, mas desmorono de volta na cama. No momento, estou fisicamente incapaz de ir até a colônia, por mais que isso me desespere.

Patrick enfia o cobertor à minha volta, trazendo algum conforto com suas mãos grandes e gentis.

Estendo a mão para Pip, que dá um pulo na mesma hora, e se esfrega nela.

– Vocês vão tomar conta dele, não vão? – peço, olhando de Patrick para Terry e vice-versa. – Fiquem perto dele. Não deixem que ele chegue perto de nenhum mandrião ou foca. Nem de nenhum pinguim adulto agressivo. E vocês vão trazê-lo direto para casa se parecer faminto, solitário ou infeliz de alguma maneira?

– Claro que vamos, vovó.

– E quero que vocês o tragam aqui assim que voltarem, mesmo que pensem que estou dormindo.

Não estarei dormindo. Eu não vou pregar o olho de preocupação.

– Vai dar tudo certo, Verônica – Terry insiste. – Confie em nós.

Parece que terei que confiar.

Aquilo é um som à porta? Eles voltaram? Pego meu aparelho auditivo e o coloco, subindo o volume ao máximo.

– ...como uma mãe vendo o filho ir para a escola pela primeira vez.

– É, fadado a ser complicado.

– A culpa é minha, por deixá-la ficar tão apegada.

– Não se culpe. Sei como a vovó é. Ela pode ser totalmente...

– Olá! – berro. – São vocês dois? Pip está com vocês?

– Ah, oi, Verônica – Terry grita de volta. – Sim, estamos só tirando as botas. Em um minuto estaremos aí. Ele está...

Ouço uma corridinha, e a carinha de Pip aparece à porta do quarto.

– Pip! – exclamo.

Ele sacode as nadadeiras e agita a cabeça.

– Você está bem! Você está bem! – Meu rosto está molhado de lágrimas; não consigo estancá-las. – Ah, como sou boba, mostrando fraqueza! – declaro irritada, quando Patrick e Terry entram.

– Fraqueza? – Terry repete. – Ninguém poderia te chamar de fraca, Verônica.

Puxo o lenço de debaixo do travesseiro e enxugo os olhos com fúria.

– É perfeitamente normal chorar, vovó – Patrick afirma, pegando Pip do chão e colocando-o sobre a coberta. – Chorar não tem nada a ver com ser fraca.

– Concordo – diz Terry. – É o oposto. As lágrimas vêm quando a pessoa foi forte demais por tempo demais.

– Não se preocupem comigo – retruco, com aspereza. – Vocês fariam a gentileza de me fazer um relatório completo da ida de Pip ao viveiro?

No início, Pip estava tímido, eles me contam, e ficou bem junto aos pés deles. Mas logo sua curiosidade precisou ser satisfeita, e ele se aproximou de um bando de filhotes com idade semelhante à dele. Estavam brincando de pega-pega. Ele não participou, mas olhou o bando com fascinação, aproximando-se cada vez mais.

Terry pega a câmera e me mostra uma foto.

Ela ri.

– Ele está muito cauteloso com os pinguins adultos, mas é um bom começo.

– É um grande herói – acrescenta Patrick.

– Obrigada por tomarem conta dele – digo aos dois, minha voz um tantinho trêmula.

Meu neto acaricia a cabeça de Pip.

– O prazer foi nosso, vovó.

Dá para acreditar? Patrick consertou o gerador! Segundo Terry, ele subiu na escada para dar uma olhada na turbina eólica e desceu resmungando uma ladainha sobre hastes, eixos e volantes. Então, para grande pesar de Mike, serviu-se de alguns restos de cerca quebrada e de velhas lâminas de trenó e consertou a coisa. Voltamos ao nosso fornecimento normal de eletricidade, o que significa que Dietrich pode escutar todos os CDs que quiser, Terry pode usar o computador o tempo que quiser, e posso voltar a tomar quantas xícaras de chá eu quiser. Sinto-me melhor só de pensar nisso.

– Estranho, não é? Meu neto, que não tem nenhuma qualificação, consertou o gerador, enquanto você, com toda sua formação, não conseguiu – observo a Mike.

– Ele nos surpreendeu – Mike reconheceu de mau humor. – Mas, em minha defesa, meu conhecimento é em Bioquímica, Verônica, não em Mecânica.

Bravo, Patrick!

Eu me pergunto se tem algo especial nos genes McCreedy, um espírito empreendedor, uma necessidade de forçar os limites pessoais. Vivenciei tal necessidade várias vezes na minha vida. Por exemplo, ao vir para a Antártica. Pelo pouco que sei da vida do meu filho, deduzo que ele também tenha vivenciado isso. Sua prima adotiva contou-me, em sua carta, que o meu Enzo (também conhecido como Joe) tinha uma tendência a ser teimoso e nunca reconhecia as próprias limitações. Gostava de ir além e amava lugares selvagens, motivo de ter se tornado um alpinista. Patrick demonstrou um traço semelhante ao vir para cá e ao subir a escada para consertar coisas.

Confesso que me sinto muito orgulhosa.

Agora que sou capaz de voltar a conversar, tem um assunto que gostaria de discutir com meu neto.

– Patrick, você diz que não se lembra de nada do seu pai?

Ele sacode a cabeça.

– Não. Nadinha. E você?

– Eu me lembro de trocar as fraldas dele.

E me lembro da sensação dele, do calor dele, agarrando-se a mim com braços minúsculos, minha própria e querida trouxinha de esperança.

– Sei que você não abriu mão dele. Sei que ele foi tirado de você sem que pudesse dar sua opinião – Patrick diz.

Bom, achei que isso fosse óbvio. Se eu tivesse tido algum poder de decisão, tudo teria sido bem diferente, de fato.

Por um louco momento, cogito abrir meu medalhão e mostrar a Patrick a mecha de cabelo do pai, mas não posso. Pelo menos, ainda não. Seria além da conta. Satisfaço-me em saber que Patrick leu meus diários. Ele sabe que eu amava Enzo e que ele me era precioso.

Na verdade, ele sabe muitíssimo a meu respeito, e sei muito pouco sobre ele.

– Sua mãe...? – começo.

– Se matou quando eu tinha 6 anos – ele diz.

– Ah.

Lamento muito saber isso. Na verdade, é trágico que alguém chegue a esse ponto, ainda mais quando muitas outras vidas são ceifadas sem o benefício da escolha. E deixar um garoto sozinho no mundo parece muito errado. Mas me dou conta de que o meu Enzo também abandonou Patrick, seu próprio filho, quando criança. Por que ele fez isso? Por quê?

– Você lembra se a sua mãe alguma vez falou sobre o seu pai quando você era pequeno? – pergunto.

– Ela nunca falou. Mas posso te dizer, vovó: eu o odiava! Pus nele toda a culpa pela morte dela. Achava que tinha feito isso por ter sido abandonada. Mas... Andei pensando muito nos últimos tempos e percebi que pode ter sido outra coisa. Pode ter sido a maneira como ela era. Deprimida pra danar. Olhando para trás, consigo enxergar. Talvez ele tenha dado o melhor de si, mas não conseguiu lidar com o comportamento errático da minha mãe, e por isso foi embora.

Olho para este garoto estropiado na minha frente. Estou em estado de admiração. Ele está disposto a dar o benefício da dúvida. É extraordinariamente complacente. É inegavelmente generoso.

– Talvez um dia, vovó, e só estou dando uma sugestão (se quiser, me mande andar), pudéssemos ir para o Canadá juntos e descobrir mais sobre o meu pai, sobre a vida dele.

– Gostaria muito, Patrick. Muito mesmo, de verdade.

🗓 *9 de janeiro de 2013*

No momento, tudo se concentra em descobertas. Os filhotes de pinguins estão infinitamente curiosos e se aventuram cada vez mais longe do ninho, incluindo nosso querido Pip. Até agora ele já foi duas vezes à colônia, e estamos orgulhosos (e aliviados) que esteja começando a fazer amigos. Mas continua apreciando seus humanos.

Aqui está uma foto que vocês vão amar: Verônica lendo um capítulo de *Grandes esperanças* para Pip. Ele parece bem interessado, não é? Recentemente, ele tem sido um grande conforto para ela, que está sofrendo de uma infecção pulmonar. Mas não há nada com que se preocupar.

Vocês perceberão o quanto Pip cresceu, e podemos detectar penas de verdade debaixo da sua plumagem de bebê. Essas penas são suas defesas, sua própria roupa de mergulho, tão necessária.

Em geral, o primeiro encontro de um jovem pinguim com o mar é um choque. Os jovens arquejam e se debatem nas ondas, são arremessados e rodopiam, sem ter ideia das próprias habilidades... até que, de repente, mergulham e percebem que podem realizar incríveis proezas em um balé aquático.

Pip já teve vários encontros com torneiras e bacias. Faremos o máximo para garantir que ele também se sinta à vontade com seus companheiros pinguins, antes de levá-lo para o grande mergulho – o que acontecerá logo. ■

VERÔNICA

⦿ *Ilha Locket*

Terry é só sorrisos.

– Meu último post foi retuitado 846 vezes!

Mike tira os olhos de suas notas e ergue as sobrancelhas:

– Está brincando?

– É verdade! Foi a foto de Pip com Verônica e o *Grandes esperanças* que fez isso. Tem uma porção de comentários ótimos também.

– Uau! Muito bem, Terry! – ele exclama com uma verve e generosidade de espírito incomuns.

– E muito bem, Pip e Verônica – ela retruca, enfaticamente.

Ele acena com a cabeça em minha direção, como agradecimento. Finalmente consegui ir até a sala de visitas e estou encolhida em uma manta roxa, na minha cadeira. É noite e estamos todos planejando ver um filme juntos. Uma das prateleiras tem uma pequena coleção de caixas chatas, que aparentemente são DVDs (não faço a menor ideia do que a sigla significa). Terry trouxe a tela do computador com ela e colocou-a sobre a mesa para ser conectada à geringonça que passa DVD. Patrick está na cozinha, preparando um "jantar no colo" para todos nós.

Enquanto isso, Dietrich está brincando de cabo de guerra com Pip, no outro lado da sala. A corda entre eles é o cachecol laranja de Dietrich. Não sei bem como a brincadeira começou, mas Pip, que não vai soltar de jeito nenhum, está com uma ponta presa bem firme no bico. Sempre que Dietrich (que está de joelhos) puxa a outra ponta, a cabeça do Pip mergulha para a frente e ele patina, bamboleando pelo chão, as nadadeiras abertas para dar equilíbrio. Então, Dietrich afrouxa o aperto, e Pip recua apressado, para recuperar o terreno perdido. Dietrich dá um novo puxão, e Pip decide se jogar de barriga. Com as pernas patinando freneticamente, desliza em frente, arrastado pelo cachecol, que está esticado, a cada minuto encompridando mais.

– Tudo bem, então, carinha. Você ganhou – ri Dietrich, cedendo o prêmio ao vencedor. – Mas, por favor, não o reduza a pedaços, mascando. – Pip solta um piozinho de prazer. Puxa o cachecol até um canto, volta por volta, e se ocupa em dissecá-lo.

– O que você estava dizendo sobre o seu blog, Terry? – Dietrich pergunta, ficando em pé.

– Um monte de *likes* – ela responde. – 846 retuítes.

Terry me contou sobre o Twitter, tuítes e retuítes, e tudo me parece singularmente sem sentido.

– *Mein Gott*, é ainda melhor do que quando tivemos a reportagem *A saga dos pinguins*, de Robert Saddlebow!

– Eu sei. – Ela emana orgulho. – Uma porção de novos seguidores, também! Até poderia valer a pena deixar dicas de como o projeto dos pinguins está lutando por recursos.

Imediatamente, o clima na sala desaba vários níveis, de jovial para sombrio. Isso acontece sempre que há uma referência ao colapso do projeto. Terry me confidenciou que, em seu novo cargo, ela recorreu ao Conselho de Pesquisa Anglo-Antártica em busca de dinheiro, mas deu com a cara na porta.

– O que vocês acham, meninos?

Dietrich coça o queixo.

– Bom, não queremos passar por gananciosos.

– Talvez seja melhor dar destaque não só para a pesquisa da ilha Locket, mas para o estado frágil dos pinguins, ou mesmo do planeta, em geral – sugere Mike. Ele se vira para mim. Vejo seus olhos ardendo de paixão; vejo que, apesar de se comportar como um cacto, ele realmente se preocupa. – Sabia que estamos no pior período de extinção, desde o desaparecimento dos dinossauros? Daqui a duzentos anos, metade das espécies vivas poderá ter desaparecido.

Aproximando-me da marca dos 100 anos, como estou, acho um período de tempo alarmantemente curto. Não estarei por aqui para testemunhar a devastação, mas ainda assim...

Metade das espécies vivas desaparecida. Achei que eu, Verônica McCreedy, poderia fazer diferença, mas começo a perceber que será preciso mais do que uma mulher e sua herança de alguns milhões de libras para salvar os adélias e o meio ambiente.

– Nos próximos quinze a quarenta anos, montanhas de animais já estarão extintos – Mike continua. – Ursos-polares, chimpanzés, elefantes, leopardos-das-neves, tigres... a lista segue.

– Deus do céu! – exclamo. O meu horror é tanto que quase volto a me sentir mal.

– Que legado triste estamos deixando para a próxima geração – comenta Dietrich. Sei que ele está pensando nos próprios filhos. Seus olhos parecem enevoados.

– Então, de que serve todo esse negócio de Twitter? Que raios essas pessoas do Twitter podem fazer? – pergunto a Terry. Duvido muito que *elas* doassem milhões para centros de conservação, mesmo que, em algum universo paralelo que não tem qualquer semelhança com o nosso, elas quisessem.

Terry parece pensativa.

– Talvez eu pudesse colocar no blog mais coisas a respeito do assunto. Poderia dar dicas de como as pessoas deveriam mudar seu estilo de vida, o que compram, o que comem, as indústrias que apoiam, a maneira como viajam. Qualquer coisa ajuda.

Eu me pergunto se a situação é, de fato, remediável. Na época da guerra, todos fizeram sacrifícios pelo bem comum. Poderiam fazer de novo, se pelo menos houvesse pessoas suficientes que se preocupassem.

Cato lixo com minhas pinças na costa de Ayrshire, mas com certeza não penso muito nessas coisas. Preciso me esforçar para melhorar meus hábitos. Quando chegar em casa, direi a Eileen que não é mais para gastar meu dinheiro em biscoitos de gengibre, nas lojas Kilmarnock, embora goste deles. Pelo que me lembre, esses biscoitos vêm em uma caixa de papelão revestida de plástico. Dentro eles estão dispostos em uma bandeja de plástico, envolta em mais uma camada de plástico. Não há dúvida de que também sejam transportados sem necessidade para metade do globo. Estou bem disposta a sacrificar os biscoitos de gengibre pelo benefício do planeta.

– A ameaça mais aterrorizante à natureza, e para todos nós, é a mudança climática – Mike afirma. – Temos que pressionar os políticos, porque a única coisa com que eles se preocupam são os resultados da próxima eleição. Temos que insistir que nosso mundo é importante para nós.

Com certeza é.

– O que poderia ser mais importante? – Terry pergunta com fervor.

– Mais importante do que o quê? – Patrick entra na sala cambaleando, com uma bandeja cheia de garrafas de vinho, palitos de queijo, patês multicores e minipizzas.

– Luxo! – exclama Terry subitamente, novamente toda animada e confiante. Não tenho certeza se ela está respondendo à pergunta, ou admirando o cardápio.

Mike dispara um olhar para ela, que não consigo interpretar muito bem. Ele parece estar se debatendo com alguma coisa. Depois, olha para Patrick, esquadrinhando cada centímetro do seu rosto.

– O quê? O que foi que eu fiz? – meu neto pergunta. Coloca a bandeja na mesa e olha com cara de interrogação para todos nós. Seus olhos param em Terry. Ela sobe os óculos no nariz e fica um pouco mais rosada. Foca a comida e diz:

– Você está nos deixando mal-acostumados, Patrick!

– Parece delicioso – diz Dietrich. – E tem um cheiro ótimo. Vamos começar. Minha barriga está roncando.

Patrick passa os palitos de queijo ao redor. Rodo o meu em uma mistura cremosa esverdeada e dou uma provada. Está muito gostoso.

– Então, que filme vocês escolheram? – ele pergunta.

– Não escolhemos. A gente acabou se distraindo – responde Terry. – Do que você gosta? Nós já vimos todos, então você e a Verônica devem decidir.

Patrick percorre a prateleira e lê alguns títulos:

– *A volta da Pantera Cor-de-Rosa*, *Quantum of Solace*, *Missão impossível*, *À espera de um milagre*...

Presto atenção.

– Este último parece bom.

– Não acho que gostaria dele, vovó, é meio... bom, não é agradável. Que tal... – ele pensa – ...*Feira das vaidades*?

– Acho uma boa escolha.

O filme é, de fato, bem agradável, pelo menos no que me diz respeito. Tem muita coisa para ser saboreada em um bom drama de época, e os personagens me interessam. Contudo, noto Patrick remexendo-se em sua cadeira e suspirando um pouco, e percebo que sua escolha levou em conta as minhas preferências, não as dele.

❄

Consegui tomar um bom café da manhã, hoje, incluindo mingau de aveia e torrada. O que sobrou está ao lado da cama, em uma bandeja. Agora estou novamente tomada pela exaustão, precisando de um cochilo. Patrick e Terry estão à porta do quarto, conversando baixinho.

— Então, devemos levar Pip de novo para fora? — Ouço Terry perguntar baixinho. — Acho que ele está ficando inquieto.

— Parece uma boa ideia. Mas devemos acordar a vovó?

Eles estão em pé, próximos um do outro. Percebo pela voz deles. Luto contra o sono, para escutar.

— Não — responde Terry. — Só vai fazer com que ela passe pelo estresse de tentar vir junto, e ainda não é possível. É melhor a gente sair de fininho.

— Mas é melhor deixar um bilhete, ou ela vai pirar ao ver que o Pip saiu.

— Tem razão. Boa ideia.

Patrick e Terry estão se dando bem. Poderia haver um sopro de romance no ar? Patrick não deixa transparecer seus sentimentos, mas posso perceber uma ansiedade crescente, como as folhas de uma árvore brotando no primeiro calor da primavera. Terry também gosta dele, é óbvio, mas Terry gosta de todo mundo. Ela trata todo mundo como se fosse especial. É bem o meu oposto.

Ouço Patrick ir até o cesto de papéis e pegar o Pip.

— Vamos lá, seu pestinha. Hoje você vem com a gente!

Terry e Patrick fazem barulhos como se fossem arrulhos. Sei que estão acariciando o filhote, alisando sua barriga e o queixo. Ele deve estar amando cada momento. Abro dissimuladamente uma pálpebra, para dar uma espiada. São como pais se alvoroçando sobre um recém-nascido.

Reflito a respeito quando eles pegam Pip e saem, fechando a porta em silêncio ao passar. Pip e eu criamos uma conexão próxima entre os dois. Quanto mais penso, mais me convenço: Patrick e Terry combinam como xícara e pires.

Não sei ao certo quanto tempo se passou. O calendário diz que ainda é janeiro. Sei que perdi a data original da minha viagem de volta para a Grã-Bretanha. Houve uma conversa sobre outro navio que chega daqui a uma semana e, como já me recuperei significativamente (houve uma consulta com o médico por telefone, e ele concordou), eu e Patrick deveremos partir nele. É um grande azar, tendo em vista as possibilidades de Patrick e Terry, que simplesmente não terão tempo hábil de se materializarem. Não tem como Patrick ter permissão para prolongar sua visita, mesmo que queira. Ele não é um cientista, nem um milionário.

Terry e Patrick, inevitavelmente, serão separados.

É exatamente o tipo de brincadeira maldosa que o Destino gosta de fazer. Sei, por longa e amarga experiência, a força necessária para resistir ao Destino, quando ele está empenhado em tal brutalidade.

No entanto, Patrick e Terry são jovens demais e fracos de espírito para perceberem, ou fazerem algo a respeito.

PATRICK

◉ *Ilha Locket*

Por mais que esteja contente que a vó V não tenha batido as botas, não será muito divertido acompanhá-la de volta para casa, no navio, no avião e tudo mais. Pelo menos, agora, estou mais acostumado com suas pequenas manias. Aprendi a esperar o inesperado, né?

– Aposto que vocês vão ficar satisfeitos de ver a gente pelas costas – digo ao pessoal. Estamos terminando o café da manhã, e estou pensando no que preparar para a vovó. Restaram algumas fatias de bacon quase decentes, e vou fazer um bule de Darjeeling.

Dietrich sorri.

– Com certeza, vai ser um alívio não termos mais que nos preocupar com Sra. McCreedy. Mas tudo vai parecer muito monótono sem vocês dois.

– Vamos sentir falta da sua comida – acrescenta Mike.

Deet dá uma piscadinha. (Grande cara, o Deet. Contei a ele sobre a Daisy, e ele fez um dos seus desenhos de pinguim para ela. Mandei-o ontem por e-mail para o Gav.)

– Estamos acostumados com mudanças, aqui – ele conta. – Daqui a poucas semanas, os filhotes vão ter suas novas coberturas de penas e começar a ir para o mar junto com os pais. É aí que a gente começa a se sentir triste de verdade.

– Todo ano você sabe que vai acontecer, mas é sempre estranhamente emotivo. – Terry está com os olhos fixos na parede do outro lado.

Mike suspira, engatando no clima:

– Neste ano será ainda pior, sabendo que pode ser o nosso último.

Ele parece ter sentimentos contraditórios. Tem aquela namorada na Inglaterra, e, se o projeto acabar, ele vai poder morar com ela, talvez seguir toda aquela coisa de casamento e filhos. Mesmo assim, tenho a sensação de que aqui ele está em seu hábitat, independente e imerso no negócio dos pinguins, à solta no gelo e no frio. Sua zona de conforto é aqui.

Noutro dia, soube de uma coisa interessante através do Deet. Foi o Mike quem descobriu a vó V deitada na neve naquele dia fatal, embora todos eles estivessem lá fora procurando por ela. Foi o Mike quem prestou os primeiros socorros e a trouxe de volta para a base. Foi quem, basicamente, salvou sua vida. Ele não é nem um pouco desagradável como finge ser. Ele só carrega essa tonelada de mágoas, o suficiente para encher três baldes. Mas é bom sujeito. De vez em quando, até consigo ter uma conversa simpática com ele.

Terry começa a tirar os pratos. Parece muito triste; ela se preocupa muito com os pinguins. Quero sugerir de nos encontrarmos na Inglaterra, caso o projeto de pinguins da ilha Locket termine e ela volte para lá. Seria fantástico se eu pudesse passar mais tempo com ela. Mas não digo nada. Não quero que pareça que espero que o projeto acabe.

Quando entro no quarto da vovó, ela está acordada e na cadeira, com uma manta sobre os joelhos. Pip está largado de bruços, dormindo, amoldando-se ao colo dela. Cara, ele parece feliz. Vovó está olhando para ele, com um sorriso carinhoso. Tenho que dizer, é uma visão que me deixa satisfeito por ter uma avó. Até um pouco satisfeito que ela seja pirada.

Ela ergue os olhos para mim. Seus olhos reluzem com um propósito.

– Ah, Patrick, que bom que você está aqui. – Ela dá um tapinha na cadeira ao seu lado. – Algumas coisas práticas.

– Você parece muito melhor, vovó – digo enquanto me sento.

– Sim, estou bem melhor. Na verdade, tenho certeza de que vou viver, no mínimo, um pouco mais. Provavelmente, anos. Até poderia ser bem generosa a ponto de me conceder mais uma década.

– Oba! Estou feliz em ouvir isso! – Volto a me levantar, me jogo sobre ela e dou um abraço. Não consigo evitar, mesmo que ela não seja uma pessoa muito abraçável. Para minha surpresa, ela passa os braços à minha volta e meio que me abraça de volta, por um instante. Tenho certeza de que não sonhei isso.

O movimento acorda Pip. Ele pula do joelho dela para o chão e começa a alisar o peito com o bico. Pequenas porções de pluma saem, expondo as penas mais novas e lustrosas por baixo.

Vovó está remexendo na bolsa, que está ao lado da cadeira. Não a bolsa escarlate (que foi atacada por um pinguim), mas uma coisa medonha rosa-choque e dourada. Ela tira um lenço, assoa o nariz alto, depois olha no meu olho:

— Bom, aos negócios. Acho que é mais do que justo que você saiba que minha intenção é fazer um testamento assim que chegar em casa.

— Tudo bem — digo. Aí vem.

Ela fixa os olhos em mim. Nunca tinha notado a quantidade de cores que eles têm. Uma espécie de cinza-ardósia e verde-mar, mas com vislumbres de puro ouro.

— Algum tempo atrás, decidi que tomaria providências para deixar toda a minha herança para o projeto dos pinguins — ela me conta.

Concordo com a cabeça. Não dá para dizer que estou surpreso.

— Tudo bem.

— Criei uma ligação especialmente forte com os adélias — ela continua — e acredito ser fundamental preservar a espécie de algum modo. Se puder fazer uma pequena contribuição para ajudar, gostaria de fazê-lo.

— Vovó, não precisa me dizer isso.

Ela acha que devo estar chateado por não ficar com o dinheiro, mas não estou. O importante é que ela esteja bem.

— Esses cientistas sabem o que estão fazendo, e confio neles — ela continua. — Vou tomar providências para que, depois de morrer...

— Vovó, pare!

— Não faz sentido medir minhas palavras, Patrick. Nós dois sabemos que quase aconteceu. Seja como for, mais cedo ou mais tarde, vai acontecer. Enquanto isso, vou fornecer à equipe dos pinguins uma mesada para eles continuarem.

Exatamente o que eu esperava. Mais ou menos. Mas significa que os três cientistas ficarão aqui na ilha Locket para todo o sempre.

– Terry ficará feliz – digo. É verdade. Ela vai ficar em êxtase. Não vai nem perder tempo pensando em mim, de volta à loja de bicicletas, em Bolton.

Vovó continua.

– Vou prover amplamente para o futuro do projeto com uma condição: que todo ano os cientistas devam salvar, no mínimo, um filhote órfão. Para lembrá-los de que eles têm coração.

– Com certeza, você gosta de dificultar a vida para todo mundo, vovó – e dou risada.

Ela parece orgulhosa, como se fosse um elogio.

❄️

Terry está sentada no chão da sala de visitas, contorcendo-se para vestir sua calça impermeável.

– Me jogue os grampos, está bem?

Analiso-os, fingindo horror.

– Você poderia causar um estrago sério com eles.

Ela os pega da minha mão, amarra-os na bota, depois acena um pé para mim. Os cravos espetam e cortam o ar, e Terry gargalha como uma bruxa.

– Valeu a tentativa, mas o mal não está na sua natureza, Terry.

Luto para enfiar minha jaqueta e as botas de neve de reserva de Mike, sobre as quais, para ser justo, ele nunca reclamou.

– Vocês vão sair? – Mike pergunta, pairando junto à porta.

Meus pelos se eriçam ao som da sua voz.

– Patrick precisa sair – Terry diz. – Agora que Verônica está se virando bem, pensei em levá-lo até a extremidade norte da colônia. Ele nunca esteve lá, e acho que vai ser sua última chance. E a gente poderia ver como vai o Fuligem.

– Quer vir? – pergunto a Mike.

– Não. Deixo para vocês. Tenho que fazer análises de guano.

Pegamos Pip no quarto de Verônica. Terry diz que precisamos expô-lo para a colônia o máximo possível. Logo ele terá que voltar para lá e levar vida própria. Às vezes, nós o deixamos na "creche", nome que eles dão a um bando de filhotes que são deixados juntos quando os pais saem para pescar. Pip está cada vez mais corajoso. Roda por lá com os outros, brinca de pega-pega, de pular poças e por aí vai. Toda vez que o levamos para passear, temos que prometer à vovó que ficaremos de olho nele. Não sei como ela vai conseguir se separar daquele pinguim um dia.

Terry e eu caminhamos devagar. Pip segue alguns passos atrás, parecendo um cachorrinho bamboleante. Hoje não está muito frio, na verdade, é um frio até meio revigorante. A neve está retalhada. Em alguns lugares ela se junta em torrões, como marshmallows, e em outros está fina como um tecido, por onde apontam talos espetados de mato e seixos redondos.

— Espero que não esteja arrependido de ter vindo até aqui — Terry começa. — Se soubéssemos que Verônica tinha tanta resistência, nunca teríamos te chamado.

Olho para o céu. Está cor de mingau de aveia e parece meio pixelizado.

— Terry, está tudo bem. Você fez a coisa certa.

— Fiz? Nunca tenho certeza.

A vovó contou para ela e para os outros que, de agora em diante, vai financiar o projeto da ilha Locket. Eles ficaram tão agradecidos que não souberam o que dizer. Nem mesmo Mike. Mas é um pouco constrangedor, não é, toda essa coisa de generosidade?

— Por favor, acredite em mim quando digo que nunca pedi nada a Verônica — Terry insiste. — Realmente não esperava que ela fosse doar todo esse dinheiro, mesmo ela tendo mencionado alguma coisa sobre um testamento. Você não acha que andei explorando sua avó, acha?

Terry não tem a mínima ideia da ótima pessoa que é.

— Nossa, Terry, não! Se fosse para pensar alguma coisa, seria o contrário! Você sempre foi verdadeira, sincera, boa e... — É a minha vez de interromper a frase. Olho para ela e tudo fica um pouco esquisito. Não sei o que aconteceu, porque o clima está diferente. Em geral, ficamos completamente à vontade na companhia um do outro.

Apresso-me com o falatório:

— Você me ajudou a conhecer a vó V mais do que ninguém. É a única pessoa a quem ela cedeu, a única com quem ela se abriu. Ela não agiu assim nem mesmo com sua acompanhante, Eileen, em todos esses anos.

Isso é importante. Sei agora o quanto quero a vó V na minha vida. Fui abandonado pelo meu pai e pela minha mãe, os dois me deixaram de maneiras diferentes, mas minha avó, bom, ela me achou, não? Levou um tempo, mas foi o que ela fez.

Chegamos ao alto da encosta, e o sol surgiu por detrás das nuvens. No lago distante em formato de medalhão, há uma trilha esmaecida de luz que se estende sobre a água.

– Conhecer a vovó tem sido uma tremenda revelação – conto a Terry. – Talvez tenha sido loucura da minha parte vir até aqui, mas estou feliz por ter vindo. Se tivesse ficado em Bolton, jamais teria visto tudo isso. – Faço um gesto amplo, abarcando toda a cena: os recortes no horizonte, os salpicos coloridos de líquen cobrindo as rochas, a colônia de pinguins espalhada abaixo de nós, uma metrópole toda própria agitada de vida, amor e dor. – Além disso, se não tivesse vindo para a Antártica, nunca teria conhecido... – Interrompo-me e sei que meus olhos estão procurando os dela, imaginando se ela pode estar sentindo a mesma coisa. Não há pistas nesses olhos. Mas como estão cintilantes e profundos... Cara, daria para se afogar nesses olhos. Desvio o olhar depressa, antes que aconteça. Dou meia-volta para ficar de frente para Pip, abrindo bastante os braços, enquanto nosso amigo de nadadeira se esforça para nos alcançar. – ...nunca teria conhecido este carinha!

Pego-o nos braços. Ele solta um grasnado de surpresa. Rolo de costas na neve, levantando-o acima de mim. Seguro-o em uma posição que imita um voo, seus pés troncudos esticando-se para trás, as nadadeiras arqueando para fora. Pip solta um som gorgolejante, como se também estivesse rindo. Terry tira a câmera do ombro e a dirige para nós para captar o momento.

– Ah, adorei! – ela grita. – Uma mistura ótima de alegria, inocência e afeto entre pinguim e humano. Impossível não se emocionar.

Ela corre para o outro lado para tentar outra tomada, mas tropeça em uma pedra. O golpe faz com que solte um grito agudo, e Terry cai estendida no chão.

– Você está bem? – Foi um baita barulho quando ela caiu. Será que se machucou? Há um momento de silêncio.

Solto Pip no chão. A cabeça de Terry está virada, o rosto voltado para a neve. Ela não se mexe. A maneira mais rápida de chegar até ela é rolando, então é o que faço.

Viro-a para mim. Seus óculos estão meio tortos. Retiro-os com cuidado, e os coloco de lado. Ela está sorrindo. Não, está rindo. Há só brancura, Terry e eu, seu rosto perto do meu, a boca próxima à minha. Sob a minha. Nossos corpos estão separados por camadas e camadas de roupas impermeáveis, mas nossos lábios se encontram e se juntam.

Por um instante, ela não consegue falar. Quando seus lábios voltam a ficar livres, ela responde à minha pergunta.

– Sim, Patrick, estou muito bem, obrigada.

PATRICK

📍 *Ilha Locket*

As circunstâncias meio que nos levaram àquele momento, e não houve nada que eu pudesse fazer a respeito.

Mas... olha só! Sucesso!

Continuamos andando até estarmos no meio da colônia de pinguins. De vez em quando, ela parava e levantava a boca para ser beijada. Parecia um pouco público por causa da nossa plateia de pequenos senhores de smoking, que não tinham vergonha de nos encarar, mas, quando uma garota como Terry levanta o rosto para que você a beije, caramba, o que você faz é beijá-la. E a cada beijo fui entrando mais e mais em pânico quanto às suas expectativas, pensando que não conseguiria satisfazê-las, mas, ao mesmo tempo, eu queria mais. Queria cada pedaço dela, físico, mental, emocional, o pacote completo. Se Deus viesse até mim naquele momento e dissesse: "Patrick, meu filho, você tem duas escolhas. Escolha A, te concederei a paz mundial, ou Escolha B, você pode ficar para sempre com a Terry na Antártica", juro que optaria por ficar com Terry na Antártica para sempre. Teria dito sim na hora, sem brincadeira.

Depois de mais ou menos uns vinte beijos, Terry comentou:

– Vai ser duro esconder isso dos meninos.

– Olha, detesto te decepcionar, Terry, mas acho que eles já sabem – respondi, abrangendo com o braço os milhares de caras bicudas que olhavam para nós.

– Não dos pinguins, seu bobo! Dos outros cientistas!

– A gente precisa esconder? – perguntei. Eu estava no clima de gritar do alto dos telhados, quer dizer, do alto dos icebergs, ou o que seja.

– Precisa sim, Patrick – ela respondeu, como se fosse óbvio.

– Terry, ficar me esgueirando não faz parte do meu estilo.

– Nem do meu, mas é preciso – ela retrucou.

– Por quê?

– Para começo de conversa, eles vão ficar preocupados. Vão pensar que posso desistir deles e do trabalho. Podem até ter medo de que eu volte para a Grã-Bretanha com você.

Por que o futuro sempre tem que vir arrebentando e estragando tudo? A vida sempre joga uns problemas na cara, né? Logo quando tudo vai indo às mil maravilhas, outro problema aparece, e ali está você, tentando de tudo para descobrir que raios pode fazer a respeito.

Tenho, deixe-me ver, um total de cinco dias e meio restantes do meu relacionamento com a Terry, antes de voltar para o outro lado do mundo com a vovó.

– Então, é isso? Isto é tudo? Alguns beijos na neve?

– Me beije de novo – ela pediu.

Atendi.

Subimos outra encosta juntos, passando por cima de ravinas cheias de neve e seixos polidos. A luz do sol aquecia nossas costas. As muralhas de gelo em volta reluziam brancas, com tons lustrosos de verde, azul e turquesa. Terry sabia exatamente aonde estava indo.

– Olhe! – ela disse, apontando. O pinguim todo preto, Fuligem, estava ali, na nossa frente, em seu ninho. Tinha um ar meio presunçoso, pensei.

– Ainda não há sinal de ovos. Mas ele parece muito determinado. Quem sabe se achou ou não uma companheira? – Ela se importa demais com essas coisas. Gosto disso.

Enquanto fazíamos o caminho de volta, avistei uma foca brilhante tomando sol em uma pedra. Ela olhou para nós com uma expressão cordial. Estava toda gorducha e flácida, e me fez rir alto. Mas Terry disse que as focas são arqui-inimigas dos adélias. Não tanto em terra, mas debaixo d'água são mortais. A foca se esconde sob a superfície do mar e agarra o pinguim desavisado pelos pés. Depois, ela o sacode de um lado a outro com ferocidade e bate seu corpo contra o gelo até matá-lo, uma poça de sangue infiltrando-se pelas águas brancas.

– Vamos atrás de Pip! – Nós dois dissemos ao mesmo tempo. Talvez a gente tenha se divertido um pouco demais.

Por sorte, Pip estava se virando bem. Tinha feito uma parada em uma das creches de pinguins, sem o nosso incentivo, ótimo sinal para o seu futuro. Corria feliz com um bando de filhotes. É um grande alívio que sua vida social não tenha sido muito prejudicada por sua criação humana. Também é ótimo que tenha recebido aquela etiqueta laranja na nadadeira, caso contrário poderia acabar se misturando facilmente com os outros. Por mais que amemos Pip, ele é mesmo muito parecido com o resto. Sua etiqueta laranja destacou-se bem no meio das amarelas dos outros pinguins.

Os adultos estavam voltando para as bordas da creche, cada um chamando seu filhote. Os pequenos logo reconheceram as vozes e foram direto para seu genitor com uma precisão surpreendente. Nem pensar que perderiam a chance de uma dose de krill regurgitado. Pip tentou umas duas vezes com os pinguins maiores, mas ninguém caiu na dele. Não iriam desperdiçar suas preciosas regurgitações com um intruso, por mais fofo que fosse.

– Sinto muito, cara! – gritei para ele. – Você vai ter que voltar com a gente até aprender a pegar seu próprio peixe.

Pip virou-se e me observou. Juro que entendeu cada palavra. Seja como for, veio correndo em nossa direção. Quando chegou, apoiou-se amorosamente nos joelhos de Terry. Depois, olhou para seus companheiros, como que para dizer, "Ei, caras, estes são os *meus* pais".

Abaixamo-nos para fazer festinha nele. Um punhado de penugem de bebê saiu e flutuou para longe com a brisa.

Depois de um tempo, Terry me puxou para cima e passou os braços à minha volta. Abracei-a bem apertado pelo tempo que pude, os sentimentos borbulhando dentro de mim.

Ela soltou um longo suspiro.

– Isso é tão difícil! Eu... Ai, Deus, gostaria que pudesse ficar. Legal.

– Mas não precisa me chamar de Deus – provoquei.

Ela chutou a minha canela de brincadeira. O que deveria ter dito era, "Também gostaria muito de poder ficar", mas parece que perdi o momento. Então, desenhei um coração na neve e coloquei dentro um T e um P. Foi uma boa escapatória. Pelo menos, Terry pareceu gostar.

Pip ficou intrigado e inclinou a cabeça para olhar o meu desenho.

– Sei que você acha que o P é você, mas na verdade sou eu, cara – disse a ele. Ele não ficou impressionado. Na mesma hora, andou por todo o coração, borrando as linhas e as letras dentro dele. Vândalo.

– O que vamos fazer? – Terry perguntou. Sei que ela se referia ao nosso relacionamento. Era uma boa pergunta.

– Aproveitar estes cinco dias juntos a qualquer custo – sugeri. – Aproveitar cada momento que pudermos, sozinhos. Agarrar tanto quanto pudermos.

Será um desafio de cinco dias, com uma avó doente e um filhote de pinguim para cuidar, uma cabana cheia de cientistas sem qualquer espaço para se mexer, quanto mais saciar nossa paixão recém-descoberta.

Tirei as luvas e afastei o cabelo do seu rosto, pondo-o para trás. Suas faces estavam frias e macias. Os olhos pareciam um pouco úmidos.

Tinha que perguntar. Cara, simplesmente tinha.

– Tem certeza de que não quer voltar para a Inglaterra comigo?

A multidão de pinguins desvaneceu ao fundo, o barulho deles sumiu por um momento. Todos pareciam estar comigo, esperando a resposta dela.

Então tive aquele baque. Você sabe qual é. Como quando o supermercado está com uma oferta de cerveja tipo "Compre três, pague um", e você compra oito engradados só para descobrir, quando passa pelo caixa, que se confundiu. Não era a cerveja que estava em promoção, eram os pacotes de amendoim.

Sabia que não devia ter perguntado. Devia ter imaginado que ela jamais me poria acima dos pinguins.

– Não, Patrick, me desculpe. Eu... Não, não posso. Não agora que sabemos que o projeto tem futuro. Tenho que fazer parte disso. É tudo para mim.

A situação estava me deixando maluco. De algum modo, precisava me desvencilhar da Terry. Dei uma olhada no relógio.

– Nossa, faz horas que saí. Faz muito tempo que dei uma olhada na vovó.

Voltei correndo, na maior velocidade, pela neve.

PATRICK

Que diabos está acontecendo? Pensei que a vovó estivesse melhor, que estivesse fora de perigo. Pensei que íamos relembrar os pinguins no voo de volta na próxima semana, e tudo estaria legal. Parece que eu estava enganado. Quando voltei da colônia, ela estava de novo na cama, fora de combate. Também não acordou quando os outros entraram, mais tarde. Nem quando estávamos alimentando Pip, ainda que ele estivesse bem agitado e barulhento. Deixamos que ela dormisse. Levei para ela um jantar leve em uma bandeja, mas hoje de manhã a comida continuava intacta.

Hoje ela não comeu nada. Nem conseguiu se levantar do travesseiro. Empalideceu de novo e voltou a ficar com o olhar meio vidrado, distante. Terry, Mike e Dietrich estiveram fora o dia todo, então está um silêncio mortal. Peguei o livrão e tentei ler para a vovó alguns fatos sobre pinguins. Não houve qualquer reação da parte dela.

É quase cinco da tarde, quando escuto a porta e a voz dos três cientistas chegando juntos.

– Gente, a vovó está ruim de novo – conto a eles, correndo para encontrá-los. – Não comeu nada o dia todo e não mexeu um músculo.

Terry corre direto para o quarto dela, e ouço-a repetir o nome de Verônica inúmeras vezes. Ela volta sem cor no rosto.

– Patrick tem razão. Não consigo fazer com que fale comigo. Ela parece muito doente.

Dietrich franze a testa.

– *Gott*, não. Não acredito.

De uma hora para outra, Mike torna-se o Homem de Ação.

– Deveríamos tentar trazer o médico de novo. Vou mandar um rádio para eles agora mesmo.

É bom ter o Mike em um momento de crise. Ele corre para a cozinha, pega o rádio, ouvimos sua voz insistindo, e uma voz abafada fazendo perguntas do outro lado. Ele volta, parecendo exasperado.

– Eles não vêm. Estão com uma emergência. Desde que Verônica esteja confortável e aquecida, dizem que não há nada mais a ser feito.

– Tem que ter alguma coisa! – exclamo. Deus, detesto isso.

Mike sacode a cabeça.

– Eles voltaram a enfatizar que ela é uma senhora idosa. Insinuaram que seria melhor deixar que ela fosse em paz. Sinto muito mesmo, Patrick.

Ele também soa como se estivesse falando sério. Terry vem direto e me abraça. Reconheço, é bom. Mas não posso desfrutar disso. Não suporto pensar que vovó esteja novamente de partida, justo quando pensei que tínhamos superado o pior. Acreditava que conseguiríamos ter um novo começo. Faria para ela o meu bolo de polenta com limão, que é o melhor do mundo, e desta vez escutaria tudo o que ela teria a dizer, em vez de ficar enrolado com Lynette. Inferno, Lynette! Agora não dou a mínima para ela.

Não acredito que vovó esteja piorando de novo, justo quando estávamos começando a nos conhecer. Sinto uma sensação estranha, uma constatação estapeando meu rosto com força: minha vida nunca mais será a mesma.

PATRICK

⊙ *Ilha Locket*

Talvez tenha sido bom que aqueles médicos não viessem. Teriam ficado muito irritados se tivessem vindo. Naquele dia, a vovó estava decaindo depressa, mas no dia seguinte parecia muito mais animada. Pelo menos, conseguiu engolir um pouco de sopa e trocou algumas palavras comigo.

Mas então.

No dia seguinte, tudo foi por água abaixo. Ficou na cama, imóvel, sem comer, sem reagir. Às portas da morte mais uma vez.

Ela parece um ioiô humano. Está levando todos nós à loucura. Come feito um cavalo em um dia, e fica toda ágil e forte, e no outro está prostrada, incapaz de qualquer coisa. Então, depois que nos resignamos a uma cena de leito de morte antártico, ela se senta, diz que está com fome e volta a ficar bem. Não entendo. Que diabos está acontecendo?

— Ela está deixando todos nós à flor da pele, não? — Dietrich comentou depois do terceiro vaivém.

— Além da conta, cara — respondi.

Mandei um e-mail ao Gav e contei o que estava acontecendo. Ele me escreveu de volta, dizendo: *Aguenta aí, cara, faça o que é certo.* E uma mensagem da pequena Daisy, agradecendo o desenho do pinguim e uma foto dela com ele. Imprimi a foto e mostrei-a ao Deet, que ficou animado. Mostrei-a também à vó V, e ela pareceu se recuperar totalmente ao vê-la, só que depois, mais tarde, voltou a murchar.

O luto é um negócio esquisito na maior parte do tempo. É ainda mais esquisito quando você pensa que a morte é uma certeza. Uma hora, ela desaparece, depois se lança de volta na sua vida. É como um *bungee-jump* de emoções, sacudindo a gente por toda parte.

Dá essa sensação de náusea, deixa você ansioso e instável, acaba com a qualidade do seu sono. Estou começando a querer que houvesse um baseado à mão.

E ainda tem Terry. Nunca imaginei que pudesse me jogar de cabeça em tantos sentimentos com tanta rapidez. E ela diz o mesmo em relação a mim. Ainda que a gente saiba que pode não durar, nenhum dos dois parece capaz de se controlar. Tentamos ser muito sensatos, tentamos ressaltar que estamos recorrendo um ao outro só como consolo... Mas eu sei, e ela sabe (e ela sabe que eu sei), que é muito mais do que isso.

Tem uma quantidade imensa de sofrimento à minha frente, ali parada, só esperando para me atacar. E estou me dirigindo direto para ela. Mesmo que a vovó sobreviva, vou ficar um caco por ter que me despedir de Terry.

Será que a vovó vai sobreviver? O navio que deve nos levar para casa chega na ilha Locket amanhã, mas, para ser sincero, não faço a menor ideia se estaremos nele ou não.

VERÔNICA

⊙ *Ilha Locket*

Minha filosofia sempre foi: quem não arrisca não petisca. Abri-me com meu querido Pip ontem à noite, enquanto os humanos jantavam. Pip gosta que conversem com ele e escuta cada palavra. Coçou a cabeça com o pé, da maneira mais pensativa, e tenho certeza de que meu plano ardiloso ganhou sua aprovação.

Nos últimos dias, meu neto e os cientistas atormentaram-se constantemente, procuraram orientação médica via rádio e se revezaram para cuidar de mim. Dietrich voltou a ler *Grandes esperanças*, e Mike voltou a me informar os graus centígrados lá de fora.

Enquanto isso, conto os dias com cuidado. Monitoro o que como e o que a minha aparência revela (com a ajuda da minha bolsa de maquiagem). Observo. Escuto. Comecei a perceber que, quando me esforço, sou uma arguta juíza de caráter.

Terry e Patrick fazem muitos dos seus turnos juntos. Trocam inúmeros olhares significativos e, com frequência, quando pensam que estou dormindo, trocam juras de amor. Às vezes, há silêncios prolongados. Tomo cuidado para não abrir os olhos, mas tenho certeza de que ouço beijos.

Ontem recuperei um pouco as forças, e agora é hora de fazer mais um pequeno sacrifício para ajudar a minha causa. Hoje não vou compartilhar nenhuma refeição. Pego um lencinho no pacote da minha mesa de cabeceira e retiro toda a maquiagem. Consulto o espelho. É, já estou parecendo muito menos saudável.

Deveríamos partir esta tarde, então, caso reste algum pingo de dúvida sobre o assunto, está na hora da minha *pièce de résistance*. Os outros estão tomando café e me deixaram sozinha por abençoados dez minutos.

Saio da cama em silêncio e troco meu camisolão xadrez de lã pela minha camisola de seda violeta, a qual, acredito, produzirá um efeito mais dramático. Então me acomodo, com o máximo de cuidado, no chão. Meu cabelo, espetado. A cabeça, virada para um lado. Minha camisola espalhando-se à minha volta. Estico a perna devagar, e com o pé consigo empurrar o copo de água para a beirada da mesa de cabeceira... mais e mais... até ele cair e ir parar no chão com um estrondo.

Há passos correndo, um chamado de "Verônica? Verônica! O que aconteceu?".

Depois um "Ah, não!", um *"Mein Gott!"* e um "Minha nossa!", tudo de uma vez, quando eles me encontram.

VERÔNICA

Tenho a constituição de um touro, mas existe um limite para o que se pode fazer com um corpo. Parei de brincadeira e me dei a chance de me recuperar decentemente. Minha saúde vacilante, manipulada com habilidade (se é que posso eu mesma dizer isso), chegou exatamente aonde eu queria que chegasse.

Perdemos o navio de volta. Patrick está sendo mantido aqui por muito mais tempo do que pretendia. Tempo bastante não apenas para demonstrar sua habilidade espetacular com assuntos técnicos, mas também longo o bastante para que ele e Terry se apaixonem perdidamente de um jeito desajeitado e avassalador, como nos velhos tempos.

Minha segunda, mas talvez não tão milagrosa, recuperação é completa. Aventurei-me com os cientistas, Patrick e Pip em uma ida até o viveiro várias vezes nas últimas duas semanas. Estou feliz e emocionada em ver o quanto meu pequeno filhote se dá bem com seus companheiros pinguins. Pode ser minha imaginação, mas poderia jurar que ele enxerga sua família humana de um novo jeito, como se ponderasse consigo mesmo se somos pinguins enormes e desengonçados, com traços estranhos.

Agora, todos os filhotes estão substancialmente maiores e se tornaram ainda mais gregários. A agitada vida comunitária da ilha Locket continua e me impele a uma conscientização de que, desde que cheguei aqui, eu mesma aprendi muito sobre vida comunitária. E assim como os pinguins, por mais que as condições possam ser duras, eu, Verônica McCreedy, sou uma sobrevivente.

No entanto, preciso me acostumar a deixar as coisas seguirem seu próprio curso, sem minha interferência. Então hoje de manhã fiquei no centro de pesquisas para separar as minhas coisas. Meus pensamentos voltam-se para casa mais uma vez, para a Ballahays, para o outro lado do mundo. Aqui, é como se a minha casa fosse a ilusão, o sonho distante, enquanto esta imensidão antártica é a única realidade. Logo será o contrário.

Vou retomar minha monótona vida cotidiana. Ficarei ocupada em fazer arranjos de rosas para a mesa da sala de jantar, encomendar arbustos por catálogos e me debruçar sobre as palavras cruzadas do *Telegraph*. Percorrerei o caminho costeiro com a minha bengala, minha bolsa e minhas pinças. Não precisarei de roupas térmicas, nem de mukluks. Reclamarei com Eileen sobre poeira e aranhas.

No entanto, algumas coisas nunca mais serão as mesmas. Eu me deliciei na companhia de milhares de aves, cuja *joie de vivre* precisa ser vista para que se acredite. Morei com três cientistas na ponta mais ao sul da Terra e presenciei sua maneira de trabalhar. Talvez o mais surpreendente seja que embarquei no processo muito agradável de compartilhar pensamentos e experiências com meu neto, por tanto tempo desaparecido.

Acima de tudo, tive um debate com um filhote de pinguim e em consequência desafiei a morte – pelo menos por enquanto. Essas coisas mudam uma mulher. Mesmo uma mulher muito velha e rabugenta como eu.

Estou esperando Patrick em breve. Ele prometeu que voltaria antes dos outros para preparar o almoço (aparentemente um farto cozido).

Ouço-o à porta e me apronto. Ele mal tirou o casaco e as botas, quando dou início à conversa sobre a qual estive refletindo nas últimas seis horas. Preciso ter certeza de ter dito tudo que quero dizer, antes que suma da minha cabeça.

– Patrick, acho que já abusamos da hospitalidade da ilha Locket por um tempo considerável. Logo deveremos voltar para nosso país. Sem dúvida, a esta altura, você deve estar desesperado para voltar a Bolton.

Ele despenca em uma cadeira.

– Eu, ah, bom... Hum, sim e não. É complicado.

Não vou ficar cheia de dedos. Preciso saber.

– Complicado, é? Sei. E, por acaso, é por causa de Terry?

Ele demonstra o que acredito ser comumente chamada de "reação tardia". Inspira com força, depois solta o ar devagar.

– Por causa da Terry – admite.

– Foi o que pensei. – Não se pode enganar Verônica McCreedy. Posso ser uma velha acabada, mas me lembro do que é amar. Lembro-me, também, da agonia da separação. – Você nunca vai afastar aquela menina dos seus pinguins – digo a ele. Sou bem clara neste ponto, e Patrick precisa entender. – É o amor dela, sua vida, sua vocação. Mesmo que você conseguisse levá-la embora, ela acabaria te odiando.

Seus ombros caem.

– Acho que sim.

Analiso-o. Estou começando a entender como sua mente funciona. Terei que abordar o assunto com algum cuidado, para não parecer que estou privando-o de escolher.

– Pense, Patrick – instigo-o. – Pense. Não precisa ser assim. Existe uma alternativa. – Se ele mesmo vier com a ideia, saberei que está falando sério.

– Qual? Ficar aqui, é o que você quer dizer? – ele sacode a cabeça, arrasado. – Como se eles fossem permitir. Eles não deixariam. Não poderiam.

Patrick ignora completamente os próprios méritos.

– Eles gostam da sua comida – destaco. – E você consertou o gerador. Você tem habilidades práticas que são muito úteis. Já me disse que dominou a arte de tourear um pinguim. Além disso, você está extremamente bem informado sobre a ciência dos pinguins, através das suas leituras. – As sobrancelhas dele erguem-se devagar, enquanto falo. Estou ficando bem animada. – Uma pessoa a mais, como você, poderia se revelar uma vantagem e tanto por aqui. Com certeza, o centro de pesquisas tem lugar para, no mínimo, mais um. Se você tivesse um pouco de recursos... Se, talvez, fosse patrocinado por iniciativa particular...

As sobrancelhas de Patrick ergueram-se até onde é geograficamente possível chegarem.

– O que está dizendo, vovó?

Limpo a garganta e escolho as palavras com cuidado.

– Bom, considerando que os cientistas me abrigaram por muito mais tempo do que estavam esperando, e sob circunstâncias extremamente difíceis, penso que, além do financiamento para prosseguir com o projeto, gostaria de contribuir com o patrocínio de um pesquisador extra.

Ele salta da cadeira e me faz lembrar um cachorro grande e saltitante a quem foi oferecido seu brinquedo preferido.

– Você faria isso?

– Só com uma condição: que o pesquisador extra seja você. Você gostaria de ficar, se eu pudesse ajudar?

Ele se atira para mim e me envolve num abraço. É a segunda vez que isso acontece. À sua vista, me transformei, em um instante, de uma velha mal-humorada em um anjo luminoso.

– Patrick, eu te peço, por favor, pare com isto!

Ele obedece e recua, com respeito. Pego meu lenço e dou uma rápida enxugadinha nos olhos. Vive caindo um cisco neles.

Enquanto isso, Patrick começou a absorver as implicações do plano. Afunda de novo na cadeira. Agora parece abatido, como um cachorro do qual foi tirado seu brinquedo preferido.

– Você é o máximo, vovó, por ter essa ideia. Você é totalmente incrível. Mas não vai dar certo. Eles têm seu próprio clubinho aqui. São autênticos, são cientistas. Eu não passo de um vagabundo. Mesmo que você pague para eles, nunca vão me deixar ficar.

Dobro meu lenço com cuidado e coloco-o de volta na bolsa.

– Acho que você vai descobrir que vão.

– Vão? O que quer dizer? Que eles *vão* me deixar ficar?

Aceno a cabeça, confirmando.

– Você falou com Dietrich? – Ele está sem fôlego.

– Falei. E ele acha uma ótima ideia.

– *Mesmo?* – O entusiasmo canino está voltando. A cauda está abanando. Então, quando outro pensamento lhe vem, ele desaba de novo. – Mas Mike não vai concordar. Ele me odeia.

– Pelo contrário, Patrick. Também o consultei, e ele reconhece totalmente o seu valor. Insistiu bastante para que o convencêssemos a ficar e ajudar no projeto.

É uma leve manipulação da verdade. Ele não precisa saber que Mike precisou ser consideravelmente convencido por mim e Dietrich.

Espero que ele pergunte. Não preciso esperar muito.

– E... Terry? Logo ela será a chefe. Você tocou no assunto com ela?

Agora, a cauda metafórica está parada no alto. É muito interessante observar a tensão, a ansiedade e a esperança perseguindo-se umas às outras em seu rosto.

– Ainda não mencionei o plano a Terry. Achei que era melhor primeiro ter certeza do apoio dos outros. Achei que ela poderia se preocupar tanto com seu próprio interesse pessoal, que se obrigaria a dizer não. Eu também precisava confirmar que você estaria tão inclinado a ficar, como pensei.

– Estou, vovó, estou totalmente, insanamente, absurdamente inclinado a ficar!

Tudo está se ajeitando da melhor maneira possível.

– Você é incrível, vovó. Não estou acreditando.

– O homem da sua loja de bicicletas vai se virar sem você?

– Ah, o Gav vai ficar de boa. Ele conhece um montão de gente que pode ocupar o meu lugar sem problema.

– Excelente.

– Mas devo muito a ele, pra caramba – acrescenta, refletindo. – E vou sentir muita falta dele.

Seria gratificante se ele concedesse sentir a minha falta também, mas me recuso a me permitir qualquer expectativa a respeito. Portanto, fico agradavelmente surpresa quando ele se sai com esta:

– Mas e você, vovó? Gostaria de conviver um pouco mais com você, agora que a gente se encontrou.

É, uma agradável surpresa.

Ele agita sua cabeleira.

– Você não estaria pensando em... você não *poderia* pensar em ficar aqui de vez?

A ideia passou, de fato, pela minha cabeça. Contudo, há limites para minha excentricidade. Além disso, percebi que, na minha idade, é necessário algum nível de conforto físico. Foi bem difícil sobreviver no "verão" antártico. Temo pensar em como é o inverno na ilha Locket.

– Meu papel será ser só uma provedora de recursos, no que diz respeito ao projeto dos pinguins – informo a Patrick. – Devo voltar para a Escócia, como planejado.

– Bom, irei te ver sempre que estiver por lá – ele promete. – E, quando eu for, talvez a gente possa começar pesquisando o meu pai?

Concordo com a cabeça, reconhecendo nossa necessidade mútua em saber mais.

Ficamos os dois em silêncio, revirando as futuras possibilidades na mente.

– Pensei bastante, com muito afinco, na minha própria situação – digo a Patrick, depois que ele teve um pouco mais de tempo para processar suas novas perspectivas. – Gostaria de fazer mais uso do que tenho feito da minha esplêndida casa. É um lugar solitário, mas poderia se beneficiar da risada de crianças. Você acha que seu amigo Gav poderia trazer a família para se hospedar de vez em quando? Gostaria, em especial, de conhecer a filha dele, Dora.

– Hã, na verdade é Daisy.

Que exasperante que a menina tenha um nome tão fácil de esquecer. Mando a irritação para longe.

– Dora, Daisy, qualquer que seja o nome. Você acha que ela gostaria de ficar na minha casa algum tempo? Seria inevitável ela ter que aguentar a minha companhia, mas é possível que ela e o irmão conseguissem arranjar para si mesmos algo próximo de diversão.

– Vovó, sei que eles adorariam! Você e Daisy vão se dar bem em um piscar de olhos.

Isso serve de algum consolo. Estou com medo de todas essas separações iminentes. Despedir-me de Pip será o mais difícil porque sei que nunca mais o verei. Não conseguirei fazer outra viagem como esta. E, posso lhe garantir, o afeto que uma pessoa pode sentir por um jovem pinguim tem pouquíssimos limites.

Tenho certeza de que Terry e os outros ficarão de olho em Pip enquanto puderem. Mas não conseguirão protegê-lo dos múltiplos perigos no mar. Com sorte, ele viverá mais do que eu. Soube que os pinguins podem viver vinte anos ou mais. A equipe da ilha Locket pode vê-lo retornar ano após ano e, se isso acontecer, sei que me mandarão notícias dele. Mas preciso estar preparada para os horrores. Ele está ficando grande demais para os mandriões, mas as focas-leopardo se revelarão o risco mais perigoso.

Tenho que ser forte. Talvez essa menina Daisy me dê um novo foco. Até poderia, dentro do possível, contar a ela alguma coisa sobre a minha própria vida. Estou começando a pensar que, de vez em quando, é uma boa ideia compartilhar com as pessoas o que se sente. Pelo menos, se escolhermos as pessoas com cuidado.

Patrick ainda parece profundamente eletrizado. Tem outro assunto que eu ia abordar. Qual era? Fugiu completamente da minha cabeça, o que é muito frustrante. Sei que era importante.

PATRICK

◎ *Ilha Locket*

"Você e Daisy vão se dar bem em um piscar de olhos", digo a ela. É uma grande verdade. Posso até ver as duas juntas. Será ótimo a vovó ter uma nova missão. Ela precisa se preocupar com alguém, como fez com Pip o tempo todo. Faz aflorar o melhor nela.

Tem uma pausa que dura algum tempo, enquanto vovó rumina.

– A sua Terry – ela diz, por fim.

Terry. Aquela linda palavra. Aquela palavra que me enche de esperança.

– Ela é uma em um milhão. Uma em um milhão, está ouvindo?

– Não precisa gritar, vovó. Estou ouvindo.

Vovó franze o cenho.

– Trate-a bem, ou volto direto para a Antártica, mesmo que seja do túmulo, para te assombrar.

📅 *6 de fevereiro de 2013*

Tem muita novidade acontecendo entre os pinguins. Pip está bem e feliz, passando cada vez mais tempo com seus companheiros. Suas penas estão nascendo desalinhadas, e ele tem um penteado estilo moicano.

E vocês se lembram do pinguim que chamamos de Fuligem? Bom, tenho o prazer de informar que encontrou uma companheira, uma linda senhora pinguim de olhos brilhantes. Quando o vimos pela última vez, ele parecia muito orgulhoso e só um pouquinho surpreso. E ela parecia totalmente devotada. Podem me chamar de sentimental, mas acho o amor entre os pinguins maravilhoso. Talvez seja muito tarde, este ano, para eles começarem a botar ovos, mas tenho certeza de que ficarão juntos e felizes por muitos e muitos anos. ■

VERÔNICA

◎ *Ilha Locket*

Os encantos da vida são diversos, mesmo para alguém de 86 anos, como eu. Se me permitem o sermão, vou elaborar um pouco: sim, a vida traz dor e problemas aos montes ("em batalhões", como diria Hamlet), mas também, às vezes, quando estamos a ponto mesmo de desistir, ela oferece um prazer absoluto. Pode haver surpresas como um neto que você, de repente, descobre que ama, ou um grupo de cientistas que se preocupa muito mais do que você pensava, ou uma moça que se dá ao trabalho de te ouvir. Pode haver revelações trazidas por um contingente de aves atarracadas e que grasnam. Subitamente pode haver uma nova esperança despontando em um coração convencido de que toda a humanidade era má, um coração que tinha enjoado do mundo.

A vida pode ser generosa. Pode curar o coração e sussurrar que é sempre possível recomeçar, que nunca é tarde demais para fazer a diferença. Pode mostrar que há muitas, muitas coisas pelas quais vale a pena viver. E uma dessas coisas, uma das coisas mais alegres e inesperadas de todas, são os pinguins.

Estendemos a vista para o mar. Um grande navio cinza está na baía, entre os icebergs. Minhas malas estão reunidas à minha volta.

Uma frase de Hamlet insiste na minha cabeça. Provavelmente, não a mencionei ainda, mas é tal a força da minha memória que posso relembrar diversas passagens do Shakespeare da minha infância. Murmuro as palavras comigo mesma: *Acima de tudo isto: seja fiel a si mesmo*. Na esteira dessa frase, as palavras do meu pai me vêm, palavras que sempre me fizeram levar minha pinça de catar lixo, quando saio para caminhar: "Existem três tipos de pessoas no mundo, Very.

Há aquelas que tornam o mundo pior, aquelas que não fazem diferença, e aquelas que tornam o mundo melhor. Se puder, seja uma daquelas que tornam o mundo melhor".

Lembro-me do rosto dele ao dizer isso, seu sorriso carinhoso, e a fumaça do seu Woodbine formando delicadas espirais pela cozinha. Como gostaria que ele e minha mãe tivessem vivido até a velhice para me guiar pelas múltiplas turbulências da vida. Que falta sinto deles, mesmo agora!

Dou as costas para os outros com um nó na garganta, e olho os acidentados aspectos da ilha Locket. Rochedos sobressaem junto à vastidão de um sedoso céu cinza-azulado. Gaivotas planam acima dos bancos de neve e dos liquens multicoloridos. Riachos de água de degelo cintilam suavemente sobre as escuras rochas vulcânicas. Quero guardar tudo na minha mente, levar comigo pelo menos na memória. Fico ali parada e inspiro por um momento.

Não contei a Patrick que mudei de ideia quanto à herança. Devo fazer um testamento assim que chegar à verdejante costa da Escócia, mas, no fim das contas, não vou deixar meus milhões para o projeto dos pinguins. Vou deixar cada centavo para o meu neto. Ele é quem deve escolher como usar o dinheiro. Sempre me preocuparei com nosso planeta, e com as coisas pavorosas que os humanos fazem com ele, mas existe um limite para o que o dinheiro pode fazer. Às vezes, é preciso deixar o coração no comando.

Confio em Patrick. E, se ele sair dos trilhos, tem Terry, em quem confio ainda mais. Posso estar enganada, mas desconfio que os pinguins-de-adélia vão acabar se beneficiando muito.

É hora de dizer adeus. Há vários encarregados dispostos em diferentes pontos da viagem para me ajudar com as minhas malas, no embarque e desembarque de navios e aviões. Minha bagagem está um tanto mais leve do que na vinda. Falta o cardigã turquesa com botões dourados, doado para uma causa especialmente boa. Também falta a bolsa escarlate, cujo estrago não tem conserto, e está mais leve tanto em sabonetes quanto em chá Darjeeling.

Pip está aqui conosco. Mal posso suportar olhar para ele.

– Tem certeza de que não quer ficar aqui na Antártica com a gente, vovó? – Patrick pergunta.

Pressinto que os três cientistas estejam fazendo sinais frenéticos para ele às minhas costas, sem dúvida sacudindo a cabeça e passando a mão feito facas na garganta. Estou muito tentada a dizer, "Sim, decidi ficar aqui na ilha Locket até o dia da minha morte", mas não tenho certeza de que Mike sobreviveria ao horror. Assim, digo a verdade:

– Não, está na hora de ir para casa. A ilha Locket é para vocês, jovens. Resolvam o futuro de vocês, o futuro dos pinguins e o futuro do planeta. Este lugar não é para mim, não mais. Preciso de um estilo de vida que inclua água quente com fartura, vegetais frescos, fogueira elétrica com chamas falsas e um sortimento de vários aparelhos de chá de boa qualidade. Também estou começando a sentir falta das sempre-vivas de Ballahays. Além do mais, Eileen precisa de mim.

Terry adianta-se.

– Você vai mandar e-mails para a gente, não vai?

– E-mail! – Acho que não.

– A vovó não se liga em e-mail – Patrick explica.

– Talvez a senhora devesse pensar em comprar um computador, Sra. McCreedy – sugere Dietrich.

Que ideia desagradável! Franzo o cenho.

– Não tem a mínima possibilidade de isso acontecer. Escreverei autênticas cartas a vocês, usando caneta e tinta. Tenho certeza de que Eileen fará a gentileza de transcrevê-las em seu computador. E pedirei que ela imprima qualquer resposta que vocês possam mandar. E, é claro, pedirei a ela uma cópia do seu negócio, Terry.

– Está falando do blog?

– Estou. – Por um momento, a palavra não me veio.

– Não será o mesmo sem você, Verônica.

– Nada será – acrescenta Mike, com uma piscada.

– Sentiremos sua falta – Dietrich garante, envolvendo minha mão com a sua.

Mike é o próximo a pegar na minha mão.

– Cuide-se – ele pede. – Pode ser que não acredite, mas estou mesmo contente de que tenha vindo.

Olho para ele, perplexa.

Patrick e Terry me dão um abraço cada um, depois levantam Pip e estendem-no para mim. Deixo meus dedos percorrerem suas penas.

Agora, não resta muita penugem de bebê, só um cômico topete que ondula de leve ao vento quando ele sacode a cabeça.

Sei que nunca mais verei este pinguim, este amiguinho atarracado que fez um mundo de diferença. Ele aperta a cabeça contra a minha mão, em um gesto de afeto, como se também soubesse.

Toco no medalhão pendurado sob minhas várias camadas de roupas, o metal liso junto à minha pele. Agora, ele está lotado. Além das quatro mechas que estavam ali, há duas novas amostras de cabelo humano, além de um minúsculo tufo de penugem de pinguim.

Meus olhos estão marejando novamente, o que é uma grande amolação. Parece que está se tornando um hábito.

Viro-me para o navio.

TERRY E O BLOG DOS PINGUINS

📅 *9 de fevereiro de 2013*

Houve uma grande mudança no centro de pesquisas de campo da ilha Locket. Os pinguins mais jovens estão agora totalmente emplumados e logo farão sua primeira incursão ao mar. Ficarão nervosos com as ondas enormes, mas seguirão em frente. A atitude deles é "sinta o medo, mas faça assim mesmo". Vamos ficar bem tristes ao vê-los ir. Nosso próprio Pip estará entre eles. Fomos introduzindo-o aos poucos na colônia, e ele passa cada vez mais tempo com seus companheiros, o que é uma coisa boa e um alívio.

Por mais que seja tentador, tentamos não ver os pinguins como pequenos humanos em branco e preto. Eles são muito diferentes de nós e muito especiais por si mesmos. Pip não é exceção, e é vital que interaja com sua própria espécie e embarque em todos aqueles aspectos misteriosos da vida dos pinguins, que nós, humanos, nunca entenderemos por completo e que só podemos admirar. Os meses no mar serão cheios de novas aventuras para ele.

Temos muito orgulho dele, em especial Verônica.

Infelizmente, ela encerrou sua estadia aqui, mas estamos encantados em receber um novo ajudante na equipe dos pinguins. Patrick, nada mais nada menos do que o neto de Verônica.

Ela prometeu que continuará defendendo os pinguins de sua casa, na costa oeste da Escócia. Foi um verdadeiro privilégio tê-la aqui conosco. Posso dizer, sinceramente, que nunca esqueceremos sua visita. ■

VERÔNICA

◎ *Ballahays*
📅 *Março de 2013*

– Tem certeza, Sra. McCreedy?

– Absoluta, Eileen.

Ela está com a expressão perplexa. Suas mãos se agitam enquanto ela vasculha por algumas explicações plausíveis em que possa pensar para meu comportamento errático.

– É por causa dos pinguins?

– De certa maneira, sim. Pode-se dizer que os pinguins mudaram tudo.

– No *bom* sentido? – ela pergunta, incerta.

– Na verdade, sim. Com toda a certeza. Pode-se mesmo dizer que os pinguins me *salvaram*.

Seus músculos faciais relaxam.

– Ah, Sra. McCreedy, que coisa mais fascinante!

Não me dou ao trabalho de responder. Em vez disso, me analiso no espelho de moldura dourada que fica sobre a lareira. A Verônica McCreedy que me olha de volta está mais feia do que nunca, apesar da camada generosa de batom e do lápis de olho. Ainda assim, tenho consciência de que, por dentro, houve uma transformação significativa.

– Então, só pra ver se entendi – Eileen continua, como se esperasse que eu negue as instruções que lhe dei. – A senhora quer que eu arrume as camas nos dois quartos que dão para o jardim de rosas?

– Exatamente. E, Eileen, por favor, cuide para dar às penteadeiras uma espanada e um polimento completo. Faz muitos anos que não são usadas.

– A senhora tem razão! – Ela para à porta. – Elas devem ser barulhentas – previne.

– As penteadeiras?

– Não, as crianças.

– Faça-me um favor, Eileen, e me dê o crédito por ter pensado em tudo.

É claro que não me agrada que a serenidade de Ballahays seja perturbada por crianças pequenas reinando por aqui, mas ao mesmo tempo tenho um forte senso de propósito em relação a essa Daisy e preciso conhecê-la. Como ela só tem 8 anos, seria inconcebível esperar que ela viesse até aqui sem, no mínimo, alguns membros da família. Assim, de maneira um tanto alarmante, me propus a receber os quatro. Mandei os convites por uma carta manuscrita e fiquei mais tranquila ao receber uma confirmação muito educada e entusiasmada também pelo correio de verdade. Acredito que Patrick deve ter mandado e-mails explicativos ao amigo da loja de bicicletas. Parece que o blog de Terry ganhou um pequeno, mas selecionado, grupo de seguidores em Bolton. Entendi que também há uma conta para acertar com Gavin. (Não consigo me levar a chamá-lo de "Gav". Não entendo por que, hoje em dia, todo mundo insiste em enfear seu próprio nome.)

Eileen pega braçadas de lençóis limpos na rouparia.

– Não se preocupe, Sra. McCreedy, vou voltar e fechar a porta quando minhas mãos estiverem livres – ela grita ao sair da sala.

– Ah, não precisa se preocupar, Eileen. A porta pode ficar aberta.

Assim, Pip pode entrar e sair... mas não. Tenho que ficar me lembrando de que Pip não está comigo. Está do outro lado do mundo. Só espero, de todo o coração, que esteja vivo e bem. Será que os pinguins se lembram? De vez em quando ele pensará em mim? Sinto uma pequena pontada. Posso visualizá-lo com tanta clareza, suas nadadeiras abertas em animação, sua nova cobertura de penas brancas e pretas brilhantes, a determinação cintilando nos olhos dele. Talvez, neste momento, ele esteja descendo de tobogã pela neve, junto com os amigos pinguins. Talvez esteja mergulhado sob as águas verde-azuladas, caçando peixe. Ou, talvez, esteja surfando livremente as ondas banhadas de sol do mar antártico selvagem.

Tinha me esquecido do quanto as crianças são pequenas. O menino esconde-se atrás do pai (que é do tipo corpulento) enquanto as apresentações são feitas, mas Daisy salta adiante. Ela é, de fato, uma figura pequenina, vestida com macacão amarelo e um lenço de bolinhas amarrado à cabeça. Tem um ar resoluto e inquisitivo. A palidez do seu rosto, acrescida à falta de cabelo, indica sua doença, que parece ter contribuído pouco para diminuir seu nível de energia. Ela fala e se move rápido. Um falatório sai da sua boca, enquanto ela dispara por mim e entra no vestíbulo. Seus pais se enchem de tímidos pedidos de desculpas.

Preparo chá.

Pensei um pouco sobre qual aparelho de chá usar e optei pela porcelana Coalport. É diferenciada, sem ser por demais ameaçadora para quem não esteja acostumado com as coisas mais finas da vida. Eileen, em sua grande sabedoria, incumbiu-se de trazer *cupcakes*. Eles são bem horrorosos, decorados com uma espalhafatosa cobertura rosa e roxa, além de bolinhas prateadas que constituem um sério risco aos dentes. No entanto, coloquei-os sobre toalhinhas e complementei com uma seleção de biscoitos holandeses e amanteigados (e não biscoitos de gengibre). Levamos tudo para a sala de visitas no carrinho de chá. Eileen serve os bolinhos e os biscoitos, enquanto informa ao grupo reunido que, normalmente, o clima em Ayrshire não é tão ruim.

– Não se deixem enganar – previno-os. – Com frequência, é pior do que está.

– Embora, talvez, não tão frio como na Antártica? – Gavin sugere. Concordo.

– Na verdade, o clima da Escócia parece ter se transformado. Na minha cabeça, tornou-se significativamente mais úmido, desde que viajei.

Enquanto tomamos nosso chá, conversamos sobre Patrick. Consigo garantir a Gavin e sua esposa que meu neto se revelou um acréscimo maravilhoso à equipe da ilha Locket. Ele está ocupado e, até onde sei, feliz. Gavin faz várias perguntas sobre Terry, algumas das quais estou preparada para responder. Não conto o quanto estou convencida do potencial que criei ali. Enquanto conversamos, as crianças rapidamente conseguem lambuzar todo o rosto com a cobertura rosa e roxa.

– Podemos conhecer, podemos dar uma olhada na casa grande, por favor? – elas pedem.

Assim que dou permissão, lá vão elas, alvoroçadas, disparando por todo canto. Ouço-as gritando com as várias descobertas, batendo os pés nas escadas, gritando nas alcovas para testar os ecos. Tento conter meu horror.

Gavin e a esposa me dizem que os filhos logo vão se acalmar e que trouxeram no carro alguns brinquedos que os manterão longe de problemas por um tempo. Os dois, então, desaparecem na garoa, para buscar os tais brinquedos, além do restante da bagagem. Eileen vai atrás. O garotinho, escutando a saída deles, vai no encalço dos pais, gritando algo incompreensível sobre um "robossauro". Tenho medo de pensar o que possa ser.

Observo que, enquanto isso, Daisy voltou para a sala de visitas e agora está abrindo todas as gavetas do aparador. Estou apavorada que ela derrube o candelabro.

Sento-me no sofá e dou uma batidinha no lugar ao meu lado.

– Venha se sentar aqui, Daisy. Quero conversar com você sobre uma coisa.

– O que é, Verônica?

Francamente, me chamar pelo primeiro nome, quando ainda é tão pequena! Sou muitos anos mais velha, e só faz vinte minutos que ela me conhece! Contudo, deixo passar.

– Tenho uma coisa muito importante para te contar – repito.

– Importante quanto? – Ela vai precisar ser convencida.

– É importante para o mundo todo – respondo. – Importante para o planeta e para todo mundo nele. É importante para mim, pessoalmente. E, por você ser o futuro, Daisy, é importante para você.

Agora, consigo sua atenção. Ela larga o aparador, corre até onde estou e se senta ao meu lado.

– Mas só vou te contar se você ficar muito parada e muito, *muito* calada.

– Consigo fazer isso – ela me garante, com alguma verve e volume. – Consigo ficar parada, veja. – Ela se paralisa em uma pose cômica. – Também consigo ficar bem calada – cochicha. – Como um camundongo. Veja.

Deixo que ela espere por um momento. O silêncio é uma grande delícia. Seus olhos estão arregalados, ávidos.

Vou gostar disto.

– Escute, Daisy, vou te contar tudo sobre os pinguins...

EPÍLOGO

Giovanni está deitado na cama do hospital de Nápoles. Mas percebe as pessoas reunidas em volta. Não registra que são quatro gerações da sua família, que vieram ficar com ele enquanto dá seus últimos suspiros. Sua mente está cheia de fragmentos vivos e discrepantes do passado.

As imagens que circulam na sua cabeça agora são dos anos que passou como prisioneiro de guerra no norte da Inglaterra. Concentra-se naquele determinado ano, o ano em que conheceu a bela moça inglesa. Qual era seu nome? Verônica, era isso.

Giovanni não se lembra de como o caso terminou; não se lembra de nada sobre sua chegada em casa depois da guerra, confidenciando com a mãe e anunciando seus planos de voltar e encontrar Verônica. Sua mãe não quis nem saber; insistiu que Verônica com certeza o tinha esquecido. Ele ficaria muito melhor casando-se com uma boa italiana, ela dizia – e havia uma moça italiana ansiosa em revê-lo. Giovanni tinha seguido o conselho da mãe. Às vezes, se questionava se teria feito a coisa certa, perguntava-se se, a longo prazo, poderia ter feito Verônica feliz. Poderia ter dado certo? Os dois estavam tão loucamente apaixonados, mas também eram muito jovens e muito carentes...

Aos poucos, sua nova vida assumiu o controle. Ele tinha formado sua própria família feliz e barulhenta. Ao longo dos anos, eles tinham lhe dado inúmeras dores de cabeça e uma alegria infinita, deixando pouco espaço em seus pensamentos para outra coisa.

Mas agora, por um momento, Verônica volta à sua mente. Um sorriso paira nos lábios de Giovanni. A imagem dela é fresca e nítida. Bela Verônica! Os olhos dela ardem de determinação, enquanto caminha pelo campo de Derbyshire, seu vestido cor de papoula esvoaçando na brisa. Verônica: sincera, determinada e gloriosamente intensa. Como brilha! Não importa o que a vida aprontar com ela, ela desafiará as probabilidades. No que quer que faça, será extraordinária.

AGRADECIMENTOS

Um enorme agradecimento a todos que leram este livro. Vocês fazem com que ele valha a pena, e desejo ardentemente que gostem de cada minuto da leitura.

Muita gente contribuiu para *Verônica e os pinguins*. Como sempre, meu agradecimento sincero vai para meu magnífico agente, Darley Anderson, e sua equipe. Sem eles, este livro nunca teria sido escrito, muito menos lido!

Um milhão de agradecimentos a Sarah Adams e Danielle Perez, minhas editoras supercompetentes, por toda a sua sabedoria e orientação. Eles tornaram tudo muito mais claro e melhor. Também me beneficiei enormemente da contribuição editorial de Francesca Best e Molly Crawford, quando o romance estava em seu início, e de Imogen Nelson, nos estágios mais avançados. É um imenso privilégio trabalhar com a Transworld e a Berkley. Agradeço também à brilhante equipe de marketing e publicidade (Alison, Ruth, Tara, Danielle, Fareeda e Jessica) pelas ideias e pelo trabalho duro. Vocês me deixaram orgulhosa. Também estou em dívida com a maravilhosa equipe da Penguin Random House Canada, em especial Helen Smith, que me mandou um inspirador livro sobre pinguins e uma imensa dose de entusiasmo quando eu mais precisava.

Um agradecimento especial a Nia William por ler meus primeiros capítulos, quando eu estava em estado de pânico, e por me dar um grande incentivo. Sem seu constante apoio, teria sido difícil seguir em frente.

Os pinguins são incríveis e fizeram desta história o que ela é. Um enorme agradecimento à minha querida amiga Ursula Franklin, cujo amor pelos pinguins me deu a ideia inicial, cujos livros temáticos sobre pinguins me ajudaram com pesquisa e cujas fotos de pinguins são uma maravilha, um encantamento e uma inspiração.

O Living Coasts (em Torquay) deu-me a inesquecível experiência de conhecer de perto pinguins de verdade. Assimilei histórias da patrulheira de pinguins, Lauren, e tive a sorte de conhecer Jason Keller, que teve a generosidade de compartilhar fatos sobre a criação de um filhote de pinguim. O livro de Noah Strycker, *Among Penguins* [Entre os pinguins], tornou-se precioso, e Noah respondeu às minhas inábeis perguntas sobre ser um pesquisador de pinguins na Antártica. Louise Emmeron, da Australian Antarctic Division, gentilmente forneceu dados sobre os adélias filhotes. Mil vezes obrigada a todos vocês, gente fantástica envolvida com pinguins.

A ilha Locket não existe de verdade, mas fiz o possível para capturar o espírito das Shetland do Sul. Sou grata à British Antarctic Survey; o site deles inclui muitos blogs fascinantes, escritos por cientistas que trabalham na Antártica. Também me inspirei nos programas de TV apresentados por David Attenborough. O WWF (Fundo Mundial para a Natureza) é outro *tour de force* e gostaria de agradecer por me fornecerem informações sobre os pinguins-de-adélia e por sua campanha Adote um Pinguim. Não posso deixar de esperar que este livro inspire pessoas a adotar pinguins ou fazer outras coisas em conjunto com eles no cuidado com nosso mundo.

Para precisão histórica, consultei diversos livros e sites, mas também tive a sorte de conversar com várias pessoas que viveram de perto a Segunda Guerra Mundial, bem como de ouvir o pouco que meus pais se recordavam. Sou grata aos moradores da Westerley Care Home, em Minehead, por compartilhar comigo tantas das suas lembranças do tempo de guerra. Também gostaria de agradecer a Mary Adams por me deixar ler suas memórias e por me contar sobre os abrigos antiaéreos e o bolo de glicerina.

Agradeço, também, a todos que contribuíram em outras áreas de pesquisa, incluindo Nia Williams (mais uma vez), Ed Norman e Swati Singh. Qualquer erro é de minha responsabilidade.

Sinto-me honrada e encantada por tantas pessoas ligadas ao mundo do livro terem apoiado a minha escrita. Agradeço aos colegas escritores: Trisha Ashley, Phaedra Patrick, Simon Hall, Rebecca Tinnelly e Jo Thomas. Também a Lionel Ward, da Brendon Books em Taunton, Kayleigh Diggle, da Liznojan Books em Tiverton, Miche Tompkins, do Appledore Book Festival, e Marcus e Stuart, da Waterstones em Yeovil. E, é claro, a todos ligados às bibliotecas de Somerset. Vocês todos são craques.

Agradeço (e peço desculpas) a todos os amigos que suportaram minhas esquisitices e me apoiaram, mesmo quando eu estava – como acontece com frequência – "com a cabeça em outro lugar". Além disso, preciso mencionar nosso Purrsy, que está sempre comigo enquanto escrevo, sendo aconchegante e engraçado, dando seu apoio moral todo próprio, o que ajuda demais, e que quem gosta de animais entenderá.

Acima de tudo, agradeço a Jonathan, por sacrificar seus estudos por mim e minha confusão, e por resolver os problemas de computador, de logística, das contas, da roupa para lavar, do jardim e de um milhão de outras coisas para que eu pudesse escrever. Você esteve ao meu lado em todos os aspectos, e foi você quem tornou isto possível.

Este livro foi composto com tipografia Electra LT Std e impresso
em papel Off-White 70 g/m² na Formato Artes Gráficas.